異世界は思ったよりも俺に優しい？

大川雅臣
イラスト●景

TOブックス

イラスト：景
デザイン：木村デザイン・ラボ

よって埋められていく。そしてなんとなくわかった。俺は自分という存在を強く求められることに渇望していると。今更中二病でもないだろうが、そうだと言われれば納得するしかない。ならば初めから認めようじゃないか。俺は物語の主人公になりたいのだと。

■世界線を越えて

季節は冬の終わり。暗い庭先で梅の木も花を咲かせていたし、あと一ヶ月もすれば桜も花咲くだろう。その頃に俺は一五歳になる。みんなより大分遅い誕生日だ。

そのせいもあってか友達の中ではひとり身長が低く、高校生になっても小柄な方だ。それは年頃な男としては少し憂鬱《ゆううつ》でもあったが、まだ成長期は残っているので期待はしている。

玄関の扉を開ける前に今一度、蕾《つぼみ》が開き始めた白い梅の花を見る。普段なら気にも留めなかったけど、目の端に薄《うっす》らと青い光を放つ何かに気が付いたからだ。もし月明かりが出ていたら気にもしないくらい弱い光だった。

「蛍《ほたる》?」

最初に思い浮かんだのは蛍。こんな時期にこんな場所でとも思ったが、他に庭先で発光するような物が思い当たらなかった。

光源を確認するように――いや、どちらかと言えば誘われるように木の枝に近づくと、青く光るそれは蛍ではなく人工的な加工が施された石だとわかった。それが枝に引っかかるようにしてそこに留まっている。少し強く風が吹けば転がり落ちて、きっと気付かずにいただろう。だが、それは俺の目に留まった。

綺麗だったからという訳でも無いが、特に警戒することもなくその発光する石を手に取ると、その石が何かノイズのような音を響かせていることに気付く。初めは耳鳴りかと思ったが、そういうものではないようで、なんとなくノイズを聞き取ろうと石を耳に当てる。

『……この……………か』

確かに何らかの音が聞こえた。しかし、音が聞こえるだけで、言葉として認識出来る物ではなく、音楽としても認識出来ない。俺はさらに石を強く耳に押し当て、その音に集中する。

『……だれ……か、近くにいませんか……』

「なっ!?」

焦って耳から手を離すと、石がこぼれ落ちて地面を転がっていく。それでも石は青く発光を続け、瞬《また》くように光を放っていた。

大半の人間は自分の理解を超える状況が発生すると、その事象から逃げるか、その事象の原因を追及すると聞いたことがある。中には動じず放っておく人もいるだろうが珍しいだろう。

この場合の俺は、原因の追及をする方だった。なぜ原因の追及をするのか。それは単純にわからないことが怖いからだ。ホラー映画で怖くても目が離せない、あれと同じようなものだ。

再び石を取り上げて耳に当てる。先程と同じようにその音に集中する。

『……のですね、お願いです、返事をして頂けませんか』

「なっ⁉」

石が再び手からこぼれ落ち地面に転がる。二度目だ。でも、確かに聞き取れた。一度認識したせいか、今度はハッキリと聞こえている。空耳とかではなく明らかに人の声だ。

とりあえず危険性は無いと判断したところで少し落ち着いた。

「石が言葉を話すとかあり得ないだろ」

再び拾い上げた石を耳に当てたところで、思いが言葉となる。

『き、聞こえます、本当に人の声ですね！』

「⁉」

流石に今度は落とさなかったが、独り言に返事が返ってくるとは思わず、かなり焦ったのは確かだ。石が言葉を話すという事実が非現実過ぎて、理解が追いつかなくなる。普段からアニメだラノベだと非日常物を楽しんでいるのに、それが自分に身に起きたとなれば全く現実について行けない。

『はじめまして。私はリーゼロットと申します。貴方様のお名前を伺ってもよろしいでしょうか』

石に自己紹介されたのは日本でも、いや世界でも俺だけだろう。しかも敬語だ。俺より礼儀正しい石だ。

「お、俺は結城《ゆうき》彰人《あきと》」

答える自分も自分だと思ったが、会話が成り立つのか確認したかった。相手が石とは言えその声は落ち着きがあり聞き心地が良く、少し気が高ぶってしまう。だから警戒心よりも興味が勝るのはもう仕方がないだろう。

もちろん気が高ぶるのは石と会話をするという未知の体験に対するもので、その声が喜びに弾む女の子の声に似ているからではない。だって石だし。

『アキトさんですね。私のことはリゼットと呼んでください。お話が出来て良かったです。もう何方《どなた》かに声が届くことはないと諦め掛けていました』

俺は石と話す自分を客観視して、そりゃ諦めるだろと考えた。それでもなぜ俺が石と話しているのかと聞かれれば、予感としか言いようが無い。渇望していた何かが満たされていく、そんな予感に内心では心が躍っていた。

「彰人《アキト》でいいよ、リゼット。それと敬語はいらない。出来れば普通に話して欲しい」

フレンドリーな俺にはフレンドリーな会話が必要だ。ぶっちゃけると敬語とか話せない。

『わかりました、アキト』

「しかし、何で話すことが出来るんだ？」

疑問がそのまま言葉として出た。

『もちろん、魔法のおかげです』

いいい、もちろん魔法のおかげなのか。いつの間にか石も魔法で話すのが普通という時代になっていたとは。そもそも石が意思を持って話すとかどんな冗談だ。もしかして世の中に存在する物は、全て人には伝わらないだけで意思を持っているということか。

俺は馬鹿か、違うだろ！

そもそも魔法という時点で違う。普通に魔法が発達しているような世界は魔法に頼るだけ科学が遅れているはずだ。少なくても俺の知識にあるアニメやラノベの世界じゃそれが普通だ。例外もあるが王道はあくまでも魔法が主であって、今の日本にはその欠片《かけら》も存在しない。つまり、魔法は一般的じゃない。

もし本当に魔法が使える世界だというのなら、俺は間違いなくその道を突き進んでいるはずだ。だから俺が魔法を使えないと言うことは、一般的ではないと言うことだ。証明問題なら満点だな。

「そもそも何で日本語を話せるんだ？」

再び疑問が声に出た。隠し事の出来ない男とは俺のことである。

『ニホン語というのは恐らくアキトが話している言葉だと思いますが、私がアキトの言葉を理解出来るのも、アキトが私の言葉を理解出来るのも、意思を伝達する魔法のおかげです』

これも魔法か。まぁ石に石語とか話されても困るからな。

「ん？　意思を……ってことは、考えていることが伝わるってことか」

『考えていることとは少し違います。伝えたいと思って言葉にする意思が必要ですから。考えただけで伝わる訳ではないので安心してください。それに波長が合わない人とは話すことが出来ません』

波長ってなんだ。気が合うみたいなものか。

『でも、波長が合う人と話をしていると、今のように意思の伝達ではなく、いずれお互いの国の言葉を理解して話せるようになりますから便利ですよ』

「はぁ？　……いやいや、なんかさらっと凄《すご》いこと言っているぞ！」

『そうでしょうか？』

つまり俺はこの石と波長が合うと言うことだな。どうせなら犬とか猫ならもう少し違う世界が見えたのに……石はどうしたって石だろ。特技は波長の合う人と話せて青く発光するくらいか。夜道を照らすには光量が足りないな。そして、俺の特技は石語が話せます、か。特異すぎて自慢にすらなりそうにないし。

『ねぇアキト。あなたのことを、あなたの住んでいる世界のことを教えてもらえませんか』

「住んでいる世界？　余りプライベートなことじゃなければ構わないけど、代わりに同じことを質問させてもらってもいいか？」

『えっ、同じですか……うーん、そうですよね。……少し恥ずかしいですけれど、わかりました』

恥ずかしいなら聞くなよと思わず突っ込みそうになったが、堪《こら》える。

『それじゃまずは、アキトの住んでいる所のことから教えてください』

そしてわかったのは、俺の想像以上にこの石は凄いということだった。俺はリゼットの質問に次々と答え、同じ質問をしていく。

傍《はた》から見れば、庭先で梅の木の方を向いて石との会話にのめり込んでいる様にしか見なかっただろう。とても不審だが、この時の俺はそんなことに気が回らなかった。

庭先で魔法石を見付けてから二週間が過ぎていた。正確には念波転送石《ねんぱてんそうせき》と言うらしいが、そのリゼットと名乗る魔法石と出会ってからの俺は、ほぼ毎日と言って良いほど彼女と会話をしていた。

もう十分友達と言える程度には親しくなっただろう。

結論から言うとリゼットは石ではなかった。それどころか貴族の伯爵御令嬢《はくしゃくごれいじょう》様だった。

まぁ、当たり前か。いくら魔法が存在すると言っても石は石だ。魔法があると想定した上で落ち着いて考えれば、一種の携帯電話のような物だと思い付くべきだった。どうやら俺は石が話し掛けてくるという非現実的な状況で、冷静さを失っていたようだ。

正しくはリーゼロット・エルヴィス・フォン・ウェンハイム辺境伯爵令嬢。紛《まご》うことなき生粋《きっすい》のお嬢様で、同じ歳だけど落ち着いたしっかりした子だ。

そしてもう一つ、リゼットのいる世界は俺が住んでいる世界とは異なる場所だとわかった。もちろん本当なのだろう。なにせ俺の住む世界において魔法は存在しないのだから。

それを聞いた時の俺は、リゼットが寝落ちするまで一晩中話し続けるというはた迷惑なことをしてしまった。それでもリゼットは「困った人」と一言だけで済ませてくれた。

俺はリゼットとの会話の中で様々なことを学んだ。未知に対する会話は楽しく、リゼットにとっては現実でも俺にとってはゲームかラノベの世界の話で、夢中になるのは直《す》ぐだった。

リゼットは俺の疑問に全て答えてくれた。その博学っぷりに学生なのかと聞いてみれば、何故思い付かなかったのかと思うような答えが返ってきた。

『そうですねぇ……アキトの世界で言う職業にあたるもので言いますと、私は魔術師になると思います』

なんと魔術師ときた！

石を通じて異世界と会話をするとか確かに魔法っぽいが、携帯電話があるせいかいまいち魔法っぽく無かった。でも具体的に魔術師という言葉が出てくると、一気にそれっぽくなる。

「魔術師と言えば魔法、魔法と言えばアレだな。空から隕石を降らせたり、大地に亀裂《きれつ》を生じさせてマグマを噴出《ふんしゅつ》させたり、雨雲を呼び起こして雷で敵を討ったりするアレだよな⁉」

『残念ながらアレと言う存在では無さそうですね。そこまで大規模な魔法は私の知る限り伝説の中にしか存在しません。せいぜい天恵《てんけい》と呼ばれるものの中に、それに近いものがあると言うくらいでしょう』

「な、無いのか⁉」

『魔法は魔力が理《ことわり》に従って顕現《けんげん》するか、魔力を対価として精霊が事象として具現化するものですから、人の持つ魔力で使える魔法には自《おの》ずと限界があります』

流石にゲームやラノベのようにはいかないらしい。だが、この世界の知識を利用すれば革命的に発展する可能性だって残っているはずだ。

「そういう場合は電池とか発電機を使うように魔力を増幅すれば良いんじゃ無いか」

『電気と言いましたでしょうか？　それに似た様な物として魔石という魔力を内包した物がありますね。いまアキトと会話をする為に使っている念波転送石は魔石の一つですよ』

どうやら魔石というのは電池のように使い、生活レベルを向上させる物らしい。電気ほどで手軽に使える訳では無いけど、生活必需品という程度には需要があるとか。

既に使われている技術では魔法の発展にはなり得ないか。流石にぱっと浮かぶような案では駄目なようだが、一つ一つ試していけば可能性はあるはずだ。

ちなみに魔石を専門に集める人たちもいて、俺の世界の言葉で言えば冒険者とか探索者あるいは狩人《かりゅうど》というものに近いらしい。

出て来たじゃ無いかファンタジーの定番である冒険者が！

「冒険者がいるなら雷を呼び起こす剣技とか、炎を纏《まと》った格闘術とかならあるんじゃないか!?」

魔法が地味なら技術《スキル》に期待すれば良い！

『……ご期待に添えないようです。私の知る限り存在しないかと』

なかった……残念だ……。これはあれか、思ったよりも魔法が研究されていないのだろうか。俺に魔法が使えるならまず最初に試すことなんだが。俺の考えって普通だよな。もしかしてアニメの見すぎってやつなのか。

まぁ、気を取り直そう。俺は視点を変えることにする。

「魔法があるなら魔法生物……魔物がいたりするのか？」

『アキトの世界で魔という言葉と同じかわかりませんが、魔物と呼ばれる存在はいます。動物が強い魔力によって変異した存在だと言われていますね。一般的にはベースとなる動物より気性が荒く強靱《きょうじん》な肉体を持っているのが特徴です』

若干ニュアンスは違う気もするが、人間の脅威として存在するという意味では似たような物か。

だとすれば――

「もしかしてドラゴンとかもいるのか？」

『世界を構成する三種族に数えられている、竜族がいます』

いた！　見てみたい！　映画とかじゃなく、実際に動いているとか……想像するだけで震えるな！

『他の二種は精霊族と巨人族ですね。いずれも人と生活圏を共にすることが無く、出会うことすら希《まれ》と言われています。一番身近なのが精霊族でしょうか。今は精霊魔法が最も広まっていますから』

巨人族に精霊族。まさにファンタジー世界だ。夢が広がるな。

『アキトの世界にはいないのですか？』

「残念ながら空想や伝説の中……いや、そうとも言い切れないな。中生代《ちゅうせいだい》だからだいたい二億五〇〇〇万年前から六五〇〇万年前くらいには、魔物やドラゴンと言ってもいいような動物がいたな」

『……気も遠くなるような長い歴史があるのですね』

確かに数字で見ると凄い昔の話だな。この国の平均寿命が八〇歳代ということを考えればどれだけ馬鹿げた数字か……。考え方を変えると、リゼットは恐竜がいた時代に生きているようなものか。そんな中でも魔法が使えればそれなりにコミュニティを維持することが出来るということだ。そう、たとえ地味だとしても魔法が使えれば色々と可能性が広がる。

魔法を使えるリゼットがいて、魔法が存在するというのだ。ならば次にすることは決まっている！

俺は興味の赴くまま魔法について訊く。わかったことは、魔法には幾つかの系統があり、リゼットは召喚魔法と古代魔法が得意で精霊魔法が使えないということだった。

「俺も魔法を覚えてみたいんだ。是非教えて欲しい！」

『無理だと思います』

あっさり否定された⁉

魔法が使えない理由はいくつかあるらしい。

一つは単純に素質。これは試してみないとわからないが一番重要だ。

二つ目は魔力不足。魔法を使うには魔力が必要であり、人の内包する魔力量は上限がある。きちんと鍛錬を続けて増やした人ならともかく、素人の俺では魔力量が殆ど無いだろうということだ。ちなみに魔力その物は誰でも持っているが、魔法に関わる人以外は鍛錬をすることもないので、微々たる量らしい。

そして三つ目は魔封印の呪い。人は生まれながら呪いにより魔法を事象として具現化する力を制限されていた。それは特別な魔法具によって解呪することが出来るけど、その魔法具がこの世界には存在しない為だ。この呪いは遺伝性があり、親が解呪していても子供には再び呪いが掛かってしまうらしい。

「実に残念でならない……」

リゼットと知り合う前なら魔法は空想のものだという認識があったので、ここまで落胆はしなかっただろう。だが魔法その物としか言い様がない存在を前にして、それが使えないと言われれば残念で仕方がない。

「いや待てよ、一つ目は仕方ない。でも二つ目は鍛錬次第で、三つ目はそもそも呪いが俺にも掛かっているかどうか不明じゃないか。むしろ俺には掛かってない可能性の方が高くないか？」

『確かにそうですね。呪いの効果がアキトの世界にまで及んでいると考える方が不自然かもしれません』

「それではリゼット先生、よろしくお願いします」

『先生ですか、少し嬉しい響きですね』

冗談半分だったが、リゼットは本当に嬉しいみたいだ。そういえばここ最近はずっと俺に付き合わせているけれど、家族とか友達とかとはきちんと時間を取れているのだろうか。

「なぁ、リゼット。何時もこっちの都合で付き合わせている俺が言うのもどうかと思うけど、家族や友達とかは大丈夫か？」

『……そうですね、大丈夫でしょう。アキトは平気ですか？』

さっきとは打って変わって随分と気落ちした感じで、流石《さすが》に鈍い俺でも気付くことはある。今までに家族や友達のことを話すこともあったが、リゼットからは適当にはぐらかされた感じだった。

俺だって世の中の家族がみんな上手くいっているとは思っていない。だから敢《あ》えて突っ込むことはしなかったが、もしかしたらリゼットはボッチかも知れない……。

「全く問題ないさ。ところでリゼットが得意な魔法ってなんになるんだ？」

『召喚魔法と言いたいところですが、古代魔法でしょうか』

リゼットの目下《もっか》の楽しみは召喚魔法の基礎理論研究だという。精霊魔法が全く使えない代わりに、召喚魔法に関しては類い希なる才能があったらしく、古代魔法と合わせて研究中の異世界転移魔法はリゼットのオリジナル魔法だとか。この世界に念波転送石が来たのも実験の成果らしい。

なぜ召喚魔法を研究していたのかと聞けば、とても大切なことだと回りくどく色々と話してくれたが、要約すればボッチだったから精霊を友達にと考えていた様だ。

もちろん本人はそんなことを一言も言っていない。これは本人の名誉に関わることなので、空気の読める俺は黙っておくことにする。賢く落ち着いた感じで、何処か大人びていると思われたリゼットが見せる少女らしい部分でもあった。

「それで召喚魔法か」

『まるで子供の夢物語ですよね。内緒ですよ』

リゼットは少し茶目っ気混じりに言葉を返す。俺も深くは触れず、そのまま話題を変えていく。

魔法の話は俺の興味の尽きることがなく、いつかのようにまた「困った人」と言われないように自重するのが大変だった。

物足りなさを残したまま会話を終えた俺は、念波転送石を机に置き、既に冷たくなっていたコーヒーカップを手に取る。

苦い……。

冷えたコーヒーは思ったよりも苦く、飲み残す。そして椅子から立つと、窓を開けて夜の空気を部屋に取り込む。新緑の香りを含む風が、少し濁った部屋の空気を心地良いものに変えていく。

視線を外に送ると高台の公園に立つ桜の木が、月の光を受け静かに存在を主張していた。

リゼットに出会ったのは冬の寒さも残っていた三月。咲いていた梅の花は、主役交代とばかりにその役割を桜の木に譲っていた。

花見をするには寂しい、たった一本の桜。それはまるで念波転送石越しに呼び掛けていたリゼットの孤独を体現しているようで、家族のことを話した時の気の落ちようが気になった。

「相談に乗るには遠すぎるよな……」

言いようのないもどかしさが残った。


高校入学の準備期間として少し長めの春休みは、リゼットと過ごすことが多かった。こう言うとまるで恋人のようだが、実際には石を手放さなかったという程度の話だ。

現実と非現実……いや、もうリゼットのことは非現実とは言えないな。リゼットは確かに何処《どこ》かの世界に存在し、俺と同じように生きている。だから二つの現実とほどほどに折り合いを付けながら、どちらとも大切に付き合っていた。

ある意味忙しい毎日を送っている内に、いつか持っていた渇望や焦燥といった気持ちも何処かへ消えていた、この間までは……。

「たまたま忙しいだけに決まっている」

リゼットとの通信が途絶えてから一週間、意思を伝える念波転送石が言葉を発することは無かった。リゼットの身に何かあったのか。そもそも念波転送石が壊れてしまったのか。わからないまま時間だけが過ぎていく。

俺の中でリゼットの存在は随分と大きく育っていたようで、連絡の取れない日々は消えていた感情を募らせた。

外へ出る気にもなれず部屋に閉じ籠《こ》もって待ち続ける。せめて同じ世界にいるならば、困っていても助けることが出来た。本当の友達にもなれただろうし、リゼットを守るくらいは出来ただろう。異世界転移魔法を完成させ、一緒にこの世界へ来れば安心出来る場所も提供出来た。

「遠すぎだよ、リゼット」

異世界なんか俺の手に負える話じゃない。聞きかじった知識で魔法を試してみたが、当然のように念波転送石が反応を示すことはなかった。今更俺から連絡を取る手段が無いことに気付く。

深く眠れない日が続き、満たされていた気持ちが苛立ちに変わるように、少しずつ心が荒れていくのがわかった。

好きだったゲームやラノベに集中出来ず、部屋に籠もって念波転送石が光を放つのを待ち続け、それにも望みを失う。感情が体を動かし、念波転送石を握りしめた手を振り上げてゴミ箱に向かって叩き付けようとした時、握りしめた指の間から青い光がこぼれ始め、薄暗くなっていた部屋を照らした。それはまだ一週間しか経っていないのに、懐かしい光だった。

『アキト……た、助けてくださ……い……』

一週間ぶりに聞こえてきたリゼットの声は今にも消え入りそうで、悲痛に満ちていた。それでもしっかりと届いた声に、わだかまりなんか全部すっ飛んでいた。

「リゼット、何があった!?」

『ご、ごめんなさい、私なんてことを……すみません、今のは忘れてください』

思わず零《こぼ》れた。そんな言葉だったかも知れない。でもその思いは確かに届いていた。それを忘れられるほど他人とは思っていない。

「忘れられるはずがないだろ！」

『……まず先に突然音信を断ったことを謝罪します。ごめんなさい、アキト……』

言いたいことはいっぱいあったが、聞きたい言葉はそれじゃなかった。

「欲しいのは謝罪なんかじゃない。何があったんだリゼット？　俺が力になれることは無いのか！」

『訳があって、こうして会話をするのはこれが最後になると思います』

言葉だけを聞けば何を勝手なと思うところだが、リゼットの望んだ結果でないことは明らかだ。だとすれば原因は外的要因だろう。

「リゼット。図々しいと笑うかも知れないけど、俺はリゼットと友達だと思っている。それは迷惑なほど勝手な思いだったか？」

『迷惑なんてそんな、そんなことありません。あるはずがありません！』

「ならわかってくれ。友達にこんな最後を告げられても納得いかない！」

『アキト……わかりました。全てをお話しいたします』

少しだけ躊躇《ためら》いを含むように話すリゼットによると、今は伯爵領を離れて地方都市に幽閉状態と言うことだ。

「幽閉……何か危険があるのか⁉」

『いえ、むしろその危険から守る為とも言えます』

「何がどうなってそんな話になった？」

『私の住む世界で一五歳と言うと、爵位の継承権が確定します。今まではあくまでも候補でしたが』

確かリゼットはもうすぐ成人すると言っていた。成人して継承権が確定するという言葉だけを聞けばおめでたい話のように聞こえるが、それじゃリゼットの悲痛な思いは何処から来た？

『通常は成人した嫡男《ちゃくなん》が継承し、長女であっても他に男子がいれば継承順位が下がります。私には義弟がいますので成人すれば、私の継承順位は第二位になるでしょう。でも義弟が成人する前に当主が亡くなると、現在正当な継承権を持つ者は私だけになります』

「それを望まない者が多い？」

『はい』

幽閉になる事の発端は、滅多に外出出来ないリゼットが義母の命令でたまたま外出した際、暗殺者と思われる集団に襲われたからだった。物盗りの盗賊としては明らかにおかしい行動だったらしい。護衛を付けての外出だったが、多くの者が犠牲になったとか。

「リゼットに怪我は無かったんだな⁉」

『私は怪我一つありません』

ホッとした。大怪我で寝込んでいるとか聞かされたら冷静じゃいられない。

リゼット自身は護衛の奮起もあり無事だったらしいが、今は安全の為に生まれた領を遠く離れ、幽閉暮らしになっていた。ただ、そこは今までとは勝手が違い、魔法に関する書物も無ければ道具も無い、本当に生きていくだけの場所だとか。それはこの念波転送石に魔力を供給する手段が無くなったことを示し、今日が最後というのはまさにそれが原因だった。

俺は何もしてやれないもどかしさを晴らすように質問を続ける。

「この後はどうなる？」

『いずれは義弟が継ぐ予定の爵位ですが、義弟に何かがあった場合は私が夫を迎え入れて爵位を継承することになります。二番目の義弟はまだ乳飲み子ですから、成人するまで父が健全であるとは限りません。もしもがあれば私が継承することもあるでしょう。今回、私が生き延びたことで義母は残念に思っているでしょうね』

「なっ！　それって……」

暗に黒幕は義母と言っているよな？

そう思っても、それを俺は言葉に出来なかった。血が通ってないとは言《い》え家族じゃないか。そんなこと……。

でも確かに可能性としては一番高いのかもしれない。今までは手を出さなかったけど、正式に爵位継承権が発生するのは見過ごせないといった所か。

義母がそういう性格なら同じことをやり返される――つまり義弟に暗殺者が向けられる可能性を考えるだろう。リゼットがそんなことをしないとしても、疑心暗鬼に陥った義母がどう動くかはわからない。側にいればそうした軋轢《あつれき》が強くなっていく気はするな。

『これが私の住んでいる世界……いいえ、私の知る世界ですね』

言い直した言葉に、リゼットの生きる世界の狭さを感じた。

「家族仲良くって訳にはいかないんだな」

他人が羨むほど幸せな家庭に育った俺には、理解が出来ないことが多い。

『そうですね。ですが、貴族に生まれたおかげで私はこうして魔法を使うことも出来ます。アキトと、と……友達になれました。全部が悪かったとは思いません』

魔法を使う為には魔封印の呪いを解く必要があると聞いている。その為には高価な魔法具が必要で、平民だったら簡単に手に入れられるものでもない。それに豊富な魔法に関する資料がなければリゼットは転移魔法の研究も出来ず、こうして話すことはなかったとも言える。

「だけど、辛すぎだよ」

たった一四歳の少女が家族に命を狙われるとか、励ます為の言葉すら思い付かない。

『仕方が無いのです。私は少し立場が特殊ですから』

「特殊？」

『私が黒い髪の持ち主だからです』

「は？」

『理解は難しいでしょうね。これは私の国の建国にまつわる話ですから』

リゼットは正当な貴族の血を引きながらも、黒い髪を持つことで忌み嫌われていた。忌み嫌われる理由は、世界で災厄をもたらした魔人の髪の色が黒かったからだという。

リゼットの住む国の貴族は、厄災の魔人を打ち倒した勇者の末裔《まつえい》に当たるらしい。その正統なる後継者の髪が黒いことは、貴族にとって禁忌《きんき》とされていた。

「そうは言っても髪の色くらいでか？」

『この国にとってあの厄災とも言える出来事は、矢面に立って戦った貴族の心に確かな恐怖として植え付けられているのです』

およそ七〇〇年前の話らしく、平民の間では髪の色など殆ど意識されなくなったと言うが、情報を伝えていく文化のある貴族の間では未だ禁忌として残っているとか。俺からすれば髪の色くらい些細なことと思えるが、それは他人事だからだろう。

その国で待望の第一子としてリゼットが生まれた時、黒い髪を持っていたことで母親は強く叱責《しっせき》され、その怒りはリゼットの命さえ脅かすほどだったという。

産後の経過が良くなかった母親はそんな状況を嘆き、リゼットを最後まで庇う様にして亡くなった。それを見て父親は贖罪《しょくざい》の意味も込めてリゼットの命を残す。

リゼットに母親の記憶は無い。それでもリゼットは、自分の存在が間接的に母親の命を奪ったという事実だけは認識していた。

「……父親を許せないか？」

聞いてからハッとする。これ以上は俺の興味でしかない。

「わるい、立ち入りすぎた」

『構いません。貴族であれば父でなくてもそうしたでしょう。それでも私は生きてここにいますから、今はそれで十分です』

親子という関係より貴族という立場の方が上に来るのか……。

結局、子供とは認められても一緒に暮らしたことは殆ど無く、隠すように育てられた為、極稀《ごくまれ》に顔を合わせる程度だったとか。

『護衛の方々の奮戦で私の身は無事でしたが、大きな被害が出ています。私は父のことを少し誤解していたかもしれません。冷たい父であると思っていましたが、そうあることで私を守っていたとも取れます。必要以上の護衛を用意くださったのも父ですから。そのおかげで今生きていられるのですから、これもやはり父なりの愛情――または謝罪なのでしょうね』

黒い髪のことも有り、正妻の長女でありながら社交の場に出ることも無く、本来であれば決まっているような婚約もまだだという。

リゼットは現在一四歳だから、俺の感覚から言うと随分早い婚約だとも思うが、歴史的に王族や貴族は早婚だと言うくらいの知識はあった。それについてリゼットがどう思っているのかは流石に訊けなかったが。

そんな立場にいるリゼットだが、それでも法は法。ウェンハイム家の長女として生まれたリゼットは成人すれば義弟に次ぐ第一位の爵位継承権があった。結果として今までにも、暗殺事件ほど露骨でもないにしろ事故のような形で命の危険に晒されたことはあったらしい。

「俺はリゼットの立場とか全然考えていなかった。自分の興味があることだけを聞いて満足していた。それで友達とか、言った自分が恥ずかしいよ」

『そんなアキトに救われてもいたのですよ』

気兼ねなく話せる。そんな関係を築けた相手はそう多くいないらしい。ボッチだとは思っていたが、それも考えを改める必要がある。望もうと周りがそれを許さない環境だった以上、本人にはどうすることも出来なかったのだから。

今更だが、魔法や世界のことばかりで無くリゼット自身にも興味を持て、とあの時の俺に言いたい！

『それに、魔法だけで言えば随分と得意なのですよ』

「どういうことだ？」

リゼットが一四歳にしてここまで魔術に精通していたのは、リゼットが一般的に行われるはずの貴族教育を受けられずにいたことが原因だった。

リゼットは他の貴族から隠されるように、離れの館に軟禁されて育った。そこは幸いにして魔法に関する書物庫として扱われていた場所で、唯一の楽しみとして魔術の研究にのめり込んでいったのは自然だった。

普通なら礼儀作法や社交界知識などで費やされる時間の全てを、魔法技術の錬磨と研究に費やしていったのだ。それ故同世代においてリゼットの魔法技術は抜きん出ていると言えるのだろう。

そしてリゼットにとっては魔法だけが身を守る手段であり、外との接点を得る唯一の手段でもあった。だから平和に暮らす貴族と比べれば本気で魔法に取り組むのもまた自然だった。

『もっとも、貴族として魔法の力が強いことはステータスですから、当然当主には魔力の強い者が求められています。義弟と大きな差があるようでは醜聞《しゅうぶん》もあると考えているのかも知れません』

「終わっていないじゃないか。まだ危険はあるってことだろ？」

『その為の幽閉でしょう。今すぐに危険があるということはありません』

「だけど、あんまりだろ……」

『私は殆ど家の外に出ることがなかったので、アキトの話を聞くのは楽しかった。出来ればアキトの世界に生まれたかった……』

「良いじゃないか！」

リゼットの零した言葉に俺は本音を感じていた。思わず言葉にしたことを後悔するようなそんな思いが伝わってきて、俺も考えるより先に反応していた。だが、俺も本心だ。

「転移魔法でこっちの世界に来いよ。俺の家は幸いにして豊かな方だからリゼットが一人増えた所でなんてことは無い。なんなら理事長権限で学校にだって行けるさ。そうすれば友達も増えるな」

転移魔法はリゼットが研究中の魔法だ。召喚魔法と古代魔法を組み合わせた魔法で、人が世界を越えられる魔法だったはず。

『転移魔法はまだ検証段階です。今は召喚しか出来ませんので』

「それじゃ、俺を呼べばいい」

『えっ⁉』

リゼットの驚くような声が、念波転送石を伝わってくる。しかし、そんな感情の溢れた様子も冷静さを取り戻すように一瞬で消えた。

『確かに念波転送石で繋いでいるこの状態なら可能だと思います。でも転移魔法、それも異世界転移魔法となれば試したことすらありません。……無理です』

「リゼット、やってみようぜ」

『アキト……諦めてください。もし転移魔法でアキトがこの世界に来ることが出来たとしても、再びアキトの世界に戻す方法は仮説の段階です。帰れなくなります』

「そこは天才魔術師が頑張って双方向転移魔法を完成させれば良いじゃないか。もちろん俺も手伝う」

『無茶なことを押しつけないでください……』

「失敗したらどうなる？」

『特に何も起こりません』

あれ、何も起こらないのか？

危険に巻き込むと言うから、てっきり失敗すると異次元の彼方《かなた》に飛ばされて大変なことになるとか、魔力が暴走して廃人になるとかあるのかと思ったが。

「何も？　爆発とかも？」

『それは魔法を失敗したのでは無く爆発の魔法を使ったことになります。一般論として魔法が失敗するということは何も事象が発生しないということです』

成功して具現化するか失敗して何も起きないかのどちらかになるってことか。

「危険がないなら良いじゃないか。試してみよう！」

『先程も言いましたけれど危険はあります。戻れなくなる危険に、私の問題に巻き込まれる危険、それにこちらの世界はアキトの世界より争いごとが身近です。他にも、町中までは滅多に来ないとしても魔物や魔人族が人を襲うこともあります』

確かにリゼットの言う危険もあるのだろう。でも俺の中には力になりたい、今の状況から救ってあげたいと思う気持ちがあった。リゼットの意思とは裏腹に心が助けてとこぼし、俺はそれを聞いているのだから。

もちろん理由はそれだけじゃない。

「リゼット、何故俺の世界に念波転送石を送った？」

『それは……』

一つだけ不思議に思っていた。世界線を越えて転移が出来るなら、同一世界で転移することも出来るし、むしろその方が容易だろう。だけどリゼットは異世界転移に拘《こだわ》った。

「それは異世界への思いがあるからだ。そしてそれは俺も同じなんだ」

『えっ？』

「リゼットが望み、俺も望んだ。その結果俺の手元に念波転送石が現れた。これが物語なら、もう既に始まっていると思わないか？」

念波転送石の魔力が切れれば二度とリゼットと話すことは出来ない。だからこの機会を逃せば、俺は再び渇望と焦燥に飲まれる日々を送るだろう。そしてリゼットがどうなったかを思い続ける。

……そんなことは耐えられない。

「ここまできてお互い遠慮するのは止めようぜ。俺がリゼットを助けたいと思う気持ちは嘘じゃない。でもそれだけじゃないんだ。リゼットの住む世界を俺も見てみたい。そんな世界があると知ってから、俺はずっとそれだけを考えていた」

『アキト……』

「リゼット、素直な気持ちが知りたい」

『……アキト……来てくれますか？　いいえ、来てくださいアキト。助けてください……もう一人は耐えられない……』

「もちろんだ！　何かあっても必ず力になる！」

■異世界転移魔法

『私が言い出したことですが、本当によろしいのですか？』

リゼットの言葉が念波転送石を通じて俺の意識に伝わってくる。

「もちろんだ」

『わかりました。それでは横になって気持ちを落ち着けてください』

俺は自室のベッドに横たわり、呼吸を整える。

『念波転送石がこちらとの相互位置を繋ぎます。何があっても絶対に放さないでください。もし念波転送石を手放せばアキトの魂魄《こんぱく》と肉体は目標を失い、永遠に時間と空間の狭間を彷徨《さまよ》うと考えられます。これは魔法の失敗では無く具現化の結果になります』

さすがにそれは御免被《ごめんこうむ》りたい。俺は念波転送石を手の中に感じ、強く握りしめる。

「よし、リゼット始めてくれ」

『異世界転移魔法を開始します……』

天から光が差すような演出も、足下に魔法陣が発生するような演出も、激しい爆発に見舞われるような演出も、特になんの前触れも無くそれは起こった。

「ぐ……っ！　……がはっ！」

体中が痛むというより細胞の一つ一つが引き離され分解されていくような、全身に走る電気的な痛みで意識が遠のき、再び痛みで覚醒する。

耐えることすら許されない痛みが続き、俺は死ぬのかと朧気《おぼろげ》な意識の中で感じた時、誰かの励ます声が聞こえた。次の瞬間、突然の浮遊感と共に全身を襲っていた痛みが消えていく。

「ほ、本当に、死ぬかと思った」

気が付けば時間の感覚が全くなかった。一秒とも一年とも思えるような曖昧な時間と空間の中で、自分の意識だけを感じていた。

ここは何処だ？　何が起きた？　異世界転移魔法は成功したのか？

周りには何も無い、色も感じなかった。暗いでもなく、明るいでもなく、何も存在しない。この感覚はなんだ。自分自身がエネルギー体のような感覚だ。意識だけがそこに存在し、肉体の感覚が全くなかった。

異世界転移魔法に失敗して、俺はこの世界で彷徨っているのか？　不安と焦りで思考が定まらない。

　さっきの声はリゼットじゃないのか？

「何処にいるリゼット？　どうしたら良い、教えてくれ!!」

　俺は世界線の向こうにいるはずのリゼットを求める。すると、そう意識したからかどうか、何も無い空間に青く光る蛍の様な光が見えた。念波転送石から零れる光と同じだ。

　俺が見覚えのあるその光に意識を向けると、光はどんどん強まっていく。光源は小さいのに目を閉じてなお、眩しさに意識が飛びそうになる。肉体が無いのだから、目を瞑《つむ》れないのか。

　あまりの眩しさに気を失いそうになる中で、光の奔流が次第に収束していく。そして光が失われると、意識だけだった俺に肉体の感覚が蘇《よみがえ》ってきた。同時に、最初と同じ強烈な痛みが全身を貫く。

「ぐぐ……が……あああぁぁ……っ！」

　またかよっ！

　霞《かす》む意識の中、最初と違う点があった。それは肉体に宿る新たな力の存在だ。

「っ⁉」

　痛みに堪える中で不意に重力を感じたが、天地もわからない。ただ体を打ち付ける感覚が痛みをより一層際立たせ、俺は体を丸めるようにして痛みを堪え続けた。

「……」

　土……草の匂いか……。徐々に感覚が戻ってくる。

　気を失っていた？

それが数秒なのか数分なのか、単に痛みから解放されて気が抜けただけなのかわからないが、生きていることは確かだ。

状況を理解する余裕が出てくると、自分の体の違和感に気付く。服を着ていない……そうだ、服は転移出来ないんだったな。俯《うつぶ》せで倒れている為、体の前面に土と草の感触があった。ただ、気が抜けたこともあって、しばらく動く気になれない。

空気が濃いな。濃密な何かが空気に混ざっている感じで、水の中じゃないのに溺れそうな感覚……これが魔力か。そして同じ物を体の中に感じる。

「道理で魔法が使えなかった訳だ……」

元の世界には魔力その物が無いのだから、魔法が使える訳ない。

「!?」

不意に首元がぞわっとする。直ぐに手をやると蠢《うごめ》く何かがいて、反射的に払い落とす。

周りは薄暗くてそれが何だったのかは確認のしようがなかったけど、それでも良かった。わざわざ虫なんか見たくない。

「うへっ、気持ち悪る！」

気だるい体を何とか動かし仰向けになると、目に入って来たのは満天の星空とそこに浮かぶ月、夜空……夜か。この世界でも夜は暗く、月もあった。ただ、俺の世界よりかなり大きくて青白いな。今にも落ちてきそうな巨大で重圧感を伴った月だ。今は森なのか雑木林なのか、少し開けた場所にいることがわかった。

「あれ？」

何で外にいるんだ？　というかリゼットは何処だ？

「リゼット⁉」

俺は身を起こし、リゼットの姿を探す。本当なら異世界転移魔法でリゼットの所へ現れるはずだが、ここは外だ。リゼットは外で異世界転移魔法を使ったのか？　そのリゼットは何処にいる？

「うっ！」

不意に強烈な腐敗臭《ふはいしゅう》が襲ってきた。俺はその場を離れようと立ち上がり、何かに躓《つまず》いて転ぶ。その何かに目を向け、そして後悔する。

「うわぁぁぁぁ！」

見るんじゃなかった！　腐敗臭とかの原因になる物は大体決まっているだろ！

淡い月の光に照らされて、視界に入ってきたのは、いくつかある原因の内で最悪なものだった。一目でわかる惨状《さんじょう》で、周りには沢山の人が死んでいた。

「うっ、何だこれ！　何だよこれは！」

生きている人がいるかもしれないという、希望的観測すら出てこないほどの惨状だった。ただ死んでいる訳でなく喰《く》われたような……いや喰われたとしか言いようがないほど死体は損傷していた。

「リゼット！　何処にいるんだリゼット！」

どうなっている⁉　リゼットは何処だ⁉　説明してくれ‼

「ぐはっ！」

苦い物がこみ上げ、四つん這いになり吐いた。何が何だかわからない⁉

今頃はリゼットの部屋でお茶でも飲みながら、何時ものようにお互いの近況でも話し合っているはずだった。そして二人で元の世界に戻る方法を検討しているはずだった。

なのに、それがどうしてこうなった？　何で人の死体なんか見ている？

「何だよこれ……」

元の世界でも人はよく死んでいた。病気や事故、事件に巻き込まれて死ぬ人。ニュースでは毎日のように戦争の話が流れ、何人もの人が亡くなったと報道している。だから自分では人の死は日常だと考えていた。

そのせいか、リゼットから戦争や魔物の話を聞いた時も、その危険に対して死のイメージが軽かった。だがこれは違う。弱い者はただ死ぬ。喰われて死ぬ。そういう世界だ。そして俺はどう考えても弱い。

「馬鹿だろ、何が助けるだ」

さんざん危険だと言われていたじゃないか。聞いていたくせに理解していなかった馬鹿は何処のどいつだ！

「なっ⁉」

星空に獣の遠吠えが響き渡る。犬じゃないとしかわからないが、それほど遠くもない。俺の脳裏に、目の前の惨状に自分が加わる姿が思い浮かぶ。

気が付くと体中が震えていた。落ち着けと考えても体は意思に反して震えが止まらない。

誰もいない、何も持っていない。警察もレスキューも期待出来ない。物語の主人公なら逆に助ける方じゃないか。それになりたかったはずなのに、現実を前にして無力感しか無かった。

「!?」

再び聞こえてくる獣の鳴き声が、さっきより大きく聞こえた気がする。恐怖がそう思わせているだけかも知れない。それでもここにいるのが良くないのは確かだった。

震えて力の抜ける膝《ひざ》を支え、何とか立ち上がる。気を抜けば直ぐにでも座り込みそうな状態だが、立ったなら歩ける。歩けるならここから遠ざかれる。そしたら少なくともあの声からは逃れられる。

「こんなとこで一緒に死にたくない。あんな死に方は嫌だ」

何でこんなことに……いや、それは後回しだ。何でじゃなくて、どうする?

取り敢えずすべきことは生き延びてリゼットに会うことだ。その為に来たんだし、それ以外に状況を理解する手段がわからない。そもそもリゼットは無事なのか?

「まさかここにいないだろうな……」

自分の考えにゾッとし、目を逸らした惨状を今一度確認する。ざっと見た感じでは、女の子らしい死体は無い。少しだけホッとすると、再び獣の遠吠えが聞こえた。

「近い!?」

やはり気のせいとは思えなかった。確実に近付いてくるその声に、恐怖が再び体の自由を奪う。

「武器も無いのに戦える訳無いだろ……」

武器……そうだ、まずは武器になりそうな物を探せ!

俺は吐きながら何体かの死体を漁り、武器と服、それから小物類におそらく貨幣と思える物を集めた。防具は痛みが激しく使い物にならなそうだったので諦める。武器は刃渡り六〇センチくらいの両刃《もろは》の剣だ。改めてこの世界が俺の住んでいた世界とは、少なくても日本とは違うと確信する。こんな剣を見るのは、マンガかゲームの世界だけだ……。

最後に細々とした荷物をまとめ、布に包む。何に使う物かわからない物も多いが、分別は後ですれば良い。今はここに長居をしたくなかった。

「どっちだ?」

四方は森で囲まれている。遠吠えがした方にだけは行きたくない。後は位置関係がわからない以上どっちへ行っても同じか……聞こえてくるのは水の音。近くで川の流れる音が聞こえた。

とにかく森の中にいるのはまずい。俺は音を頼りに進み、川辺に辿り着く。川は幅二〇メートルくらいで比較的流れは穏やかだ。向こう岸の先も森が続いているのが見える。

そのまま川沿いをさか登り、とにかく遠吠えから離れることにした。目的が出来たからか、体が震えて動かなくなるようなことは無くなっていた。今はそれだけでも助かる。体が自由に動くことで、少しだけ心にも余裕が出来てきた。

「リゼットはあそこにいなかった。なら何処にいる……」

しばらく歩いた所で、さっきかき集めた服を洗う。流石に洗わずに着られるような状態じゃなかった。出来れば着たくない。とは言っても、リゼットにしろ誰にしろ人と会わなければいけないのに真っ裸という訳にはいかないだろう。

ただ、元の世界よりは暖かいがそれでも冷えるので、流石に濡れた服を着る訳にはいかない。どれくらいで夜が明けるだろうか。火を起こすのは危険か？

でも火があれば獣も警戒して寄ってこないかもしれない。それとも逆におびき寄せてしまうか？その可能性もあるが、最悪火は武器になる気もする。アレが獣の声なら火を恐れるんじゃないか。でも、どうやって火を起こす？

集めた荷物の中にざらついた鉄製の箸《はし》みたいな物があった。勘だったが、強く擦り合わせると火花が飛んだ。火打ち石みたいな物だろうと、枯れ葉を集めて火を起こそうとしたが上手く火が付かない。火花が飛ぶだけで枯れ葉に燃え移らなかった。もっと燃えやすい物じゃないと駄目なのか。

リゼットは何処にいる？　無事だろうか？　まさか俺と同じ様な目に遭っていないだろうな。

結局、不安と寒さに凍えて、眠れたのは疲れ切った朝方だった。

■旅立ちの朝

日差しの心地良さに目が覚める。視点が定まり視界に入ってくるのは、何処までも続く森だった。森から流れる川は、そのまま反対側の森に消えていく。川辺では小動物が駆け回り、鳥のさえずりが聞こえる長閑《のどか》な風景は、昨日の惨状が嘘のようでしばし呆けていた。

「綺麗だな……」

元の世界も十分に綺麗だと思うが、この世界もまた綺麗だった。ぱっと見、この辺りで一番汚いのは俺自身だ。色々と汚れは酷いが、見た目は村人という感じだ。洗濯した服は臭いが取り切れていないし、引っかかれて破れたような跡まである。如何にも何かありましたという感じだが、それでも裸で人に会う訳にはいかないので我慢する。そう、服があっただけ大分マシだ。

それを人とは思えない死体から拝借してきたことを思い出し、再び吐き気を催したが嘔吐《えず》くだけで胃の中は空っぽだった。代わりに空腹を示す腹の音が鳴る。

「最悪な夜だったのに、お腹は空くのかよ」

……あれだけ吐けば当たり前か。でも、食べる物なんか何もない。朝起きれば御飯が用意されていて、お腹が空いてもいいようにと冷蔵庫にはデザートがあり、少し勉強を頑張っていれば妹が差し入れをしてくれた。そんな昨日までの当たり前が全部崩れていく。軽く異世界に行ってみたいと思っていた気持ちも、昨夜の出来事でみんな吹っ飛んでいた。

「帰れるのか……何処にいるんだよリゼット」

弱気でもいられない。俺はだるい体を起こし、川辺で顔を洗う。川の水は見た目が透明で綺麗だ。最悪、川の水は飲めるかもしれない。でも、こんな所でお腹を壊したり病気になったら、それこそ死ぬかもしれないのでギリギリまで飲むのは止めておこう。

冷たい水は気分を少しだけ前向きにしてくれた。今わかっているのは、リゼットがリザナン東部都市の別邸に幽閉されていると言うことだけだ。俺がいる場所も、ここからどれくらい遠いのかもわからない。

こんな出だしのゲームとかいくらでもあっただろ。最初にすべきことは決まっているじゃ無いか。問題はどっちへ向かうかだが……森はないな。町があるとしたら森の中より森の外で、それも川の近くだろうか。

「遭難《そうなん》したなら動かない方が良いんだろうけど、助けは来るのか？」

来る訳が無い。今の俺の状況はリセットにすらわからないだろう。わかっていれば初めから忠告があるはずだ。つまり自力で何とかするしかない。

よく考えろ。サバイバルの基本は水と食料だ。水は最悪川の水がある。食料は無いけど、水があればしばらくは持つと聞いたから、その間に果物でも見付ければいい。少なくてもここは人類未踏の地という訳じゃないことは確かだ。そう遠くない場所に村なり町がきっとある。

「リセットには悪いが、まずは俺自身の安全が先だな」

幽閉されているとは言え、今日明日に命が危ないということはない。結果論だが、その為に幽閉されているのだから。まずは町を見付けて、電話は無理としても手紙を届けることが出来るなら、何かしらリセットの助けを得られるかも知れない……助けに来たはずなのに、助けられるのかよ。

少し落ち込んだが、立ち直る。考えても仕方のないことは後回しだ。いつだって強気に前向きというスタイルだっただろ、ゲームの世界でだけど。

俺は川沿いに北へ――朝日が昇ったのが東なら北に向かっているはずだ――向かうことにする。三時間ほど川沿いを歩いた後、ようやく森を抜けることが出来た。

一面の森を抜けたかと思えば今度は、見渡す限り草原が続き何も無かった。何も無いというのは言いすぎか。平野では無く小高い丘の連なりで余り先の方までは見通せなかったし、所々に雑木林や岩盤が見えている。

確かリゼットの教えでは、魔物は例外を除いて魔巣を中心とした生存圏から出て来ないはずだ。この草原はなんとなく魔巣と付くような雰囲気がない。ただの直感でしかないけど、小動物を普通に見掛けるくらいだから多分魔巣とは関係ないだろう。

道すがら今後の予定を考える。まず、最大目標はリゼットとの合流だ。その目標を果たす為に現在地を知る必要がある。その為には町なり村なりに出て、人に会う必要があった。これが当面の目標だな。

次に食糧の確保だ。わかりやすい食べ物があればいいと見回してみるが、見慣れた果物や穀物っぽい物は見当たらない。あっても、毒とかあったら怖いな。動物が食べていそうな果物や植物なら大丈夫か？　もしくはちらほら見掛ける兎《うさぎ》の様な生き物を捕まえて食べるか……火がないな。流石に生食はまずいだろう。

「腹が減ったな……」

拝借したお金があるので、人のいるところに行けばしばらくの間は凌《しの》げるかもしれない。どれくらいの価値があるのかわからないのが不安だが、大の大人が持っていたのだから一食二食ということも無いだろう。

しかし、いくら歩けども町や村といった人工物が全く見えてこない。せめて道があれば希望も持てるが、それもない。やはり食糧確保の手段は考えておいた方が良いかもしれない。となると、やっぱり火が必要か。

昨日は枯れ葉に火を付けようとして失敗した。枯れ葉よりもっと燃えやすい物があれば良いのか。服を細かくほどけば燃えるかもしれない。または綿っぽい何かがあれば……あった。綿花みたいな植物が普通に生えていた。

早速それを集めて鉄の棒を擦り合わせる。昨日の苦労はなんだったのかと思うほど簡単に火が付いた。火の確保は出来そうだ。

何か物事が上手く回り始めた気がする。よく見れば天気が良く長閑な草原地帯で、小動物が見え隠れする様子は平穏その物だった。出だしは最悪だったが、現状だけを見ればそう悪い状況じゃない。

後は空腹を満たせば先行きも明るくなる。となれば肉か魚のどちらが簡単に捕まえられるかだが……見えるだけ兎の方がマシか。持っている武器は拝借した剣とナイフ。近付くことが出来ればなんとかなるかもしれないな。

「はやっ!!」

なんとかならなかった……。たかが兎、されど兎。俺の運動能力は野兎にすら翻弄《ほんろう》されるほど低かったのか。そりゃ帰宅部だったが、とりわけスポーツが苦手って訳でもないんだけどなぁ。

とにかく剣の間合いまで近付けない。なんとか近づいても剣を振るう間に逃げられてしまう。気配を消すってどうやるんだ？　マンガの主人公は普通に出来ることが、俺には出来ないらしい。

「駄目すぎだろ……」

昨夜からことごとく自信を砕かれるな。最もその自信は中身が空っぽだったんだけど。

結局、今日は食べ物を手に入れることが出来なかった。不安もあったが川の水を飲んで空腹を凌ぐ。今のところお腹を下すことはなさそうだ。

父さんや母さんも心配しているだろうな……。

この世界に来る直前。俺は一つだけリゼットと確認したことがある。元の世界で念波転送石が使えるのは俺だけなのかという可能性についてだ。

念波転送石を使ってリゼットと会話をするには波長が合う必要があった。厳密に波長が何を示すのかわからなかったが、幸いにして双子の弟である悠人《はると》とリゼットは俺と同じように念波転送石を通して意思の疎通が図れた。

当然、悠人は状況が理解出来ずに戸惑っていたが、それも直ぐに収まる。俺が興奮していた時間より早いくらいだ。

悠人はリゼットとしばらく会話をし、俺が異世界に向かうということを聞いたようだ。半分は信じていなかっただろう。でも、俺は実際に異世界転移魔法で姿を消した。

その後、リゼットの持つ念波転送石を通じて俺と悠人は会話が出来るはずだったが、俺はリゼットとはぐれてしまった。

今頃リゼットは俺の状況がわからない中で悠人と連絡を取り合い、悠人は両親に伝えているだろう。何とかリゼットと合流して無事だと伝えたい……無事と言うには若干語弊がありそうだが。

翌日。若干朝露に湿った服に不快感があるけど、天気は良いので直ぐに乾くだろう。

枯れ葉を集めた布団は寝心地が悪く、体が強《こわ》ばっていた。疲れが取れていない気がするけど、だからといってここで休んでいる訳にもいかない。

この世界に来る前はリゼットに助けてやるとか偉そうなことを言ったけど、自分一人食べていくのも大変だな。会った時に、散々大変だと注意してくれたのに重要視しなかったことを謝ろう。

「ともかく、今日こそ食べ物を何とかしないとな」

魔法でも使えれば随分と違うんだろうけど……あれ、使えないと決まった訳じゃ無いのか。この世界に来る時に感じた力は魔力として今もしっかり認識出来ている。魔法が使えれば遠距離から攻撃が出来て倒せそうだし、試してみて損は無いだろう。

リゼットに聞いた話では、たしか魔法を使うには三つの方法があったはずだ。

一つ目は魔法具を使う方法。魔力を制御し魔法具に仕組まれた魔法陣に魔力を通すことで魔法が使えるようになる。

二つ目は魔声門と呼ばれる方法。魔法を使うには、魔力の具現化に必要な魔法陣を意識下に構成する必要がある。その魔法陣のイメージと魔力制御をサポートするのが呪文で、呪文を使って魔法を発動する方法を魔声門と呼んでいたはずだ。

三つ目は無詠唱と呼ばれる方法。呪文の詠唱をせずに魔力の制御能力だけで意識下に魔法陣を作り上げ、魔力を具現化する方法。

魔法具を使うのが初歩で、次に魔声門による呪文の詠唱があり、上級として無詠唱があると聞いている。

今の俺には魔法具を用意出来ない為、初歩は無理だ。次の魔声門に関しては、知識としては聞いてわかっているが呪文は覚えていない。単純に呪文が長いのと概念がよくわからなかった。残るは上級と言われる無詠唱による魔法だが、呪文に頼らず正確な魔力の制御が必要になる。魔法を使ったことも無いのに、いきなり正確な魔力の制御と言っても難しいか。

「だからと言って、やらなきゃ出来ないのは当たり前か」

俺はやれば出来るなんて言うのは間違っていると思うが、やらなければ出来ることも出来ないことはわかる。

難しいのは確かだが転移魔法でこの世界に来る時、俺は確かに自分の身に宿る新しい力として魔力を感じていた。そして、その制御もある程度感覚としてわかった。手足を動かすほど簡単では無いけれど、慣れれば無意識で扱えると感じる。

元の世界にいて手を動かすのに必要なことはただの意思だが、根本では意思により力が制御されている。魔力の制御もそんな感じと思えた。そして、知識としてはリゼットの教えがある。これを合わせることで、なんとかなりそうな気がする。

俺は無詠唱魔法の練習をすることにした。急がば回れという奴だ。基礎は習っているから素質があれば使えるだろう……素質が無いと使えないんだよな。

リゼットは精霊魔法が使えないと言っていた。優れた魔術師であるリゼットでさえ使えないというのからだ、素質というのは重要なのだろう。

それとももう一つ駄目な可能性がある。魔法を使う為には魔封印の呪いを解呪する必要があると聞いている。遺伝性のある呪いで、この世界に生まれた人は等しくその呪いに掛かっているとか。それがもし異世界にも及ぶなら俺には魔法が使えないかもしれない。

「まぁ、試してみるしかないな」

息を整え、目を閉じる。癖みたいな物だが、目から入ってくる情報を遮断《しゃだん》することで集中しやすくなる。もちろん実戦の中では全く役に立たないけど、魔法を発動するという感覚を掴むまではこの練習方法がいいと思う。

この世界では体を構成する一つ一つの細胞が活性化して生まれ出るエネルギーを魔力と呼んでいる。もっとも、この世界には細胞という概念が無い為に、初めはリゼットの言っていることを理解出来なかった。リゼット自身も説明するのが非常に難しいと言っていた。

俺はこの世界に来た時、新たな力として体に魔力が宿るのを感じた。だからその魔力が細胞体から生まれ出ているという認識が出来た。今まで持っていなかった別の力が体に存在すると明確にわかるのは助けになるはずだ。その魔力を意思の力で制御し具現化すればいいと考えている。

体内の魔力を意識する。あの不思議な空間で感じた、魔力が全身を伝わる感覚を思い出す……。しばらくすると、どう言葉で表せば良いのか、敢えて言葉にするならアドレナリンが分泌されて肉体が活性化し、力が漲ってくる感覚が得られた。ここまでは上手くいっている気がする。

続けて魔力を左手の拳に集めるように誘導する……難しい。魔力を静から動の状態に移行するコツを掴むべくしばらく四苦八苦し続けると、僅かに魔力の流れを産み出すことが出来た。一度感覚を掴むと意外とわかりやすい。さらに続けることで魔力を左手に集中することが出来た。

俺は手近な木に向かって左手を引き絞り構えると、撃ち抜くようにして拳を突き出す。同時に魔力が左腕を抜けて飛んでいくのに合わせて流れを制御し、拳の先に溜まった魔力を放出するべく圧力を加えた。

すると突き出した拳から見えない魔力が放たれる感覚の後、無色の陽炎《かげろう》のような何かが五メートルほど軌跡《きせき》を残し、木の幹にぶつかって激しい衝撃を与えた。

「うおっ！」

思わず自分で自分のやったことに驚く。さすがに砕け散ったりはしなかったが人に当たれば気絶くらいはさせられそうな衝撃があった。

魔法が使えた……使えたのか？

「よしっ!!　よしっ!!」

俺は拳を握りしめ、泣いていた。前向きに頑張ろうとは思っても、上手くいってなかった。三日目にしてようやく希望が見えてきた。小さな希望だけど、それは俺の身を守るという意味では大きな希望だった。

「ははっ……なんだ、簡単じゃないか」

少し強がってみる。そして、思ったよりも簡単に魔法が使えたことに、魔封印の呪いが掛かっていないことに安堵《あんど》する。

とりあえず正式な魔法の名前がわからないので、適当に魔弾《マジック・ブリット》と呼ぶことにした。魔法の弾……そのままが良い。余り理解されることは無いが、俺のセンスは悪くないはずだ。

俺は今一度、今の感覚を思い出しながら魔弾を放つ。それは同じように木の幹を揺らした。

「いけるか……」

魔力の制御を無意識に出来るようになるまでこれを続けよう。狙い撃つまでに溜の時間が必要だけど、まずは実戦投入で使い勝手の確認が必要だ。


「だぁ！　無理だ！」

俺は困っていた。たかが兎、されど兎。三時間ほど追い掛けて、まだ一匹も狩ることが出来ない。

とにかく奴はすばしっこい。音にも敏感らしく、近付くのもなかなか難しい。なんとか近付いても魔弾を撃つ前に気付かれ、逃げられてしまう。あれを剣で倒そうとか思っていたのは誤りだ。というか、これは罠とかの出番だろ。とは言え、無い物は仕方がないのだが。

それでも諦めるという訳にはいかない。食べなければその内に動けなくなる。そしたら今以上に狩ることが難しくなるはずだ。

俺は次の獲物を見付け、近付き過ぎない位置で立ち止まる。その距離およそ五メートル。威力を保ちつつ魔弾の届くギリギリの距離だ。遠すぎると当たってもダメージにならず、そのまま逃げられてしまう。

五度目の挑戦。左手を引き絞り、魔力を集め兎に向かって——解き放つ!!

瞬間、何かに弾かれるように兎は五メートルほど吹っ飛んでいった。そして、しばらく痙攣《けいれん》していたがそのまま動かなくなる。どうやら衝撃で首の骨が折れたようだ。

「ふぅ、やっと一匹か。なんだ、簡単じゃ無いか」

言っていることが全く矛盾している。強がっていないと挫けそうだった。頬を伝う涙を袖で拭う。俺はこんなに泣き虫だったのか。たかだか兎が倒せなかっただけじゃ無いか。何も泣くほどのことじゃないだろ。まったく。でも、今ばかりは誰の視線も無いことが救いだった。


倒した兎は体長四〇センチほどで、俺のイメージしている兎より後ろ足が大きく目立つ為、大足兎と命名した。俺しかいないこの世界では俺に命名権がある。もちろん誰かに出会った際には、大多数の意見に従うつもりだ。

気持ちを持ち直した俺はその後も同じように狩りを続ける。そして三匹目の大足兎に魔法を撃った瞬間に意識が遠くなった。魔力切れだろうか、精神的な気怠さが襲ってきた。このまま無理をすると気を失う、そんな疲れだ。限界付近でどんな体調変化が起こるのかわかったので、次からは気を付けることにする。

現時点で魔弾が撃てるのは一〇回程度だ。リゼットは、魔力量自体は鍛錬で増やすことが出来ると言っていた。具体的に鍛錬が何を示すのかわからないが、体力と同じで魔力を限界まで使ってから休むことにした。

日が暮れる前に火の用意と食事の準備をする。しかし、相も変わらず考えが甘かった。兎の肉を食べるにしても、きちんと捌《さば》かないといけない。知識としては血抜きをして皮を剥《は》ぎ、内臓を傷つけないように取って水洗いと言うくらいはわかる。でも、血肉を見た瞬間、あの夜の惨状を思い出してしまった。

しかも、今度は自分で肉に刃を突き立て解体しなければいけない。背中に寒気が走る。それでも頑張ってなんとか捌いた。

火は起こせるようなったが、今度は薪《まき》がなかなか集まらない。草原とは言っても、雑木林の様な物は其処彼処《そこかしこ》にあるので直ぐに手に入るかと思ったが、小枝ばかりで直ぐに燃え尽きてしまう。もしかして炭とか用意しないといけないのだろうか。

幸い小枝はそれなりにあったので、それを燃料に細めの倒木を燃やすことにした。薪と言うには大きすぎるが仕方が無い。火力が強いので、もし危険な動物が近寄ってきても武器として使えると言い訳をしておこう。

焼き上がった兎の肉は、二日日ぶりの食事だった。見た目はなかなか美味しそうに出来ている。大草原でバーベキュー風なのも風情があって良い。満天の星空に青く輝く巨大な月も出ていて、なかなかに幻想的だ。

しかし、料理の方は残念ながら余り美味しくなかった……、肉はまぁ、多分悪くないと思う。調味料がなかったからだろう。せめて塩だけでもあれば良かったが。まぁ無い物は仕方が無い。塩気の無い食べ物って食べにくいと学んだ。

あ、塩が無いと人は死んでしまうんだよな。どれくらい取らないでいると駄目なんだ。まさか人に会う前に塩が無くて死んでしまうとかあるのか……想像出来ないな。

味はともかく、お腹は膨れた。昨夜は空腹で殆ど眠れなかったし、今日は歩いた上に狩りで疲れた。草を敷いただけの地面だけど、昨日とは違って、直ぐに眠りについていた。

翌日も幸いなことに快晴だ。今の状況で雨に降られるのはきついので助かる。

俺は昨日に続き、北に向かいつつも大足兎を狩っていた。しかし、何で俺は兎を三匹も狩ったのだろう。一匹で一食分くらいの肉の量が取れるのに。

生肉がそんなに日持ちする訳が無く、かといって燻製《くんせい》とか作る知識も無い。試しに遠火で水分が飛ぶまで炙《あぶ》ってみたが、これが燻製だとは思えない。出来ればこれを食べなければいけない事態にだけはならないで欲しい。

ともあれ、気を取り直して歩くことにした。ひたすら歩く。歩きながら魔力の制御を練習し、兎を見付けては倒す。肉が目的では無くどちらかというと毛皮だ。村とか町に着いた時、少しでもお金に出来る物があった方が良いと考えた。実際のところ兎の毛皮が売れるとは限らないが、まぁ、ゲームの知恵を実行しているだけだ。

肉は古くなった物から捨てることにする。もったいないが、今は計画的に動くことにする。常に新しい肉を持つことで、兎が狩れなくても直《す》ぐに飢《う》えることは無くなるはずだ。

「やばい!!」

計画的に動いた結果がこれだよ!!

今の俺は三匹の狼《おおかみ》に狙われていた。兎の毛皮を乾燥させる為に木の棒にぶら下げ、道中は兎の肉をいくつか捨ててきた。自分から狼を引き寄せる行動を取っていたと、今更ながら自分を叱咤《しった》したくなる。

狼の実物を見るのは初めてだ。それでも犬と見間違えようのない獰猛《どうもう》さで殺気立っているし、唸り声からして危険な気がしてならない。あぁ、でもドーベルマンよりはマシに見えるな。ドーベルマン好きの祖父のお陰でちょっとは狼が可愛く見えてきた。よく見たらモフモフじゃないか。

突然、威圧するかのように唸りを上げる狼。

「やばい！　やばい！　やばい！」

俺は狼の前に兎の毛皮と燻製もどきを投げ捨てて逃げた。兎の毛皮が囮《おとり》になってくれるかわからなかったが、戦うにしてもどうせ邪魔だ。幸いにして狼は兎の毛皮に夢中のようだ。

俺はとにかく走った。頑張った。でも、狼は早かった。やっぱり毛皮じゃ満足しなかったらしい。

「馬鹿だろ！　俺は絶対に馬鹿だ！」

せっかく開いた距離が見る見る間に縮まる。絶対に追いつかれる。このまま走っていても力尽きて追いつかれるだけだ。だったら余力がある内に迎え撃った方が良いのか。どっちが正解だ？

「くそっ！」

結局、戦うことにした。前方の小高い丘を駆け上がる内に追い付かれると判断したからだ。ならば、最初の一匹は魔弾で確実に仕留める。三匹相手は分が悪い、多くても二匹までだ。それでも優位とは思えないが三匹よりはマシだ。

いざ立ち向かおうとすると、恐怖で膝が笑い腰が砕けそうになる。

「おおおぉ!!」

自然と声が出ていた。いや、声を出さずにはいられなかった。

俺は魔力を溜め、先頭で走ってくる狼に狙いを定める。近付いてくる狼に合わせるように、心臓の音が高まり、音となって聞こえてくるようだ。

それにしても妙な感覚だった。魔力が活性化したせいか集中力が高まっていく様な気がする。まるで五感が高まったような感覚に、自然と狼が良く見えていた。

狼は三匹だが二〇メートルほど間隔が開いている。ならば同時には来ない。

死にたくなければ追い付かれるまでの間に作戦を考えろ!

一つ、そのまま止まらずに飛び掛かってくるなら、一匹ずつ魔弾で仕留める。

二つ、直前で停止して警戒してくるなら、こちらから迎え撃って合流される前に仕留める。

三つ、連携して——俺は先頭で飛びかかってきた狼に魔弾を撃ち込む。殆ど反射的だったが、意外と空中にいる方が狙いやすかった。左右に逃げ回る兎に比べれば随分と当てやすい。

弾かれるように吹っ飛んでいく一匹目を無視して、直ぐに右手の剣を足下に向かってきた二匹目の顔に向かって突き出す。剣の振り方とかわからない。だから、槍の様に突き出して刺されば良いくらいの考えだ。

幸いにして勢いを止めきれなかった狼は俺の突き出した剣先で頬の辺りを切り裂き、地面を転がって鳴き喚いた。

そして三匹目が飛びかかってくる。右手も左手も余裕が無い。屈んで躱《かわ》す——と言うより、開かれた口が怖くて身が縮んだ。

本当に三つ目の連携してくるに当たるとか、そんなに頭が良いのかよ！

三匹目が頭上を越えるのを感じた時、右足に激痛が走った。見れば二匹目の狼が膝の上の辺りに噛み付いていた。熱さと痛みが同時に襲ってくるが、異世界転移魔法の時ほど痛くは無い、あれに比べれば我慢出来るだけマシだ。

「は、放せよ!!」

噛み付いて暴れる狼の首筋に剣を突き立てる。皮膚を焼かれるような痛みはあるが、それよりも俺の足に噛み付いている狼をどうにかしなければと言う思いが大きかった。

二匹目が首から血を流し噛み付く力を失っていく中で、俺を飛び越えた三匹目が今度は首筋に噛み付こうと、再び飛び掛かって来た。

辛うじて右手でカバーするが、今度はその右手に噛み付かれ、右足に続いて右手にも激痛が走しる。

「いっ!!」

狼と言っても中型犬くらいの大きさがある。まともに飛び掛かられた俺はそのまま地面に倒された。

右手に食らい付いた狼は、右腕ごともぎり取らんばかりに暴れ出し、激しい痛みとは反対に右腕の力がどんどん抜けていく。

「ふざけるな！」

いつの間にか怒りが恐怖を上回っていた。確実に分泌されているアドレナリンが、生存本能を優先していた。

俺は焦る心を気力で抑え込み、全力の魔弾を狼の頭に撃ち付ける。同時に魔力切れだ。全力で撃ち過ぎた……。

スウッと意識が遠のき、俺は気を失うのだとわかった。最後の狼が倒せたのかどうか、今の俺にはわからなかった。倒せたとしても気を失っている内に失血で死んでいたとか嫌だな。

何だよこれ。くそっ、死にたくない。なんで俺は弱いんだ……よ……。

■生き抜く為に

凄くだるかった。目を明けるのも億劫《おっくう》だ。腕が痛む。足も痛い……痛いのか、あぁ、生きているな……。

魔力の使い過ぎで気を失ったのは覚えている。狼は倒せたのか。生きているってことは倒したか。ならここはあの草原か。でも背中に感じる柔らかさが地面とは思えないな。気だるいが状況を確認するには仕方が無い、目を開けるか。

薄らと開けた目に強い光が入り、世界が真っ白に染まった。まぶしさに少しずつ意識が覚醒してくる。明るさに目が慣れ最初に認識出来たのは天井だ。

「……ここは……部屋の中か」

そしてベッドの上だな。自分のベッドと比べるとあまりにも粗末だったが、掛けられた布団もシーツも古いが清潔な物だった。

体を起こし布団をどけると、また裸だ。気が付くと裸になっている世界なのか。

右腕と右足には丁寧に包帯が巻かれていた。指先に力を入れ、動く感覚を確かめる。

「痛くもないな……違和感はあるけど噛まれた時ほどじゃない」

我慢出来ないほどの痛みも無い。というか、殆ど痛みが無い。

余程処置が上手かったのか、覚悟をしていた痛みはなく、指もしっかりと動いた。

「良かった。神経や筋を食いちぎられたかと思ったけど大丈夫みたいだ」

あの後、倒れた俺を助けて介抱してくれた人がいるのは確かだ。裸なのは治療の為に服を脱がしてくれたのだろう。ボロボロだったしな。それに、元々下着は付けていなかった。

見渡せば直ぐに全貌が掴める五メートル四方ほどのこの部屋には、俺以外に誰もいない。

窓から差し込む光が照らし出す部屋は、綺麗に整理され、埃《ほこり》っぽさも無く清潔だ。控えめな調度品で飾られていて、質素だけど下品なところが無く落ち着く雰囲気になっている。

ベッド脇のテーブルには水差しとコップが用意されていた。それを目にした途端、喉に渇きを覚える。俺がその水差しに手を伸ばした時——ガタッ。扉が開いて一人の少女が入ってきた。

この世界に来て初めて出会った生きている人間だ。三日目……いや倒れてからどれくらい経ったかわからないから正確じゃないが、ともかく人に出会うことが出来た。

バタン！

その少女は俺と目が合うと踵《きびす》を返して扉を閉める。

「えっ、あれ？」

「ふ……服を着てください」

扉越しに少女の声が聞こえる。落ち着いた、聞き心地の良い声だった……あ、全部見られた。そういえば裸だったんだ。

立つと少し目眩《めまい》がしたが、直ぐに収まる。

俺は椅子に掛けてあった服を手に取り、そそくさと着る。あの子が洗ってくれたのだろう。狼に食い破られた右腕と右足の部分も当て布がされ丁寧に縫《ぬ》ってあった。

「一応これで問題ないか……」

レディに会うには身だしなみが大切だ。

俺は服を着てから、唯一の扉を開ける。気まずいが既に見られた以上は仕方が無い、相手が可愛い子だったのを役得《やくとく》と思うことにしよう。元の世界だったら事案発生で大変なことになっていた。

扉の向こうは今いた部屋より大きな部屋で、リビングのような感じだ。そこで少女がこちらに背を向けて立っていた。佇《たたず》まいの綺麗な子でしばし見蕩《みと》れていたが、そうもしていられないので声を掛ける。

「あの……はじめまして。俺の名前は彰人《アキト》。助けてくれてありがとう」

基本は挨拶・礼儀・感謝。これで人間関係は円滑に進むはずだ。校舎に入ると目の前に掲げてある額縁に校長直筆で書いてあるのを三年も見続けたんだ。ここで役に立ってくれないなら意味が無い。

「おはようございます。ルイーゼと呼んでください。お怪我の具合はいかがですか?」

「!?」

振り向いたルイーゼは、息を飲むほどの美少女だった。思わず呼吸を忘れて咽《む》せるほどに。

「まだ無理をされない方が」

咽せたのが怪我のせいかと気を遣ってくれることに、少し罪悪感を覚えた。でも、ここで正直に言うのは流石に無理だ。

ルイーゼは背が低いけど、恐らく同じくらいの歳だろう。まだあどけなさの残る少女だった。栗色の髪でショートボブがよく似合っていた。くるりとした大きめの瞳は碧《みどり》色で、小さな可愛らしい唇は白桃色をしている。綺麗な少女だった。

土地柄かお洒落の最先端を行く町に生まれ、周りもそれを意識して磨き上げているクラスメートが多かった。正直綺麗どころには慣れていると思っていたが、飾らない美しさというのが身に染みてわかる。

そんな俺の凝視を受けてか、振り向いたルイーゼは赤く染まった頬を両手で隠すようにしていた。

「あの、まだ怪我は痛みますか?」

ルイーゼが首を傾げて俺の顔を覗き込む。

身長は一五〇センチ切るくらいか。いやそんな観察している場合じゃ無い。

「え、あ、ごめん。痛みは大丈夫、むしろ痛みが無くて不思議なくらいだ。手当てをしてくれたのはルイーゼか」

「傷の手当ては私ですが、運んでくださったのは町の冒険者の方です」

冒険者、やっぱりいるのか。俺はその冒険者の名前と特徴を聞いておく。会うことがあれば、お礼を言いたい。

「椅子《いす》に掛けてください。治療しますね」

「治療？」

俺は言われるままに椅子に座る。ルイーゼが俺の後ろに立ち、両手を肩に乗せると、心地良い暖かさが伝わって来た。

「そのまま気を楽にしていてください。まだ不慣れなので失敗するかもしれませんが」

失敗するのか。まぁ、死ぬことは無いだろう、こんな優しく殺されたらびっくりだ。

言われるままに目を閉じて心を穏やかにする。可愛い子のお願いだ、出来るだけ聞いてあげないといけない。

「水は生命の源《みなもと》、魔力は力の源、肉体は二つの源を宿す………」

心地良い声色で綴《つづ》られる言葉が心に落ちる。歌うように慈愛に満ちた声に聞き入る。

あれ、これは魔法じゃないのか？

リゼットの説明にあった魔声門による魔法に思える。と言うことはこの言葉の意味を聞き、理解し、それをイメージして魔力の制御を行えば、魔法陣が意識下に構成されて魔法が使えるようになるはずだ。

水は生命の源、これはわかる。人間の体の七〇パーセント近くが水だ、そして水が無いと人間はすぐに死んでしまう。人間なら何をするにもまずは水の確保が最優先なのはどの世界でも変わらないのだろう。

魔力は力の源、これもイメージは出来る。転移してきた時に感じた力や魔弾を撃つ時に感じる力だ。肉体は二つの源を宿す。これはそのままだろう。

こうして綴られる言葉の意味を考える。後で使えるか実験する為にこうして魔声門を実際に聞くことが出来たのは参考になった。失敗するかもと言っていたのは気になるが……。

そういえば先程から自分の体の魔力が活性化するというか、自分の意思とは関係なく、言葉にすると力が漲《みなぎ》ってくるみたいな感じを受ける。呪文が完成しないのに魔法が発動しているのだろうか。聞いていたのと少し違うな。とりあえず聞いてわからないことを覚えるチャンスだ。ルイーゼの魔声門に集中しよう。

詠唱は三〇秒くらい続いた。慣れてくるとどんどん短く出来るらしいけど、自分には使えないのだから、使えるだけでもルイーゼは凄い気がする。そもそもこんなに長い呪文を覚えられるかも怪しい。

「……彼《か》の者に再生の喜びを」

魔法の詠唱が終わると、体中の魔力が爆発的に活性化するのがわかった。俺はそれを素直に受け入れる。なんとなくこの魔法は成功すると感じていた。自分で想像した通りに魔力が体に染み渡ってくる。痛んでいた細胞が再生し、心地良い脱力感に見舞われる。

「ありがとう、ルイーゼ。もう怪我をしていたとは思えないくらいだ」

「女神アルテアに感謝を」

ルイーゼはにっこり微笑んで、コップの水を差し出してくる。

「ありがとう。やけに喉が渇いていたんだ」

「二日ほど眠っていましたから」

一晩くらいのつもりでいたけど、二日も寝ていたのか。

「はぁ、水がうまい……」

温めの水は渇いた喉に優しく、足りなかったものが満たされていく感覚に今度はお腹が反応した。

「たいした物は用意出来ませんが、消化の良い食べ物を用意しますね」

ルイーゼは俺のお腹が鳴ったことを笑わず、食事の用意の為に隣の部屋に向かっていく。扉の無いその部屋は厨房のようだ。しばらくするとお湯の沸騰する音が聞こえてきた。野菜を刻むリズミカルな音、続いてゆで上げるコツコツとした音に変わっていく。野菜特有の甘みのある匂いが届いてくると、再びお腹が空腹を主張し始めた。

死に掛けたとは思えないほど、健康的な体だな……。

弱ったところで美少女に優しく介抱され、手料理まで頂くことになった。こんなことを友達から聞かされたら悔しさに枕を濡らしていたことだろう。自分が聞かされる立場にいないことにホッとしていると、ルイーゼがお盆にスープの満たされた器をのせて歩いてくる。

「熱いので、少し冷ましてから召し上がってください」

「ありがとうルイーゼ、頂くよ」

「はい」

旨いな……優しさが身に染みる。

確かに食事は粗末な物だったが、久しぶりに食べるきちんとした食事は十分に満足のいく味がした。

俺はルイーゼに今一度お礼を述べる。優しく微笑むルイーゼは天使だった。

気が付けば、後片付けをするルイーゼの背中を見続けていた。弱っていた所を助けられたせいもあるのだろうか、目が離せなかった。美少女で優しいのもあるけれど、線が細くて放っておけないような……あぁ、これは庇護欲《ひごよく》か。

勝手なイメージを作っていることに気が咎《とが》め、視線を逸らし、世間話で間を持たせることにする。

「俺は近くで倒れていたのか？」

「一つ丘の向こうですね」

なんと俺が倒れていたのは、もう町の直ぐ近くという所だったらしい。ここはグリモアの町で丘を越えた所にあった。

力尽き倒れていた俺をルイーゼが見付け、さらに通り掛かった冒険者の助力を得てルイーゼの家に運んだ。後は二日ほど先程の治療を繰り返しながら看病してくれたらしい。

「狼、倒せていたんだな」

「この辺りまで狼が来ることは珍しいのですが」

俺は最後の狼をきちんと倒していた。倒れていたところに三匹の死体があったそうだ。もしあの丘を越えて町を見付けたとしても、狼を連れて逃げ込むわけにはいかなかっただろう。あの時は生きることに必死でそこまで考えが回らなかったが、あそこで狼を倒せたのは結果的には良かったのかもしれない。一番良いのはそんな目に遭わないことだが……。

狼は来たと言うより、俺に誘い出されたという方が正しい気がする。余りにも間の抜けた話で、真相は秘匿《ひとく》することに決めた。

「ルイーゼ。随分と手間を掛けさせたから、ご両親にお礼を言いたいんだけれど」

一瞬、洗い物の手が止まり、間を置いて再び動き出す。

「両親はいませんので、気にしないでください」

そう言えば、室内は凄くシンプルというか物が少なかった。本当に必要最小限という感じで、まるで一人で住んでいる様な……。

「もしかして、一人なのか？」

「はい」

リゼットだけじゃなくここにもボッチが!?

じゃなくて、この世界ではこれが普通なのか……いやそんなことは無いだろ。ボッチが世界標準とか寂しすぎる。

「一年ほど前、森で採集中に魔物に襲われて他界しました」

洗い物を終えて戻って来たルイーゼが、言葉に詰まった俺の様子を察し事情を話す。

「悲しいことですが、落ち込んでばかりもいられません。私これでも、町の子供達を引率して採集をしたり、お店の手伝いをしているんです」

先程までの笑顔と違い、精一杯の笑顔が逆に酷く悲しげに見えた。

「仕事、休ませてしまったな」

「構いません。無事で何よりです」

今の俺に力になれることは無い。むしろ世話になって邪魔をしていると言えた。

それは残念でもあり悔しくもあったが出来ることといえば、状況を確認してルイーゼの負担にならない様に早く出て行くくらいだ。

「ルイーゼ。実は迷っていて、ここが何処なのか全然わからないんだ。良かったらこの辺りのことを教えてくれないか」

「わかることでしたら」

ルイーゼに聞いた所、ここグリモアの町はエルドリア王国の西に位置し、リゼットのいるリザナン東部都市とは真逆の位置だとわかった。

ここから徒歩で移動すると四週間程掛かるらしい。時速四キロで一日一〇時間歩けば四〇キロ。四週間で一一二〇キロくらいだろうか。何故こんなにズレたのか……時差か。

リゼットとの話の中で二時間ほどの時差があることはわかっていた。流石に一日の周期がある以上時差までは合わせられないのか。いや、合ったからこそ時差がそのまま位置の差として現れたのか。下手に海の中に放り出されなかっただけ良かったと思うべきかもしれない。

「リザナン東部都市に行かれるのですか？」

「知り合いがいて、会いに行く約束をしているんだ」

「乗合馬車でしたら二〇日ほどですが、銀貨二〇枚ほど掛かりますね」

それがどれくらいの価値なのかわからない。

「今持っているのは……」

「荷物でしたらこちらです」

壁際に俺の荷物が置いてあった。俺は荷物から拝借してきたお金と思われる物を取り出す。

「銀貨一枚と、銅貨が四五枚ですね」

ちなみに銀貨一枚は銅貨一〇〇枚らしい。

「この町で一日暮らすにはどれくらい掛かるかな」

俺は田舎者だからわからないと言うスタイルで通すことにする。

「そうですね……安宿でしたら一晩銅貨一〇枚くらいだと思いますが、お薦めは出来ません。町の東に安宿が多いのですが、余り治安が良くありませんので。出来れば南にある冒険者街に泊まられた方が良いと思います。一晩銅貨二五枚くらいだと聞いていますが」

治安が悪いのは出来れば避けたいな。これからどうにかして路銀《ろぎん》を稼がないといけないのに、それを奪われるような状況に身を置くのは本末転倒かもしれない。

となると、泊まれるのは五日か。その間に路銀を稼ぐか。

「少し待ってください」

ルイーゼはそう言うと部屋を出て行く。

しばらくして手に何かの毛皮を持って来た。あの毛皮の色は……。

「アキトさんの倒した狼の毛皮です。これを売れば銅貨三五枚位にはなると思います」

ルイーゼは俺の倒した狼を回収して、毛皮を剥いでおいてくれたらしい。

「ルイーゼ、お礼としては少ないかもしれないけど、それは受け取っておいてくれ」

どうせルイーゼがいなければ狼の皮どころか餌になっていたくらいだ。命のお礼としては少ないと思うが、今の精一杯だ。遠慮するルイーゼに無理矢理受け取ってもらう。

「改めて、ありがとうルイーゼ。おかげで助かったよ」

「あの、いくら怪我が回復しても、血を失ってから時間が経っていますと直ぐには動かない方が良いと思います。後二、三日は泊まって行かれた方が……」

美少女に泊まってとか言われたら断れる訳無いじゃないか。それでも、まずはリゼットに会うのが最優先事項であることに変わりはない。

「流石に直ぐは無理をしないよ。せっかく助けもらったのに、命を無駄にしたくは無い。ただ、田舎者だから色々とわからないことが多いんだ。取り敢えず町へ行って今後の方針を決めるよ」

道草を食ったせいでリゼットが大変な目に遭っていたとかだと、何の為にこの世界へ来たのかわからなくなってしまう。

それに、俺がいればルイーゼは仕事に出にくいだろう。これ以上休ませていては、質素な生活すらままならないかも知れない。

「これで恩が返せたとは思えないし、用が済んだらまた会いに来る。しばらくは町にいるし、リザナン東部都市に向かう前にも挨拶に来るさ」

「ですが……」

ルイーゼは未だに心配そうな顔をしているが、後ろ髪を引かれる思いで冒険者ギルドへ向かうことにする。

途中で振り返れば、戸口に立ちこちらの様子を窺《うかが》っているルイーゼがいた。心配ない、そう言いたかったが今戻るのも本末転倒だ。

ルイーゼの家は外から見れば慎ましい小さな家だった。町と言いながらも近くに他の家は無く、何処となく孤立した感じを受ける。ルイーゼはこの家で一人生きていく。それが普通だと言われれば異世界から来た俺に言えることは無いが――

「むしろルイーゼの方が心配で堪らない……」

誰かの為に何かが出来る力が欲しいな。そんな力があると思っていたんだけど、自惚れだった。今の俺は誰かに保護されていなければ生きていくことも出来ない。

元の世界じゃ生きる力が欲しいとか考えたことも無かった。平和惚けとはよく言ったものだ。他人事のように聞いていたけど、俺にも言えることだった。

今の俺がルイーゼにしてやれることはない。ルイーゼは大丈夫、そう自分に言い聞かせる。振り返るのは止めよう。目指すのは緩やかな陵丘の向こうにあるグリモアの町だ。

俺は気持ち早足で町を目指した。

グリモアの町は思ったよりも大きい町だった。簡易的な木の柵で囲われているものの、それで防げるのは牛や馬と言った大きめの動物くらいだろう。

トラブルなく町に入れるかと構えていたが、そもそも門という門もなく、当然門番もいない。だからちょっと拍子抜けするほど簡単に町に入ることが出来た。まぁ、こんな所でラノベのお約束とか、実際に起こると困るが。

「旅立ちの町としては申し分ないじゃないか」

俺は町に入り、人通りの多くなってきた辺りで立ち止まる。そして安心した。どうやら俺はきちんと町に溶け込んでいる感じだ。通りを行き交う人を見ても服装以外は俺の世界の人間と変わりない……少しだけ人種が入り交じっている感じはするが、海外旅行を思い起こせば今と似たような感想だったことを思い出す。

文化レベルはいわゆる中世初期のヨーロッパを思い起こさせる。ただ、そう言った側からなんだが、一部の建物は妙に精巧な造りで緻密な装飾が施されていたり、技術の差がちぐはぐだ。

建物は木造建築がメインで、ガラス窓は見当たらない。馬車も荷車もみんな木造なので、茶色い町と言った感じだが所々に経つ大木の緑が自然で、落ち着いた雰囲気の町だった。

「まず最初にやるべきことは衣・食・住の確保だよなぁ」

確かリゼットの話では魔石が生活の必需品で、魔石や素材その物を求めて狩りをする冒険者や狩人がいるという話だ。なんの伝手《つて》もないこの世界で仕事を探すよりは、大足兎の延長の方がわかりやすい。……狼は許してください。

ルイーゼの話では、獲物を売る時には冒険者ギルドか商業ギルドに入る必要がある。売買の際に税金を引かれるが、代わりに身元の保証人になってくれるそうだ。

身元の保証だけで、何かしらの責任を持ってくれる訳では無いようだが。

「冒険者ギルド？　二つ先の通路を右に入っていけばリッツガルドって酒場がある。その隣だ」

「ありがとう」

あった。なんか今までと比べると順調じゃないか。

教えてくれたのは通りを歩く少し年上の男だ。教えられた通り二つ先の通路を右に入った所にそれらしい建物を見付ける。店の入り口には板で出来た看板があり、そこには酒樽《さかだる》のマークが描かれていた。

これは酒場だよな……看板の文字は全く読めなかったから、とりあえず中の様子を窺うことにする。

開け放たれた扉の奥から活気のある声が聞こえてくる。今は感覚的に朝の一〇時くらいだ。この時間に出掛けていないということは近場で狩りをするか町中の依頼をこなす冒険者だろうか。

大きい町に入るには身分証明が必要だと言うから、いずれにせよギルドで登録は必要だ。商業ギルドか冒険者ギルドかと言えば、現状冒険者ギルドの方が適しているだろう。そうと決まれば、午前中には登録を済ませて午後からは大足兎を狩る予定だ。

ここでならいくらハードモードでも、狩りに関する多少の知識は入ると思う。大足兎で狩りに慣れたら、依頼を受けてみるのも良いだろう。なんにせよお金がないことにはリゼットに会いに行くどころの話じゃない。下手したら飢えて死んでしまう。

ふぅ、焦るな。リゼットは大丈夫だ。俺よりしっかりした子じゃないか。よっぽど俺の方が頼りない。今はまず生きていくことを考えるんだ。

「坊主、入る店を間違えているぜ」

勢いで店内に入るとテーブルに座って遅い朝食を取っていた中年の冒険者――その内のまるで熊の様な体格で髭《ひげ》を生やしている冒険者が声を掛けてくる。

絡まれたという感じでは無かった。冒険者ギルドと酒場は同じ建物らしく入り口が違うだけで、どうやら酒場の入り口の方に入ってしまったらしい。

「間違えたみたいだ、ありがとう」

「傷は良くなったみたいだな。若い奴は治りが早くてうらやましい限りだぜ」

あ、俺を運んでくれた冒険者の特徴と一致するな。

「もしかして俺を助けて運んでくれたのはあなた方ですか？」

「運んだのは俺らだが、介抱したのはお嬢ちゃんだ。感謝ならあのお嬢ちゃんにするんだな」

「はい、それはもちろん。でも、運んでくれたのはあなた方です。助かりました、ありがとうございます」

熊髭は別にどうでも良さそうに手を振って仲間内の会話に戻った。

どうしたものかと思ったが、お礼も言ったし、大して気にもしていないようだから俺も気にしないことにした。

入り口から入って正面の壁に、付箋のように貼り付けられた紙が目に入る。紙、あるんだな。お約束だと羊皮紙なのかと思ったが、質は悪いけど普通に紙だな。意外だと思いつつも、その書かれた内容に目を通す。

うん、全く読めない。辛うじて数字と思える物がわかる程度だ。そう言えばここは異世界だ……会話が出来て良かったな。リゼットは念波転送石を介して話をしているといずれ言葉を覚えると言っていたが、確かに会話が出来ていた。魔法様々だな。

とは言え、文字は読めなかった。そしてきっと書けないだろう。まぁ、読めない物は仕方ない。覚える必要があるけど、取り急ぎは食の確保だ。

「坊主には少し早いんじゃ無いか」

「うーん……無理の無い依頼を頑張ってみるよ」

狼に殺され掛けたのを助けられたし、心配してくれたのだろう。それでも、とにかく今はお金が必要だ。無ければいずれにせよ飢えて死ぬ。

「冒険者登録をしたいんだけど、どうすれば良いかな」

「向こうの奥にあるカウンターの、胸のでかい方の女に聞きな」

男の指した方にはカウンターが有り、そこに二人の女性が座っていた。向かって右の女性の方の胸が大きいと思う。茶髪ロングの美人さんだ。熊髭にお礼を言ってカウンターに向う。

俺が胸の大きい女性の前に立つと、隣のカウンターの女性の顔がちょっと引きつっているように見えたが気にしないことにした。

「今日はどのようなご用件でしょうか」

事務的だけど、ピシッとした感じがちょっと良い。

「えっと、依頼を受けたいのですが、それにはギルドに登録する必要がありますよね？」

「そうなりますが、冒険者ギルドへの登録は一五歳からになっています」

なんだとっ⁉

あ、もう誕生日を過ぎたから一五歳だ、童顔だが問題はないはずだ。

「はい、一五歳になりましたので登録に来ました」

受付の美人さんは少し思案したようだけど一五歳と認めてくれた。

後でわかったことだが、生活費を稼ぐ為に子供が年齢を偽って登録することは良くあるらしい。

そういう子は魔物を狩る訳では無く野兎や魚と言った獲物を売る為に登録するので、生活の為と黙認されているようだ。この世界で子供が狩りをするのは普通のことだった。

「ではこちらのギルド規約を読んで頂いて、誓約頂けるようでしたらこの用紙に名前とパーティー名、それから持っている技能を書いてください」

ギルド規約が書かれているだろう用紙を受け取るが、全く何が書いてあるか読めない。

「こちらで代読致しましょうか」

「お願いします」

どうやら俺の思いを汲んでくれたらしい。
ギルド規約には次のようなルールが書いてあった。
一．冒険者はその国の法を遵守《じゅんしゅ》すること
二．冒険者は依頼の報酬から一〇パーセントを税金として納めること
三．冒険者はS・A・B・C・D・E・Fのランクに分かれ、該当ランク以下の依頼のみ受けることが出来る（ただし、パーティーに関しては別項）
四．冒険者は例外なくFランクから始まり、討伐実績に応じてランクが上がる物とする（討伐実績内容については別項）
五．冒険者は他の冒険者の死体・遺体を発見した時、冒険者プレートを回収し、その状況をギルドに報告すること（ただし、自身の安全を最優先とする）
以降は常識的なマナーに関して書かれているが、特に問題となることも無かった。
「代書しますか？」
もちろんお願いした。
「名前は『アキト』でお願いします。所属のパーティーと技能はありません」
偽名も考えたが、何かあった時にリゼットに気付いて貰《もら》えるように本名にした。
「それではこちらの認識プレートに手を乗せてください。少しピリッとしますが害は無いので大丈夫です」
言われるままに認識プレートに手を置く、ちょっと強めの静電気みたいな刺激があった。

「この認識プレートは町に入る時の認識票にもなりますので、無くさないでください。再発行は銀貨一枚になります」

これは銀貨一枚か。宿四泊分だな。

「ありがとう」

俺は認識プレートを受け取るとようやく冒険者としてのスタートを感じた。

登録の後はランクの上げ方を教えてもらう。ランクの上げ方は単純で魔物を倒すこと。街中での雑務みたいな方法で上げることは出来ないらしい。そういった要件は冒険者ギルドでは無く商業ギルドの方で取り扱っているそうだ。

魔物を倒すと魔物の持つ魔力が結晶化される。その時に発生する事象変化を、認識プレートに埋め込まれた特殊魔晶石が検知して特殊魔晶石の色が変わるようだ。

色は魔物の持つ魔力量によって蓄積量が変わり、蓄積が進むと特殊魔晶石の色が無・白・青・緑・黄・橙・赤と変化する。その色に合わせてF・E・D・C・B・A・Sのランクに振り分けられていた。

ちなみにどういう仕組みなのか、魔物を倒す為の貢献度が少ないと特殊魔石は反応しないと言うことだ。それと魔物の持つ魔力量が現在のランク以下だと、いくら倒してもランクは上がらないらしい。効率よく上げるには同等か強い魔物を数多く狩ることになる。

魔物も冒険者ランクと同じようにランク付けされていて、自分の技量にあった討伐対象がわかりやすいようになっていた。魔物を倒し続けても色が変わらないようだったら、そろそろ次のランクの敵を倒せるようになったという目安のようだ。

魔物を倒す為の貢献度が関係する為、強い人と一緒に戦っていても、全く敵対行動を取っていなければランクは上がらない。強い人に付き添ってもらって安全を確保しながら上げることは出来そうだけど。

ランクを上げると二ランク以下の依頼を受けられなくなる。だから強い人の助けを受けてランクを上げると、実力に見合わない依頼をこなさなくてはいけなくなる。自分で自分の首を絞める結果になるようだ。

それでも若くプライドが高い冒険者の中には、見栄を張る為にお金で傭兵を雇い、助けてもらいながら強引にランクを上げる人がいるらしい。

ちなみに一般的な冒険者が一人で狩れる限界はDランク位までと言われている。いくら一人でCランクの魔物を倒せたとしても、Cランクからはパーティーで無ければ依頼自体を受けられない仕組みになっていた。

認識プレートに埋め込まれた特殊魔晶石は、冒険者ランクを示す以外にも宣伝的要素があるみたいだ。人によっては特殊魔晶石を武器や防具に装飾品として埋め込むことで自分の力を誇示する。

元の世界からすれば自慢のような行為だが、この世界ではきちんとした理由の元に行われている行為だった。これは自分の実力を示すことで、より有利な依頼を受ける為の知恵でもあった。

誰だって依頼をするのであれば成功率の高い冒険者に依頼したいだろう。成功率の高い人とは即ち魔物の討伐実績の高い人だ。だから特殊魔晶石は冒険者の能力をわかりやすい形で示していると言えた。

同じような理由で二つ名を持つ冒険者も多かった。冒険者には平民が多く姓を持たない、あるいはありふれた姓の人が多かった。例えば「トーマス」が優れた冒険家であっても二〇人も三〇人もいてはどの「トーマス」かわからなくなる。ここで「疾風《はやて》のトーマス」とか二つ名があればわかりやすいという訳だ。

最後に俺は冒険者ルールにあった一つの義務を果たすことにした。

「そうでしたか。ここ最近見掛けないとは思っていたのですが残念なことです」

初めてこの世界に来た時に見付けた死体から装備品と荷物を拝借した時に、さっきもらった冒険者プレートと同じ物があった。俺は死体を発見した時の状況と、必要に迫られて装備品と荷物を拝借したことを伝えた。もし返せと言われても、服だけは何とか貸して欲しかった。

「申し上げにくいのですが、亡くなられた方の装備品は遺品として回収させて頂きます。ただ、服は事情もありますのでお持ちください」

遺品として回収しないと装備品目的で冒険者を襲う盗賊に死んでいたからと言う理由を与えることになるらしい。確かに、死人に口なしだ。殺して奪い取られてもわからない。ここは服だけでも良かったと思うことにしよう。

登録が済んだ後、俺は町外れに向かいつつ何軒かの店を回って生活費を計算していた。冒険者ギルドで数字の一覧と通貨の種類を示す用紙をもらうことが出来たので、それと店頭の価格表を見比べている所だ。

安い宿で一泊が銅貨一〇枚。食事は銅貨二枚。保存食は銅貨一枚。一日三食食べるとして最低銅貨一三枚は稼ぐ必要がある。宿のランクを普通程度に上げるとルイーゼに教えられた通り銅貨二五枚くらいだ。

一番簡単と思われるFランクの依頼は無かった。出ても取り合いなのだろう。本気で取りたかったら張り込むしか無いがそんな時間はもったいない。

そうなると今出来るのは適当に狩って素材を売るくらいになる。魔物を狩ればランクも上げられるが予備知識無しで魔物はいささか不用心過ぎる。そもそも魔物がどんな存在なのかも知らない。ゲームに出てくるようなスライムやゴブリンならまだしも、ドラゴンなんかが出て来た日には目も当てられない。

調べた物価を元に、一食当たりに換算するならこんな感じか。

銅貨一枚(パンが一個買える)

銅貨一〇〇枚で銀貨一枚(銅貨一〇〇枚)

銀貨一〇〇枚で金貨一枚(銅貨一〇、〇〇〇枚)

金貨一〇〇枚で白金貨一枚(銅貨一、〇〇〇、〇〇〇枚)

一般的に使われる主な単位が銅貨・銀貨・金貨くらいらしい。一〇〇枚単位で繰り上がると覚えれば良い。物価に関しては文化レベルの高い町に行けば変わってくると思うが、当面は問題ないだろう。

とりあえず目的とするリザナン東部都市までは乗合馬車で銀貨二〇枚。銅貨なら二、〇〇〇枚程度だ。乗合馬車には食事代や宿代が含まれていないから、銅貨二，五〇〇枚程度は稼がないといけないのか。

　この辺で俺が狩れそうなのは大足兎で、その皮と肉が一匹あたり合わせて銅貨一〇枚。大足兎は過去の経験上、一日掛ければ一〇匹は狩れると思う。魔力量頼りになるから、オーバーキルしない程度に節約しないといけない。

　一〇匹狩れば銅貨一〇〇枚。一日に宿代を引いた銅貨七五枚を貯めたとして一ヶ月ちょっと掛かる計算だ。徒歩で四週間だから、道中狩りながら進んだ方が良いのか？

　でも土地勘もないし、道中に俺が狩れるような小動物はいない可能性もある。やはり貯めた方が確実か。

　冒険者の死体から回収したお金は遺品として冒険者ギルドに提出したので、俺は早速文無しになった。だから今は取り急ぎ宿代を稼ぐべく大足兎を狩っている。初めはなかなか魔弾を当てられなかった大足兎だが、だんだんと動きの癖がわかるようになっていた。

　基本的に逃げ足の一歩目は体の向いている方向だ。気付かれるかどうかのギリギリで様子を見るより、むしろわざと気付かせ自分のタイミングで魔弾を撃つ方が、命中率が高かった。

　結局、冒険者初日の成果は大足兎の皮五枚と肉が五塊で銅貨三五枚になった。予定より少ないのはナイフが無く、血抜きが出来なくて品質が下がった分買い叩かれたからだ。

　ここから宿代の銅貨二五枚を引くと銅貨一〇枚が今日の利益になる。残り銅貨二、四九〇枚だ。

「まるっきり駄目だな……」

大足兎を狩っていたのではどうにもならないと言うことがわかり、がっかりした。

リッツガルドで獲物を買い取ってもらった時、朝に見掛けた熊髭がいたので戦利品を見せつけてドヤ顔してやったら、夕飯をご馳走になった。熊髭は良い奴だった。


夜、パンを齧《かじ》りながらベッドに横になって明日の予定を考えていた時、不意に誰かの視線を感じた。

「誰だっ⁉」

部屋を見渡すが視線の主が見つからない。しかし、未だに見られている気がする。

「お化けとか言うなよな……」

ホラーな展開は勘弁して欲しい。俺は臆病なのだから。

俺はパンをテーブルに戻して部屋の中をゆっくりと見渡す。特に朝出る時と変わった所は無い。クローゼットに誰かが忍び込んでいる訳でもないようだ。だけど、未だに誰かの視線を感じる。

コトッ――背後に何かいる⁉

俺はゾッとする感覚とともに反射的に振り返った。

「嘘だろ……」

振り返るとその視界に入ってきたのは、空を飛ぶように動く食べ掛けのパンだった。さすが魔法が存在する世界だ。パンですら空を飛ぶ。自分の常識で考えていると思わぬ落とし穴にはまるな。

「だがそれは俺の腹に入る物だ、逃がさん！」

俺は素早くパンを掴んで齧り付く。味は美味しくないし堅いが普通のパンだ。だが俺はパンに齧り付いた瞬間に見てしまった。そのパンを必死に取り返そうと頑張る幼女の姿を。

いつの間に入ってきた？

その幼女は俺のパンが欲しいのか、涙混じりになりながら両手で俺の胸を叩いてくるが、力なくこそばゆいだけだ。

試しにパンを手の届くギリギリに差し出すと、兎のように飛び跳ねながらパンを取ろうと無心で両手を動かした。

面白い——が、さすがに良心が痛んだのでパンを幼女にあげると、満面の笑みでパンに齧りつく。

「いつの間に入ってきたんだ……というか、ベッドの下にでも隠れていたのか？」

幼女は答えない、食べるのに忙しいようだ。

身長は俺の半分くらいで、緑色の髪は腰の辺りで少し外に跳ねていた。頭のてっぺんには何故か葉っぱが乗っている……と言うか生えているような。大きめのぱっちりとした目は深緑でどことなく小動物っぽい。雰囲気的には五歳くらいだろうか、かわいらしい幼女だ。

それにしても緑色の髪はなかなかインパクトがあるな。その内に赤や青、紫にピンクまで出会うことが出来るかもしれない。

幼女はどちらかというとボロ布といった感じのワンピースを着ていて、肌が汚れていた。

「ちょっと待っていろ」

確かクローゼットにタオルがあったはずだ。

「ほら顔を拭いてや……」

何処へ行った……？　嘘だろ、本当にお化けじゃないよな!?

幼女がいなくなっていた。ベッドの下にもカーテンの裏にもテーブルの下にも、おおよそ隠れられそうな所の何処にもいなかったし、ドアは内側から鍵が掛かったままだ。

「お化けか……」

まさかお化けがパンを食べるとは思わなかった。

結局その日は余りよく眠れなかった。いくら幼女の姿をしていてもお化けはやっぱり怖い。布団に包まって、朝方になってようやく短い睡眠を取ることが出来た。


翌日。冒険者ギルドに向かう傍ら、俺は計画の変更を余儀なくされていた。まだ冒険者生活二日目だと言うのになんという体たらく。

しかし現実は残酷だ。この辺にいる大足兎を刈り尽くしてもお金が貯まりそうに無いのだ。そもそも買う方だってそんなにいらないだろう。

冒険者は自分のランクまでの依頼しか受けることが出来ない。だから俺が受けられるのはFの下が無い為、事実上Fランクの依頼だけとなる。

これは無理に難しい依頼を受けて失敗することを予防する為らしい。世界が変わろうと人間は見栄のある生き物で、その為に自分の実力を過大評価してしまうのを防ぐ為だろう。

Fランクの依頼というのは殆ど町のお使いレベルだ。そんな内容で日々の食費くらいならまだしも大金を稼ごうと考えるのが間違っている。つまりFランクの仕事をしていても目的は達成出来ない。しかしランクを上げる為にはFランクの仕事をこなさなくてはいけない。

実際の所、大足兎の一〇匹すら狩ることも出来ない可能性がある。なぜならば武器すら持っていないからだ。武器も罠も無く、限りある魔力を使ってどれだけ狩れるかと言う話だ。

「ん、まてよ⁉」

よくよく考えてみたら、ギルドのルールでは上のランクの依頼を受けられないとあるだけで、強い敵を倒してはいけないとは書いていない。依頼を受けられないから依頼料が出ないだけで、素材を売る分には問題ないはずだ。当然と言えば当然だ。冒険者ギルドに入らずに狩人として狩りをしている人がいるのだから。

せめて税金が掛からなければなぁ……。元の世界にいた時より切実とは思わなかった。

町で商品を売買するには冒険者ギルドを通すか商業ギルドを通す必要がある。どちらも一〇パーセントの税金を納めるのは同じだ。狩人は商業ギルド経由で獲物を売買しているのだろうか。

ちなみにギルドに納める税金の一〇パーセント以外に活動地域の国に納める税金が有り、それも多少の前後はあれ一〇パーセントだ。この辺はギルドを通して素材を売るなら自動的に引かれる仕組みだ。ギルドに入らないと買い取りが出来ないから、物々交換でもしない限り税金は払うことになる。

今いるグリモアの町は人口一五，〇〇〇人程で町としては大きい方だ。それでも町の中心から一〇分もあるけば町の外に出る。外と言っても町全体を囲む外壁や柵がある訳でも無く、なんとなく民家が無くなったら町の外って感じだ。

町の南にはカシュオンの森があり、その奥には魔巣がある為に魔物の徘徊する森となっていた。魔巣とは魔力の強い場所らしく、魔物が魔力に惹《ひ》かれて集まる場所らしい。

魔物は基本的に魔巣の周辺から離れることは無く、独自の生態系を保っている。だからグリモアの町に魔物が襲ってくるようなことは無い。ただ、例外は幾つかある。例えば魔巣から魔巣に移動する魔物がいて、その経路上に町があるとか、魔巣で魔物に襲われて逃げてきた冒険者を追って出てくることがある。

魔物を連れ出して逃げてくることは基本的に禁止されている行為だが、他人に危害を与えない範囲においては黙認されていた。国やギルドにとっても冒険者の損出は出来るだけ押さえたいのが現状だった。それだけ冒険者が魔物を討伐して持ち帰る素材の需要が高いことを示している。

以上が中年冒険者の熊髭から食事をしながら聞いた話だ。

「目標は変えようがないのだから、変えるならその過程だよなぁ」

リザナン東部都市までの旅費として残り銅貨二，四九〇枚。昨日と同じように大足兎を狩っていたのではまず無理だ。そうするともっと稼ぎの良い動物を狩るか、さらに稼ぎの良い魔物を相手にするか……というか昨日狩りを始めたばかりなのに魔物を狩れるのか。そんなに簡単に狩れるならみんな魔物を狩るだろう。

結局良い案が思い浮かばないうちに冒険者ギルドだ。

その隣の酒場——リッツガルドの依頼掲示板を覗いてみたが、やはり数字しか読めない。昨夜少しは勉強しようと思ったけど、お化け騒動があったからそんな気分になれなかった。

「良かったら読み上げようか？」

眉間に皺を寄せて唸っている俺に声を掛けてきたのは、同じ歳くらいの金髪碧眼でイケメンの少年だった。元の世界の俺も比較的顔は良かった方だが、この少年は眩しすぎる。それはもう、何処の爽やか王子様だと思うくらいに。

俺は折角の言葉に甘えることにする。

「一日で銅貨一〇〇枚ほど稼げそうな依頼が無いかな、ただしFランクで！」

絶対無理そうな要件にも、嫌な顔を一瞬も見せず「見てみよう」と言って掲示板の内容を調べてくれる。凄いな、行動まで自然にイケメンだった。

「ちょっと条件に合うものは無いみたいだね」

「そんな良い話は無いよなぁ」

無いとは思っていたが、それはそれで困った。

「お勧めは出来ないけれど、魔物を中心に狩りをすれば魔石も取れるから稼ぎは格段に良くなるね」

「魔石って簡単に取れるのか？」

魔石のことはリゼットからざっくりと聞いていたが、すっかり忘れていた。

「魔物を倒せば、体内に持っている魔力が結晶化して出来上がるね。知っているかも知れないけれど、魔法具の発動や魔法の武具の製造で使われるから需要があるんだ」

色々と大切なことを教えてくれるな。さり気なく気遣いもあるし、イケメンの上に優しいとかモ

テそうだ。

「なるほど。俺に倒せる程度の魔物がいればいい訳だ」

「魔法が使えるのかな？」

武器も持たずに魔物を狩ると言うのだから、魔法でも使えないと無理だと思ったのだろう。しかし俺の魔法は魔物に通用するだろうか。

「うーん……使えると言うには恥ずかしいレベルだな」

実際、試してみないとわからない。凄く弱ければなんとかなるかもって位だ。

「実は僕、今日が初めての実戦なのだけれど一人では不安なんだ。良かったら一緒に狩りに行かないか？」

なにこれ、こんなに親切な人が存在して良いのか。その内、悪い奴に騙されて壺とか絵でも買わされるんじゃないか⁉

「それは助かるけど……裏が読めなくて怖いな」

イケメンは鉄製の片手剣を装備し、革製の鎧に小型の盾を持ち、背中には麻の袋を背負っていた。初めての実戦とか言いながら、どう見ても体に馴染んだ装備とそれらの装備を着こなしている佇まいが、初心者では無いと物語っているんだが。

「裏？」

俺の言った意味がわからなくて首を傾げている。疑っている俺の方が悪い気がしてきた。

「いや、何でも無い。余り役に立たないかもしれないけど、一緒に行ってくれるなら助かる」

取り敢えず、様子を見よう。様子を見て強敵だったら他の手段を考えよう。

「もちろん、こちらこそ……すまない、申し遅れた。僕はリデル・ヴァルディス。リデルで良いよ、よろしく」

「俺はアキト、よろしく」

この世界でも挨拶は握手だった。差し出された右手を握り返すと、思ったよりも豆の多い手だった。やはり素人という感じじゃないぞ。

「アキトは何か目的があって銅貨一〇〇枚が必要なのかい？」

「知り合いに会う為にリザナン東部都市まで行きたいんだ。馬車の旅費が銀貨二〇枚だから、生活費と併せて一ヶ月くらいで貯めようと考えてね」

「随分と遠いところだね。幾つかルートはあるけれど急ぎなのかい？」

「そうだなぁ……命に関わるほどじゃないけど、早いに越したことはないと思っている」

心配しているだろうな……。リゼットといいルイーゼといい、何故かこの世界の女の子が放っておけない。この優しさが元の世界で活かせれば彼女くらいいたかもしれないのに。

「それで一日銅貨一〇〇枚か。無理ということは無いね」

「えっ、そうなのか⁉」

全く先が見えなかったのに、なんという光明。

「何も知らずに一人では難しいだろうけれど、僕はある程度知識もあるし、魔物を倒せれば稼ぎも良いからね」

藁《わら》にも縋《すが》る気持ちだったが、今は浮き輪を掴んだ気がしてきた。俺は改めて「よろしく頼む」とお願いする。リデルは俺の必死さに引きもせず笑顔を見せてくれた。

グリモアの町を出て一時間ほど南に歩いた所でカシュオンの森が見えてきた。もうそろそろ魔物の生息地帯だとリデルは言う。どうやら俺がこの世界に来た時にいた森がカシュオンの森だったらしい。

カシュオンの森は魔巣だったらしく、あの時森に入る選択をしていたら危険なだけでは済まなかったかもしれない。

魔巣というのは魔断層と言われる魔力の源を中心とした魔物の生存圏のことだ。魔物は基本的に魔巣から離れることは無く、例外を除けば人類にとって魔物は脅威とは言えなかった。

「そろそろ魔物に注意していこう。基本的にこの辺までは出てこないはずだけど、偶《たま》に逃げ出した冒険者を追って出てくることがあるから」

「わかった」

熊髭に聞いたことがある。魔物が魔巣から離れる例外の一つだ。他にも魔巣から魔巣に移動する魔物がいるとも聞いていた。

「アキトは魔物が初めてだよね」

「あぁ、兎と狼くらいしか倒したことが無い」

狼は倒したというより相討ちみたいなものだが。

「ここら辺には牙狼《がろう》が多く生息している。狼が魔力を吸って魔物になったと言われているね。この辺にいる魔物としては弱い方でFランクになるけど、群れで活動することがあるからFランクの割には注意が必要なんだ。普通の狼より少し大きいのが普通で、中には子牛くらいの大きさの牙狼もいる」

ただの狼が三匹でも死に掛けた俺にとって——

「子牛って、それは戦う前に無理って感じなんだが」

「魔物は強力な個体ほど魔巣の中心に生息しているから、この辺には出てこないからそれは心配しなくても良いね」

魔巣は中心ほど魔力濃度が高く、魔物は強くなるほどより強い魔力を求める傾向があるらしい。魔物の中にも弱肉強食の関係は存在する。だから魔巣の中心より離れた方が弱い魔物が多く、それでもある一定距離以上は離れない。

「右の倒木の向こう、牙狼だ」

長さ一〇メートルほどの倒木があり、その向こう側に身を縮めるようにして忍び寄ってくる牙狼の姿が見えた。

「僕が前に出て挑発する、隙を突いて魔法を頼む！」

こちらが気付いたことがわかったのか、牙狼は目が合った瞬間にダッシュして倒木に飛び乗り、それを踏み台にしてさらにジャンプしてきた。

リデルは飛び掛かって来た牙狼の攻撃をきっちりと盾で受け止め、そのまま盾を払うようにして牙狼との距離を取る。

その間の俺はと言うと牙狼の馬鹿みたいな速さにビビっていた。狼を一回り大きくして、さらに凶暴になったような牙狼は数日前に戦った狼を思い起こさせ、同時に死を感じさせる。

「しばらくは僕が押さえる！　まずは魔物に慣れた方が良い！」

「わ、わかった！」

立ち竦《すく》む俺を見て、リデルが前に出る。今は情けない自分を認め、リデルに縋《すが》る。

牙狼の素早い動きを的確に盾で防ぎ、時折剣を振るって牽制《けんせい》するリデルは頼もしかった。そしてその後ろ姿を見ていることで、少しずつ俺も状況を理解する余裕が出来てきた。

牙狼は一メートルくらいのサイズだったが、一メートルと言えばドーベルマンに飛び掛かってこられるような物だ。そんな経験なら何度かある。良く懐いていたドーベルマンと違うのは殺気の有無か。それだけとは言え、思ったより心の準備が出来ていなかった。

まだ心臓の鼓動は大きいが大丈夫。俺はアドレナリンパワーでやる気を奮い立たせる。

「実は魔法の射程が五メートルくらいなんだ！」

「わかった、動きを止めてみる！」

リデルは牙狼の攻撃を盾で受け、隙を見て剣を振る。何度かの攻防で牙狼の肩口に剣が刺さりその動きが緩慢になるのがわかった。

「撃つ！」

左手に魔力を貯めて待機していた状態から一気に魔力を解き放つ。狙いは頭から首——砕けろ!!

鈍く重い音と共に牙狼の顔が跳ね上がる、そこに出来た隙を見逃さずにリデルの剣が喉を貫いた。

リデルの何処が初心者だって？

いくら俺が剣の素人だと言っても、今の動きはきちんと訓練された物だとわかるぞ。

「お見事」

牙狼を倒したことで緊張がとけたせいか、足が震えていることに気付いた。俺は精一杯格好を付けて震えを隠す。リデルは気付いていたかも知れないけど、そんな素振りは一切見せなかった。

「アキトが隙を作ってくれたおかげだね。それに、自信がなさそうだったのに無詠唱で魔法を使うとは思わなかったよ」

「苦肉の策なんだ。魔法具は買えない、魔声門は習えない、後はもう無詠唱しか無いって感じで。使える魔法も今の一個だけだ」

本当はゲームで良くあるような火球《ファイア・ボール》を使って凄い所を見せたいが、実際に使えるのはほぼ無色の魔弾だけだ。端から見れば手を突き出したら牙狼の頭が跳ね上がったという謎現象だな。

「僕たちの年齢なら一つとは言え、無詠唱魔法が使えるだけでも凄いことだよ。僕も魔法は練習しているけれど、苦手だし無詠唱とかとても無理だね」

なんだ、俺だって負けていないじゃないか。なんか凄いホッとした。なんとか生きていけるな
……やばっ、泣きたくなってきた。

「どうせならお金の沸く魔法の方が良かったけどな」

冗談を言って誤魔化す。

「牙狼は素材として売れるのが毛皮だけなんだ。肉は固くて美味しくないし、血や骨も使えない。でも、牙狼に慣れれば一角猪とかが丁度良い稼ぎになるはずだよ」

リデルはそう言うとナイフを使って器用に牙狼の毛皮を剥ぎ始めた。見ているだけでもなかなか辛いものがある。初めて大足兎の毛皮を剥いだ時は吐いた。これも必要なことと割り切らないと冒険者としてはやっていけないだろう。

「次は俺がやってみる」

リデルは少しだけ思案し「わかった」と答える。やってあげるだけが優しさじゃ無いとわかっているようだ。相変わらずイケメンだな。

それから何度か同じことを繰り返し、順調に牙狼を狩り、七匹目に魔弾を撃ったところで気が遠くなるような感覚に見舞われる。

「もう、魔力が切れそうだ」

「七匹狩れたし、初めてにしては十分だね」

「これでいくらくらい稼げたと思う？」

「そうだね……牙狼の毛皮は一枚あたり銅貨で二〇枚、魔石は一個あたり同じく二〇枚かな」

大足兎は毛皮と肉を合わせて一匹あたり銅貨一〇枚だから単純計算で四倍になる。一人では倒せないからその半分で二倍か。慎重になるだけ狩るペースも下がるから、さらにその半分で……あれ、効率は大足兎と同じくらいか。

「いちおう合計で銅貨二八〇枚、図々しくも山分けさせてもらって銅貨一四〇枚。大足兎よりは全然良いけど、魔力が切れるせいで時間があっても狩りを続けられない。やっぱり俺も剣を使えた方が良いか」

「図々しくなんて無いよ。一緒に狩りをしたのだから半分は正当な権利だ。魔石は保管が効くし嵩《かさ》張《ば》らないから、変に大物の肉を売るよりは時間効率が良い。それに魔物を狩ればランクが上がるからね」

なるほど。ならば同じ効率でも牙狼を狩る意味はあったな。ランクが上がれば報酬の良い仕事を受けられるのだから。

今日わかったのは魔力切れの為に、時間に余裕があっても継続的に戦うことが出来ない問題だ。今のところ魔弾を一五発も撃つと魔力切れになる。大足兎よりタフな牙狼の足を止める強さで撃つと一〇発が限界だ。普通の狼より格段に耐久性が高いとわかる。

そこで俺はリデルに片手剣を借りていた。魔力が切れても継続的に戦闘を行うことが出来るように、武器を使える必要があった。前に拝借した剣を使っていた時は、殆ど鈍器みたいな使い方しか出来なかったので、振り方の基礎だけでも習う必要がある。

「思ったより重いな」

「軽く作ると攻撃力と耐久性が下がるからね。女性の冒険者は剣より槍や弓を使う人が多いのは、間合いが取れるのもあるけれど筋力の問題も大きいね。特に人間族の女性は比較的筋力が弱い方だと言われている」

まぁ、同じ体格なら女性より男性の方が筋力はあるだろうな。もっとも女性でも鍛えれば男性より筋力のある人だって多いが。

「他の種族は人間族より筋力が高いのか？」

「種族特性というのが正しいのかわからないし例外もあるけれど、一般的に獣人族は力が強く体が丈夫で俊敏性が高いと言われているね。代わりに魔法を使う獣人族は殆どいないみたいだ」

獣人族がいることはリゼットから聞いていたが、なんとなく獣的な特徴といった感じだな。

「魔人族は逆に魔力が強く、物理的な強さも人間族上回る。特に戦うことに特化した種族は魔物と違って知恵もあり危険な相手だ。亜人族は種類が多くて今の例には収まらない。物理的な強さに寄っていたり魔法的な強さに寄っていたりで、前者はドワーフ族とかで後者はエルフ族とかだね」

エルフ！　そうだよな、いるよな！

これはエルフに会う必要があるだろう。主に俺の興味的な意味で。

「人間族は種族全体で見れば特出した能力が無いと言われている。もっとも、不得意という面も無く、種族間で戦うことになっても数的優位から極端に不利ということは無い」

日本にいた頃のマンガやラノベのイメージとあまり変わらないな。ここでズレが大きいと初見でミスしそうだったが、大きな齟齬《そご》が無くて良かった。

「人間族の女性の場合、一般論で言うなら剣の腕を磨くより魔法の技術を身に付けた方が良いと言われている。例外を除いて女性の騎士はいないし、冒険者でも女性は前衛よりは後衛、せいぜい中衛という感じだね」

「例外はあるんだ」

「女性でも鍛えれば並の男性より強い人は多いさ。それに名を残すような人もいる。近い歴史で言えば一五〇年くらい前の戦争で女性が活躍し、その戦の勝利に大きく貢献したことに満足した国王の一言で、女性騎士団が作られその初代団長として選ばれたことがある」

ジャンヌ・ダルクみたいだな。

「でも本人はそれを望まなかった。その女性は黒髪で、そんな自分が団長では上手くいかないと考えていたらしい」

この国の貴族社会において黒い髪は忌み嫌われていると聞いていた。その為にリゼットも多くの苦悩を抱えていたのだから。

そしてリデルは恐らく貴族だ。いくら俺でも気付く。なんというか育ちが違うと感じた。それはちょっとした仕草や気品を感じる物腰、言葉遣いや身に付けている物などから判断したけれど、多分当たっているだろう。

実は俺も良いところのお坊ちゃまと言われるくらいには、そうした態度が身に付いている――と思っている。自分が気を付けていたからだからだろう、リデルの優雅な所作がよく目に止まった。そして、それが非常に自然であることを考えると、彼の周りも同じ振るまいをするのだろう。そんな環境は平民レベルではないと思えた。

「俺の髪が黒いのはやっぱり気になるか？」

「気にはなるけれど、この辺りでは珍しいからという意味でだね」

珍しいくらいか……。リゼットは平民レベルではそんなに差別的でも無いと言っていたけど、貴族でもリデル程度の認識なのだろうか。だとすればリゼットの周りに限って、黒髪に対する忌避感《きひかん》が根強いというだけなのかもしれない。

もし生きていく上で大問題というなら髪を染めるくらいは構わないと思っていたが、必要は無さそうだな。もっともそんな手段があるのかどうかは知らないけど。


俺はちょっとした歴史の勉強をしながらリデルの指導を受けて、なんとか自身を傷つけない程度には剣を振れるようになった。

しかし、リデルと比べて俺は非力だと感じた。リデルは俺より一〇センチほど背が高いけど、がっちりとした体型では無くどちらかと言えばスマートだ。だから俺がもやしっ子なのだろう。戦う為にはまずは筋トレが必要だ。

「これは基本的な体作りが必要みたいだ」

「そうだね。覚えは早いと思うから体を鍛えれば牙狼くらいは早い内に倒せるようになると思うよ。後は流石に防具無しでは厳しいと思うから、最低限の装備を揃える必要があるね」

「そうだよなぁ」

現状、牙狼を狩ることが出来たのはリデルが盾役をしてくれるからだ。一人で牙狼を倒すのは難しいだろう。

旅費の資金を集める為の効率としては、牙狼を二人で狩るのも大足兎を一人で狩るのと変わらないことがわかった。だから結局の所は大足兎を狩り続けるのが現実的だが、この先を考えてもランクは上げて起きたい。しかし、牙狼を狩るのであればリデルの助けが必要だ。

再び行き詰まるな……だけど、これ以上はリデルに甘えすぎか。

「今のところ目的があって行動している訳じゃ無いから、良かったら明日も一緒してくれると僕も助かる」

俺が躊躇《ちゅうちょ》しているのを見越すような助け船。イケメンはだからイケメンなのか。

「ここは甘えさせてもらいたい」

もうプライドとか言っていられない。今はその気持ちに縋るだけだ。

「問題ないよ、僕も色々学ぶことが多いからね」

リデルが俺から学ぶことがあるとは思えなかったが、嘘を言っているとも思えない。だけど何かの役に立っているならそれは良いことだ。少しはギブアンドテイクになっていると言うことなのだから。

現在の優先事項はリザナン東部都市までの旅費の確保だ。リデルに作った借りはリゼットの問題が片付いたら必ず返す。

今は何とか旅費を稼いで、可能であれば武器や防具の購入が出来れば良い。幸いリデルが予備の片手剣を貸してくれるというので、多少は狩れる数も増えてくるはずだ。

取り敢えず明日からやることは決まった。後は宿に戻ってリゼットに手紙を送ろう。直ぐには行けないが、手紙だけでも先に届けて無事を知らせたい……って、文字が読めないのに書ける訳が無い！

まずは文字を覚えないとな。これは英語以上に大変そうだ……。

■精霊の少女

一日の狩りを終えグリモアの町への帰り道。少しだけ先を歩くリデルに昨日の夜の怪奇現象を話した。

「それははぐれブラウニーだね」

「はぐれブラウニー？」

「ブラウニーは精霊だから知覚出来る人は少ないんだよ。その中でもはぐれブラウニーは主人のいないブラウニーだね」

元の世界で言うとブラウニーは家の中にいて掃除や片付けをしてくれる妖精だったか。こっちでは精霊になるのか。

「ブラウニーは主人がいないと現世に長くいられないから、最近主人が何かの理由で亡くなったのだろうね」

「とりあえず害は無いと思って良いか？」

「害は無いどころか、はぐれブラウニーに会えるのは幸運なことだよ。もし、もう一度会うことが出来たら名前を付けてあげるといい」

害が無いなら良いか、保護欲をそそる可愛さだし。

「名前を付ける意味は？」

「名前を付けるとそのブラウニーの主人になれるし、ブラウニーも現世にいられるようになる。ブラウニーは現世が好きだからね。もっとも名前を受け入れてくれないことも多いらしいけど」

俺は昨夜見たブラウニーを思い出す。小さくて、ちょこまかとしていてまるで小動物のようだった。急に現れて急に消えたからお化けかと怯えもしたけど、精霊だと言われると何故か怖くも無くなった。

俺は思い込みで随分と変わるんだな。この世界に来てから毎日のように知らなかった自分に気が付く。

「小動物みたいな感じで可愛かったな」

「小動物っぽいブラウニーというのは想像が付かないけれど、僕が聞いて知っているのとは違うかな」

「俺も他の精霊を知っている訳じゃないから、違いまではわからないな」

ただのお子様にしか見えなかったが。流石ファンタジーだ。

「一般的に知られているブラウニーは、だいたい三メートルくらいの人型植物系精霊なんだ。余り知られていないだけで、子供のブラウニーがいてもおかしくはないだろうけど、聞いたことは無いね」

「さすがにあの容姿でそんなに大きかったらびっくりだな」

俺が知っているのはあくまでも元の世界のブラウニーであって、この世界とは違うのか。どちらかと言うと、リデルの言うブラウニーより俺の知っているブラウニーの方が近い気がするけど。

「ブラウニーは頭に葉っぱが生えているらしいからそれで区別が付くかな」

「あ、生えていた」

二枚の葉っぱは遊びで付けていた訳では無いのか。顔を拭くついでに取ってしまったら大変なことになっていたかも知れない……。

「容姿に関しては僕も専門家じゃないから詳しくはわからないけれど、ブラウニーで良さそうだね」

「なるほど、もし今夜会えたら名前を付けてあげるか」

「ブラウニーは言葉を話すことが出来ないけれど、きちんと感情も持っているし、何より身の回りの世話をしてくれる。一番有名なのが物を預かってくれることだね。多少大きくて重い物でもかなりの量を預かってくれるから、成功した大商人のほとんどが、ブラウニーの名付け親になったのが切っ掛けと言って良いくらいだ」

「それはむしろ魔物狩りをするより良いかもしれない」

商品を右から左で利ざやを稼ぐとか、命を掛けるよりましかな……。流石に今は資金が無いから無理だけど、ある程度余裕が出来たら考えても良いな。

「もちろん商売は信用が大切だから、簡単に取引相手が見つかるかは努力次第だ。それにブラウニーに預けたまま本人が死ぬと、全てが失われてしまうからリスクもある。後は利権が絡むから、何かと面倒事に巻き込まれる可能性もあるね」

利権か……世界が違うとは言え、ルイーゼもリデルも俺と同じ人間としか思えない。見た目だけじゃ無く存在が同じだ。だったら人間くさいところもやはり同じなのだろう。

商人も良いかなとも思ったが、良く聞けば俺にはそんなところで戦うのは無理かも知れない。もっと単純明快に体を動かす方が性に合っている。こうして狩りの後にのんびりと町へ帰る時間が好きだった。

長閑な牧草地帯を抜けて来る風が、狩りで火照った体を優しく冷やし、春らしい草木の匂いが鼻を突く。コンクリートジャングルで育った俺には、少しきつくも感じるが不愉快な感じは無い。

この風の向こうにリゼットもいるのだろう……。俺はしばらく東の先を見て歩き続けた。


町に戻りリデルと別れた後、夜食を買いに中央通りに出る。日も暮れようとするこの時間帯が最も活気のある時間だ。通りは多くの人が行き交い、色々な会話が聞こえてくる。

ちょっとしたお祭りみたいだな。

俺は夜食代わりのパンを二人分買い、そんな町を楽しみながら宿に戻る。

丁度日が落ちたので、受付で蝋燭《ろうそく》を貰い火を付けて部屋の扉を開けた。少し期待をして中を確認したが、蝋燭の明かりが照らし出す部屋にブラウニーの姿は無い。もしかしたら見えないだけでいるのかもしれないが……。

「まぁ、残念だったな」

ベッドに座り壁を背にして先のことを考えていた時——カチャ。傍らで食器の鳴る音がした。すかさずパンを取り上げる。

「いた……」

何とかパンを取ろうと小さなジャンプを繰り返すのは幼女の姿をしたブラウニーだ。

「パンが欲しいのか？」

ブラウニーはこちらを向くと顔を傾げて思案した後、二度頷く。

「それじゃパンはあげよう。こっちにおいで」

俺は膝の上を手で叩いてブラウニーを誘導する。初めは悩んでいたようだけど、パンの魅力に負けたのか大人しく膝の方へ寄ってくる。

「君に名前を付けてあげよう。今日から君の名前はモモだ」

この幼女から桃の香りがしたからモモだ。モモは名前をもらったのが嬉しいのか、凄くご機嫌な笑顔で喜んでいる。名付け甲斐があるというものだ。

「よしよしパンをあげよう、好きなだけ食べると良い」

モモはそれはもうご満悦といった笑顔でパンを頬張る。

そう言えば、ブラウニーは身の回りの世話や荷物の管理をしてくれると言っていたな。

「モモ、この服を仕舞ってもらえるか」

モモは俺の指さす服に目を止めると、その仕事が嬉しいとばかりに片付けてくれた。俺はてっきり鞄に入れてくれるのかと思ったが、まるで違う。服に魔法陣としか言いようのない模様が浮かび上がり、次の瞬間にはフッと消えてしまった。

これ、戻ってくるんだろうな……。

「モモ、今の服を出してくれるか」

今度は何も無い空間に魔法陣が浮かび上がり、そこにフッと現れる。きちんと洋服掛けに引っかかった状態で出てきたな。元の状態に戻すだけなのだろうか。

「モモ、あの服を俺の手元に持ってきてくれるか」

モモは頷くと、再び魔法陣を表示して手元に服を移動してくれる。魔法陣を出す時にオーケストラの指揮の様に手を動かす仕草がちょっと可愛い。

「これは助かるな。モモありがとう、パンをもう一個あげよう」

モモの表情がパアッといった感じで喜びに満ち溢れる。なんとなくペットを手懐けているような気分になるが、喜んでいるからよしとしよう。

その後、とにかく汚れていたモモの服を脱がせ、顔や体を拭いて髪を洗って、ついでに汚れていた服も洗って乾かす。乾くまでの間は俺の服を着せてあげた。幼女を脱がすのもどうかと思ったが、よく考えたらこの年頃の妹の面倒はよく見ていた。何ら問題ないはずだ。

流石に床に寝せるのも可哀想なので、その日は一緒にベッドで寝ることにする。子供の体温は暖かいと言うが、精霊のモモも暖かかった。


差し込む日の光で目が覚める。偶に元の世界の自分の部屋で目を覚ましたような錯覚をおこすが、現実は変わらない。何時もと違うのは、傍らで小さな寝息を立てているモモがいることか。幸せそうな寝顔を見ていると、出会えたことに感謝をしたくなった。

ガラスの代わりに木の板が張ってあるだけの窓は、造りが荒いせいか外の明かりが幾筋もの線となって部屋の埃を浮かび上がらせていた。

恐らく朝の五時頃だと思うが、狩りの疲れもあってかよく眠れたらしい。それに夜が早いせいもあって、思ったよりも睡眠時間は取れているようだ。何せ真っ暗なだけですることが何も無く、寝るしか無かった。蝋燭もただじゃ無いし、テレビがある訳でもゲームがある訳でも無い。寝る以外に何をしろと？

もっとも、早起きは予定していたことだ。昨日の反省を元に今朝から鍛錬を始めることにしたのだ。

「モモ、俺は起きるけど、部屋に残っているか？」

目を擦りながら体を起こすモモは、どう見ても人間の子供と変わりない。ベッドから滑り落ちるようにしてヨタヨタと歩いている様子を見るに、どうやら今日は一緒に来るみたいだ。鍛錬のうちは良いけど、狩りの間は留守番してもらうしか無いな。泣かないと良いんだが。

というか、あれ。モモを連れて狩りも旅も出来ないんじゃないか？

やばくないか……昨日はなんとなく流れで名付けをしてしまったが、こんな小さな子を連れて危険な旅には出られないだろ。浅はかにも程がある。

あ、そうだ！

「モモ、魔物が来たら隠れていることは出来るか？」

俺もいつでもモモが見えていた訳じゃない。もしかしたら隠れることが出来るのではないか考えた。

俺の質問に、話すことが出来ないモモは首を縦に三回振って肯定する。

「凄いぞモモ！」

褒められたことはわかるようで、モモはちょっと得意そうな顔をする。俺はそんなモモの頭を撫《な》でながら外では隠れているようにお願いし、身支度を調えて宿を出た。

町を少し出たところで軽くストレッチをし、今日の狩りに支障が無い程度の鍛錬を行う。基礎体力作りの為にまずは走り込みと筋力アップトレーニングに体幹強化が中心だ。

軽くのつもりだったが、モモが付いてくるので意地になり頑張ってしまった。

「ハァハァハァ……これは……虚弱《きょじゃく》過ぎる……」

何故か一緒に付いてきたモモは全く疲れていないようだ。俺が大の字になって寝転がっていても、その周りで蝶《ちょう》を追い掛けながら元気いっぱいに走り回っている。

「子供は元気だな」

お前も子供だろと突っ込みを受けそうなことを思いながら休憩していると、約束通りリデルがやって来た。そして昨日と同じように爽やかな笑顔で挨拶をしてくる。

「おはようアキト」

「おはようリデル、今日もよろしく」

「こちらこそ、良いお小遣い稼ぎになるよ」

「貴族様が悲しいことを言っているな」

鎌を掛けて貴族と言葉に出してみた。もっとも貴族とは言っても当然ピンキリだとは思うが。俺の世界にも貧乏貴族や没落貴族という言葉もあったくらいだしな。

「家は貴族と言っても爵位が低い上に僕は五男だからね。爵位を継げる可能性もないし、かといって政略結婚をするにも婿入りする相手がいないよ」

リデルは少し肩を竦める様にして相手がいないと言う。これが元の世界なら、世の中の男性陣から恨みの目で見られそうだが、結婚が政治となってくると話は別なのだろう。

そして鎌を掛けたのがなんだったのかと思うほど自然に、リデルは身の上を話してくれた。普通に聞かなかった自分を少し恥じた。

「俺からすれば恋愛結婚が普通だからなぁ。リデルほど格好が良ければ選ぶに困るとは思えないんだけど、政略結婚ともなれば自由には行かないんだな」

元の世界にリデルが来たら逆玉も狙えるんだが、この世界にもあるのだろうか。

「お世辞半分で聞いておくよ。でも、爵位を継げない貴族というのは平民と変わりないからね。それでも貴族意識の高い人も多いから、貴族として対応はされるけれど、平民からしたら扱いにくいだろうね」

「貴族社会も楽じゃないようだな。爵位を継げない、政略結婚も出来ないとなったらリデルはどうするんだ？」

「僕は継承権を放棄して自立するよ。その後は王国騎士になる為に騎士登用試験を受けようと思っている」

「騎士か……らしいと言うべきか」

リデルは少し表情を硬くし、王国騎士になるという。仕方が無くと言うよりはそれが夢であるかの様な言い方だ。王子様の方がぴったりくるが、騎士も悪くないな。リデルに似合いそうだ。

「今こうして魔物を狩っているのは、実戦訓練の意味合いもあるんだ。王国騎士と言っても、戦争の無い今の時代は魔物を狩ることの方が多いからね。訓練だけで無く、流れの魔物が魔巣から出て来たのを退治する必要もある」

「リデルが魔物を狩るのが慣れている様に見えたのは、騎士団に入る為の訓練をしていたからか？」

「そうだね。実戦は本当に昨日が初めてなんだけどね」

初めてと言いながら動きに切れがあったのはそう言う理由があった訳か。貴族の嗜《たしな》みとして剣の練習はきちんと行っていたし、もとから冒険者として実戦経験を積むことも考えて必要な知識も習っていた。道理で慣れているように見えた訳だ。

当たり前だが普通はきちんと事前準備してから戦いに赴くのだろう。いきなり魔物と戦ってみるかと思う俺がおかしいのだ。

あれ、そう言えば継承権は放棄出来るのか。リゼットも継承権を放棄したら義母の標的から逃れることが出来るんじゃないのか。

詳しく聞いてみると、放棄するには継承権上位の物が既に子供を設けている、あるいは自分よりも継承権上位の者がいる必要があるらしい。リゼットの兄弟は成人していない義弟だけだから、この条件に当てはまらない訳か。

　俺が思案していると、モモが顔を覗き込んでくる。そう言えば紹介するのを忘れていたな。俺がモモをリデルに紹介すると、リデルはモモのいる辺りを真剣に見つめるが、視点がズレていた。

「やっぱり僕には見えないね」

　リデルには俺の隣にちょこんと座っているモモ見えないらしい。残念そうだ。

「ブラウニーが見える人は珍しいのか？」

「珍しいけれどアキトがそうであるように、見える人がいることは確かだね。精霊魔法にも適性があるように、精霊が見えるかどうかにも適性が必要だと言われている。僕には無いのかもしれないね」

「なるほど。まぁ、見えないなら見えない方がトラブルは少ないか」

「そうだね、もしブラウニーを連れていると知られると、それを利用しようとする人は少なからず出てくるだろうから」

　俺はモモに、俺以外に見られないように隠れていることは出来るか聞いてみた。モモは一生懸命首を縦に振っているので、俺は外に出る時は隠れているようにお願いする。

「それじゃ今日は慣れてきたら一角猪も狙ってみよう。昨日の感じだとちょっと時間が掛かるけれど、一角猪は角と肉も売れるから牙狼よりは稼ぎが良いよ。普段なら肉が嵩張るから荷物持ちを雇わないと狩りを続けられないんだけれど、幸いにしてブラウニーがいるからね」

「見えないだろうけど、モモって名前を付けたんだ。気に入っているみたいだからそう呼んであげると嬉しいみたいだ」

「わかった、よろしくねモモ」

リデルは俺の膝に座っているだろうモモに笑顔で挨拶をした。心なしかモモも嬉しそうだ。

「それじゃ行こうか。お肉か……売るより食べたいくらいだ」

「全部売る必要は無いからね、少し切り分けよう」

一角猪。まぁ一言で言えば角の生えた猪……そのままだな。違いと言えば全身が真っ黒で目と角が異様に赤く輝いていて禍々しさを感じるところか。大きさは子牛ほどで、体重は一〇〇キロくらいだろうか。思ったより大きかった。

「攻撃方法は角を武器にした突進が中心だけれど、背後に回ると後ろ足蹴りが脅威になる」

「わかった！」

俺たちを認識した一角猪が猛然と迫ってくる中、リデルはその正面に立ち、盾を構える。リデルの持つ盾は木を薄い鉄板で補強した物で、一角猪の突進を受けると鈍い音を立てるが、そのまま受け流すように身を引くことで吹っ飛ばされるのを防いでいた。

余りにも簡単にやってのけるので自分にも出来そうな錯覚を覚えるが、そもそもあの突進に真正面から相対する勇気が無かった。

「はっ！」

リデルは一角猪が横を通り過ぎるタイミングで、首や足を狙い右手の剣で攻撃を繰り返し、徐々にダメージを蓄積していく。

俺は常にリデルの背後に回るようにして一角猪の突進を一緒に躱し、リデルの攻撃で怯んだ所に魔弾を撃ち込む。そこで隙が出来るようなら、リデルを真似て首か足の狙いやすい方に剣で一撃を与え、再びリデルの後ろに回る動きを繰り返す。

「アキト、それで良い！」

正直、俺の動きはリデル頼りでセコいが、今は一角猪の突進を躱して攻撃する自信が無い。躱すだけならなんとか横っ飛びで躱せそうだが、攻撃する暇が無いし、そもそも怖い。

その点リデルの守りは安定していた。ぶっちゃけ俺がいなくても一人で倒してしまいそうだ。まぁ、俺が他の魔物が近くに来ていないか監視しているから安心して一匹に集中出来ている可能性もある。そう考えれば、俺も役に立っているはずだ。

大体一〇分くらい戦った所で一角猪は出血の為か倒れて動かなくなった。結構しんどい、一日にそう何匹も狩れそうにない。

何とか倒した一角猪は、肉の塊だと思えば労力に見合った対価とも思えた。

「これの解体は専門家に任せよう。手数料は掛かるけれど、僕らで解体していては時間がもったいないからね」

「確かに。モモ、この一角猪を仕舞ってくれるか？」

モモは嬉しそうに頷くと、何処かで拾ってきた小枝を構え、いつもと同じく指揮棒の様に動かす。すると、一角猪の下に魔法陣が展開されフッとその姿が消えた。

「改めて目にすると凄い力だね」

「今思ったけど、一角猪を取り出す時にモモのことがばれそうだな」

「そこは僕の家を通して処理しよう。元々僕も狩った獲物は家から運び込んでいるからね」

「それじゃお言葉に甘えて」

「もし直接買い取りをお願いしても、ギルドお抱えの買い取り屋に持って行けば変な噂にはならないと思うけれどね。一応そういった情報は秘匿する義務があるんだ。そうしないと冒険者にとって色々と知られたくない武具や魔道具を持っていることが噂で広まって面倒毎が増えるからね。ギルドとしては冒険者を守るのも仕事だから余計なことは言わないことになっているんだ」

冒険者にとって獲物を狩る手段は企業秘密なのだろう。命を賭けて食べていく手段なのだから敏感になるのも当たり前か。

「最悪はその義務を守ってくれることに掛けるか」

その後四匹ほど狩った所で疲労のピークに達し、無理をせず町に戻ることにする。

戻ってからリデルの家経由で一角猪を売った利益は一匹あたり皮が銅貨三〇枚、肉が銅貨五〇枚、角が銅貨四〇枚、魔石が銅貨三〇枚の合計で銅貨一五〇枚。五匹で銅貨七五〇枚。一人銅貨三七五枚の収入だった。

初日の狩りでは銅貨三五枚、二日目は銅貨一四〇枚、今日は三七五枚だ。驚異的な伸び率にしばし声を失う。

「なんか収入が多くてびっくりなんだが……」

「普通は荷車を引いて行かないと獲物を持ち帰れない。だから四、五人で狩りに行くからね。そうすると今日の倍ほど獲物を狩っても収入的には僕たちよりも悪いくらいだから、これはモモのおかげだね」

確かに一角猪の一匹でも二人で持ち帰るのは至難の業だろう。モモがいなかったら牙狼よりも効率が悪い可能性もあったのか。直接食料になり得るという意味ではお金に換算出来ない部分もあるが、どうせ一人では食べきれないしな。

「えらいぞモモ、ありがとうな！」

俺がモモの頭を撫でると、気持ち良さそうに笑顔で目を閉じていた。ご褒美に美味しいものを食べさせてあげよう。

グリモアの町は川の東岸に広がっていて、上流側に貴族の屋敷や高級な商店が集まり、下流側に行くほど平民が住み雑多な店が並んでいた。上流側と下流側を仕切るように中央通りが有り、通りは川を越えてその先の町まで伸びている。

俺は下流側の平民街にある冒険者向けの宿に泊まっていた。最下層という程安くはないが正直ボロかった。それでも、布団で休めるだけ良い。いくら草を敷いても地面は固かった。それに、何かに襲われる心配が無いのも良かった。

俺は荷物を下ろすと、道中で買った子供向けの服を麻袋から取り出す。新品の服は思ったより高くて、お古の服を買っている。麻袋と併せて銅貨五〇枚だ。

お古とは言え見た目はモモによく似合うと思う。ワンピース型の服で背中のリボンがポイントだ。桃色をベースとして裾の部分には若草色の草花を表すような装飾が施されているのが、植物系精霊のモモにぴったりだ。

「よし、モモこっちへ来てくれ。今日のご褒美だ」

俺はベッドの上で向かいに座ったモモの服を新しく買った服と交換した。するとモモはまるで何処かのお嬢様の様に可愛くなった。

「まるでモモの為に作られたワンピースみたいじゃないか！」

新しいワンピースにご機嫌なモモはくるくると回りながら部屋の中を駆け回る。

そんなモモを俺は飽きること無く眺めつつ、悪い虫が付かないように見張らなければならないと心に誓う。もう子煩悩《こぼんのう》とも言える状態に達していたが良いじゃないか親バカ万歳。


冒険者になってから一週間が過ぎていた。リゼットのことは気掛かりであるものの、その日の食べ物にも困っていた頃に比べれば気楽と言えた。

問題となっていた手紙はリデル監修の元、何とか送り出している。銅貨三〇〇枚と馬鹿みたいに高い送料だったが、これはどうしても必要なことだった。俺が無事なことを少しでも早く伝えなければ、リゼットも安心して眠れないだろう。そして安心して眠れないリゼットを思って俺も眠れなくなる。

もっとも無事リゼットの手元まで届くかは不安だ。俺はリゼットがリザナン東部都市の別邸に幽閉されているとは知っているが、住所までは知らない。リデルの話では貴族名で特定出来るなら届くだろうという話なので、それに賭けることにした。

この一週間、毎日のように日が昇れば鍛錬をし、リデルを迎えて狩りに行く。日が傾く前に狩り場を去り、落ちきる前に精算まで済ませ、落ちると同時に食事をして寝る。やることはハードだが、内容的にはスローライフにも見える生活にも慣れてきた。

今日も今戻ってきて精算を終えたところだ。驚くことに、この一週間の稼ぎは銅貨三，五〇〇枚程になっていた。もちろん出る方も手紙以外に替えの服や身の回り品、それに革製の防具を購入している。

その結果、現在手元に残っているのは銅貨一，〇〇〇枚ほどだ。本当はリデルに借りている片手剣を先に用意したかったけど、剣は高すぎてまだ手が出せなかった。

「今のペースなら装備を調えても、目標の一ヶ月以内に貯まりそうだね」

「これもリデルとモモのおかげさ」

最初はリゼットのいるリザナン東部都市に向かう旅費さえあればと思ったが、道中何があるかわからないし、いざとなれば直ぐに稼げる状態を作りたかった。その為には慣れてきたここで準備を整えておくのが、結果的に早いだろうという判断した。

「リザナン東部都市の近くには魔巣が無いと聞くから、向こうで滞在を考えるなら少しは余裕を見ておいた方が良いね。王都ほどではないにしても物価もこの町より高いはずだよ」

「ならなおさらここで準備万端と言える程度には備えた方が良いな」

会いに行ったらお世話になります、では些《いささ》か格好が付かないだろう。

逆にリデルには色々とお世話になりっぱなしになる訳だが、この恩はきちんと返すことで今は甘えることにした。

「気にすることは無いよ。僕も自分の為にしていることだから」

さり気ない優しさが内面までイケメンだと物語っていた。俺も見た目はともかく内面くらいは追い付きたいものだ。

健全なる魂は健全なる肉体に宿る――では無いが、もちろん最初の課題となった筋トレと魔法の練習は続けている。おかげで剣に振り回されない程度の筋力と、一人でも狩りに使える程度の魔法発動スピードを得ることが出来た。

それでわかったことだが、別に魔弾は手から出す必要は無かった。たとえば目からビームの様に出すことも可能だ。ただ肉体的動作として手に集めた魔力を解放するという行動がわかりやすく、慣れてくると手の延長のように魔弾を発射することが出来るので、結局狙いやすい手から出している。

もう一つわかったことが魔法の飛距離というか影響範囲だ。試しに数メートル先の大足兎に直接魔弾を発生させてみようとしたが無理だった。試しただけで気を失いそうになった。

どうやら直接対象に魔法の効果を発生させることは出来ないようだ。俺じゃなければ出来るのかも知れないが、出来るとすれば逆に対抗手段が思い付かないので怖い。おそらく躱すことも出来ないだろう。

今のところ練習の成果か魔弾は一日に三〇発ほど撃てるようになっている。これは牙狼を気絶させる程度の威力で撃った時で、仕留めるほどの威力で撃つと一〇発が限界だ。まぁ、気絶させることが出来れば剣で止《とど》めを刺せるから問題ない。

狩りの獲物は牙狼から一角猪がメインに変わっていた。一人でも牙狼なら十分に余裕を見て倒せるようになったからだ。ただ、牙狼は偶に二、三匹の群れでいることがあって、一人だと二匹までしか相手に出来ない。三匹になるとリデルがいても、俺の方に余裕があるとは言えなかったし、戦っている最中に別の牙狼に遭遇する可能性もあるから避けている。

ただリデルと狩る時は複数を相手にしなくてはいけないことも想定し、二対二や二対三も何度か行った。

そんな時のリデルの安定性は抜群で、攻撃は出来ないまでも三匹を相手に一度も怪我をするようなことが無かった。リデルが魔物を牽制して俺が中距離からの魔弾と拙い剣の攻撃で仕留めていく戦法が安定するようだ。

「リデルが頼り甲斐あるから甘えてしまうな」

狩りはリデルと一緒に出ることが多いけど、偶に一人で狩りを行い一人の時の動きも練習している。いつまでもリデルが付き合ってくれると考えるのは、それこそ甘えすぎだろう。リゼットを迎えに行く時は一人になるのだから、ある程度は慣れていた方が良い。

リデル自身はそんな俺を心配してか、視界に入る範囲で狩りをしていることが多く、保護者付きの狩りだなと思いつつも、同時にありがたいとも思う。

「安心してくれ……とは言えないな」

俺は今一度気を引き締め直す。今リデルの助けを得ることは出来ない。いくら近くにいると言っても、俺が攻撃を受けてから駆けつけるのだから間に合うとは思わない方が良いだろう。

たとえ一人で倒せるようになったとしても、一度攻撃を受けたらどうなるかわからない。狼戦で俺は物語の主人公じゃ無いってわかった。弱ければあっという間に死ぬ。だから、そういう戦いだということを忘れない。

とはいえ、一角猪は単独以外に見たことが無かったので倒すだけなら簡単だ。なにせこちらを見付けた途端にただ一直線に向かってくる、いわゆる脳筋……じゃなくて猪突猛進型だ。向かって来る恐怖に打ち勝てるようになれば全力の魔弾で気絶させることが出来るし、気絶させられれば危険も少ない。

「牙狼より楽だな！」

馬鹿の一つ覚えで繰り返してくる一角猪に魔弾を撃ち込み、同時に横っ飛びで突進を躱す。しばらく走り過ぎた一角猪が気を失うように倒れるのを確認し、止めを刺す。

牙狼はフェイント気味に飛び掛かってくるので、同じように狙うとはずした時が危険だ。だから最近は一角猪を主に狩っていた。一応、魔弾を耐えられた時の為に、撃った後は横に避ける準備も欠かさないようにしていたが、今のところ躱す必要は無かった。

順調に狩り続けた結果、駆け出しの冒険者だと一日に銅貨一〇〇枚を稼ぐのがやっとらしい所を、俺たちは銅貨五〇〇枚ほど稼いでいる。もちろんリデルやモモのおかげだ。きっとモモの存在が俺のチート能力に違いない。

何にもまして怪我をしていないのが一番だ。前に狼に怪我をさせられた時は二日寝込んだ。それもルイーゼの魔法で怪我の回復が凄く早かったにもかかわらずだ。もし魔法が無ければ一週間ほどは動けなかったかもしれない。それ以前に死んでいた可能性もあっただろう。だから目的達成の為には怪我をしないことが一番の近道になるはずだ。

さらに一週間が過ぎる。初めの頃は鍛錬の度に筋肉痛になっていたが、それも治まってきた。今の負荷ではこれ以上は筋肉が付かないかもしれない。

「なかなか様になってきたじゃないか」

思わず自画自賛だ。

リデルに習い続けた剣の振り方もどうにか様になってきた。剣は刃を立てることで威力を発揮するけど、初めの頃は腕力や握力が無かったから剣の重さに振り回されてまともに刃が立てられなかった。だから俺の攻撃は殆ど突く一方だ。槍があるならその方が良かったかもしれない。

それでも練習の成果は出ていて、今は剣の重さに振り回されなくなった。その分、剣の刃を立てることにも意識を集中しやすくなり、いくつかわかったことがある。

刃を立てるように剣を振るうと空気を切る音が鋭くなり、剣を寝せて振るうと鈍い音がする。多分、刃を立てて振った時の音が鋭くなればなるほど真っ直ぐに振れているはずだ。可能かどうかはわからないが、目標は無音で振れるようになるくらいを目指そう。

と思ったが無理だった。俺はいつも考えが足りない。どんなに剣の刃を立てて振っても、腕が空気を切る音は消せない。これでは剣を振る音で魔物に気付かれる。まぁ、腕が空を切る音はともかく、剣先が無音に近くなるように意識して練習しよう。

軽く汗が出る頃、何時ものようにリデルが町の方から歩いてくる。爽やかな朝に、爽やかなイケメンが眩しい。俺もかくありたいものだ。

「リデルは何時も時間通りだな」

「アキトこそ何時も僕より早く来ているね」

「いつまでもリデルに頼ってばかりはいられないからな」

今日は狩りに出る前に、下町にある冒険者向けの装備屋に来ていた。この一週間で銅貨四，〇〇〇枚ほど稼ぎ、ようやく自分の片手剣が買えるだけの貯蓄が出来ていた。

片手剣は木製の鞘付きで銅貨三，〇〇〇枚。併せて弓と矢を二〇本ほど買う。非常に高かったが、これで自分の装備だけで狩りが出来るようになった点は大きい。

路銀も銅貨一，六〇〇枚ほどになったので、いよいよリザナン東部都市行きも現実味を帯《お》びてきた。

この世界に来てから二〇日が過ぎていたけど、最初の数日から考えればとても順調だ。旅費の銅貨二，〇〇〇枚と道中の路銀で合計銅貨三，〇〇〇枚もあれば良いだろう。準備とお世話になった人に挨拶をするとしても一週間後くらいには出発出来そうだ。

「この剣はアキトに貸していた剣だよね」

「あぁ。借りていた剣で間違いないよ」

もしかして使い方が悪くて剣が駄目になったとか。借りた剣を返すのでは無くて、新しく買った方を返せば良かったか。

リデルは俺の借りた剣を見つめて思案している。そして握りを確かめるように数度振った後、俺の知らない魔法具取り出し、呪文のような物を唱えた。するとリデルの持つ剣が薄っすらと白く発光を始める。

「おっ！　なんか暗がりで便利そうな魔法だな」

もっと明るければ蝋燭の代わりに使えそうだ。

「これは魔力を光に変える魔法具なんだ。ということは、やっぱり、これは魔剣だよね。ミスリル製でも無いのに」

「リデルの剣って魔剣だったんだ。使っていて気が付かなかったよ」

俺が買った剣は銅貨三，〇〇〇枚したけど、見た目も無骨な鉄製の剣だ。魔剣とかどれくらいの価値がするのか想像もつかない。ましてやそんな高価な物を貸してくれていたとは。

「いや、普通の剣だったはずだけど……」

「俺には鉄製の剣を買うのが精一杯だから間違って俺が買ったとかじゃないし、リデルに借りていた剣で間違いない」

「確かに見覚えのある傷も多いし、間違いはないけどね」

「今まで気付かなかったのに、良く気が付いたな」

俺には借りた当初から、何が変わったのかわからないくらい同じように見えた。強いて言えば傷が増えているような気もする。きちんと手入れをしてから返さないと良くなかったな。なんか色々抜けているな。

「取り敢えず、悪くなった訳じゃ無いなら良かったのかな。そのまま返してしまったけど、一度鍛冶屋で刃の手入れをしてもらおうか。随分と借りていたし手数料は当然俺が払うよ」

鍛冶屋は装備屋の隣にある。装備屋で買い取った武器などは直ぐに鍛冶屋で手入れされ再び店頭に並ぶようだ。効率的だが売った物が直ぐに高値で並んでいるのを見るのは商売とは言えやるせないな。

俺は鍛冶屋にリデルから借りていた剣の手入れを頼み、ついでに先程リデルが気にしていた魔剣に付いて尋ねた。

「確かに魔鉱石の反応はあるようだな」

魔鉱石というのは魔力に晒され続けたことで変異した鉱石で、魔鉱石を原料として作成した武器や防具は原鉱石の状態より強度が上がるようだ。魔鉱石と言っても原鉱石により様々な物があるらしく、ミスリル鉱とかあるのかと聞いてみたら存在することがわかった。流石ファンタジーだな！

原鉱石が鉄鉱石でも魔力が宿っている場合は、通常の鉄鉱石を使った剣より丈夫で刃毀《はこぼ》れがしにくく、それだけ切れ味も良くなる。

ミスリル鉱は魔力の通りが良く軽量な為、軽くて丈夫な武器を作るのに最適らしい。ただし、軽量になるだけ同サイズの鉄製の剣に比べると打撃力は落ちる。打ち付けるよりは切る、突くと言った武器に合うのだろう。

鍛冶屋の話では、現在確認されている最高の原鉱石はオリハルコン鉱で、オリハルコン鉱に魔力が宿った鉱石を利用した装備は神話級らしく、世界には確認されているだけで五つの武器と二つの防具が存在するらしい。

ちなみに装備にはその希少性や性能から神話級《ゴッズ》・伝説級《レジェンダリ》・超越級《ユニーク》・最上級《レア》・上級・中級・下級と分けられるらしい。

俺の買った鉄の剣は下級……やはり主人公では無いようで、補正が仕事をしていないようだ。

「これくらいだとそんなに魔巣の奥に進まなくても取れる魔鉱石じゃな。武器として使うにもそれほどの効果は期待出来ないじゃろう。買い取るなら銀貨一二〇枚といった所かの」

たいした効果が無いと言いながら銀貨一二〇枚だと!? 銅貨なら一二，〇〇〇枚じゃないか……魔剣というのはやっぱり高いんだな。

「見て頂いた上で申し訳ないけど、これは贈られた物だから売ることは出来ないので、手入れだけ頼みます」

魔剣の手入れ代は銅貨三〇〇枚だ。俺の鉄の剣なら銅貨一〇〇枚で手入れをしてくれるらしい。道中は自分で手入れをしないといけない為、俺は砥石《といし》の様な物と手入れ用のオイルを購入した。なんだかんだと出費がかさみ、現在の手持ちは銅貨一，三〇〇枚ほどになってしまった。もっとも、必要な物は殆ど揃った。路銀だけなら数日で貯まる計算だ。予定通り一週間後くらいの出発で問題は無いだろう。

リデルには初めから目的を伝えてあるが、具体性が出てきたのでそろそろ予定を確定事項として伝える頃合いか。

リデルにはこの二週間ほど本当にお世話になった。俺にとっては一番厳しい時に生活の基盤を支えてくれた友人であり恩人でもある。出来れば旅立つ前に恩を返したいと思うが、返すとかそういう物でもないだろう。リデルが必要な時に力になろう。

今日は昼過ぎに狩りに出る予定だったが、買い物が長引いたのと武器の手入れの仕方を教わっていた為、狩りを休むことにした。たまには体を休めて次の戦いに備えるのも良いだろう。

丁度良かったので、リデルを誘って食事をすることにした。もちろんモモもいるから三人で食堂に入る。今は狩り向けの装備をしている為、洒落た店には入れないがリデルは特に気にしていないようだ。

実はリデルと一緒に狩りをするようになってから二週間が経つのに、こうしてゆっくりと食事を取るのは初めてだ。普段狩りに出ている時は、いちいち森から離れるのも面倒だから、片手間に携帯食を食べる程度だった。

「リデルの口に合うと良いんだが」

「気にしすぎだよ。家にいる時はともかく、外にいる時の僕はそれほどアキトと変わらないからね」

「それはそれで意外でもある」

こんな貴公子然としたリデルが、下町の雑然とした中にいたら浮いているだけなんだが……いや、そうでも無いか。自然体のせいか、意外と馴染んでいるな。外では変わらないというのは意外と本当なのかもしれない。

丁度昼時ということもあり、席はそれなりに埋まっていて少し騒然とした様子もあったが、落ち着いて会話が出来ないほどでもない。

俺とリデルは肉を中心とした食事を、モモには野菜を中心とした食事を頼み、それを食べながら他愛も無い話を続ける。

「そう言えばアキトはリザナン東部都市を目指しているんだったよね。差し支えなければ理由を聞いても？」

全ては話せないが、話せることはある。もしかしたら貴族であるリデルの反応は何かの参考になるかも知れない。

「リデルは俺の髪の色を見ても気にしないよな。でも、それが貴族社会の一般的な対応じゃ無いんだろ？」

「残念だけれど、そうだね」

やはりリデルが特別気さくなだけで、一般性は無いみたいだ。

「助けたい友達がいて、黒い髪の女の子で貴族だ」

リデルが僅かに反応を示す。忌避と言うより驚きそして納得と言った感じか。

「助けたいというのは物騒な話だね」

「実際に命を狙われたこともあるから物騒な話には違いないな」

「危険なのかい？」

「今は大丈夫だ……と本人は言っているが、全てを鵜呑《うの》みにするつもりはない」

そう思うと自分でも焦ってくるが、焦っても出来ないことはある。計画通りにことを進めるのが一番確実だと、そう思うことで焦りを押さえ込む。

窓越しにリザナン東部都市があると思われる方向を眺め、少しだけ思いを馳せる。

「出来れば力になって助けてあげたいと思ってた。でも蓋を開けてみれば、人を助けるどころかリデルに世話になりっぱなしさ。だから、会った時には助けるとか偉そうなこと言って悪かった、と謝らないとな」

この世界に来てからの俺は、ずっと助けられっぱなしだった。ルイーゼや熊髭、冒険者ギルドでもアドバイスを貰ったし、モモにも助けられている。そして何よりリデルには生きる為に必要なことを教わった。

何を思っているのか、リデルも同じく遠く東を眺めていた。

「僕は世話をしているとは思っていないよ」

不意に視線を合わせてきたリデルが意外なことを言う。誰がどう見ても俺はおんぶに抱っこだと思っていたが。

「アキトがいることで――もちろんモモも含めて助かっていることは多い。初めはともかく、今のアキトなら、敵を倒すことでは僕には劣らないと思っているからね」

その言葉に何とか生きていくことが出来るという最低限の保証を得られたような安心感を覚えて、あの日声を掛けてくれたリデルへの感謝で思わず涙が出そうになった。

だけど、素直にも聞いていられない。実際の所まだ至らないことが多いのは自分でもわかっていた。

「リデルには感謝している。少し高評価すぎる気もするけどな」

リデルは少しだけ不満そうな目を見せるが、今のところリデルがいるから魔物が倒せるだけであって、俺だけで倒せるかと言われるとリスクが高いだろう。今思えばなんの根拠があっての自信だったのかと、旅立つ前の自分に言って聞かせたい。あの頃の俺はそんな忠告を無視するくらい考え無しだった気もするが。

「リデルは王国騎士を目指しているよな。何が切っ掛けだったんだ？」

「貴族で爵位を継げない者が王国騎士を目指すというのは普通のことだから、切っ掛けというのは特にないのだけれどね」

リデルの俺に対する実力以上の評価をこそばゆく思い話題を変えると、リデルは空気を読んでそれに乗ってくれた。

「僕の場合は文官より武官の方が、直接的に国民を守る位置に近いと思ったからかな。どちらが優れているという訳では無く、単純に距離の問題だね」

確かに直接国民の前に立って守るという意味なら、武官の方が近く直接的なのは間違いない。

「ノブレス・オブリージュか」

高貴なる者の義務。リデルは無理する訳で無く、国民の為に戦うことが当然であり自然といった感じだ。

「そこまで大層なことを考えている訳では無いけれど、僕は貴族に連《つら》なる者として国民の税金で生かされてきたからね。その力があるなら僕は王国の剣であり盾になるつもりだ」

リデルの青い瞳が俺では無く、その先の何か未だ遠い目標を見据えるように少しだけ細められる。

「そういう気持ちを持っているリデルが王国騎士になれないと困るな」

「期待に添えるように努力するよ。とは言っても狭き門だからね。実力も実績も必要だ。その面ではアキトの協力を得られて助かっているよ」

「俺にとってもリデルの協力を得ることは、こちらから願いたいところだ。時間が許す限り付き合って貰えると助かる」

「もちろん僕からの願いでもある」

お互いが必要として支え合えるというのは気分が良いものだな。俺はリデルにおいて行かれないように、貪欲に努力すると心に決めた。


リデルと別れた後、早めに休むべく宿に戻った俺は、ベッドに座り背を壁に預けて、ここ最近の出来事を思い出していた。

俺はリデルのおかげで十分に稼いでいる。駆け出しの冒険者なんて月に銅貨三、〇〇〇枚稼げれば良い方らしい。その三倍近くを稼げたのは三つの要因が大きい。

一つは魔法だ。魔法が使えることで、魔物と距離を取った状態からでも攻撃が出来る上に、上手く急所に魔弾を当てられれば気絶を誘発出来た。慣れるまでリデルに盾となってもらったのも大きい。

魔法が使える人はそれなりにいるらしいが、用途別に分けると攻撃魔法・支援魔法・回復魔法・生活魔法とある。多くの人は生活魔法程度で、一般には魔術師では無く魔法師と呼ばれていた。生活魔法以外の魔法が使えて初めて魔術師と呼ばれ、特に強力な攻撃魔法が使える人は上級魔術師。無詠唱で魔法が使える人を魔道士と呼ぶらしい。

この分け方で言うと俺は魔道士になる。でも、魔道士の中でも自分の位置付けがハッキリしていない。魔弾は攻撃魔法だと思うし無詠唱で使っているが、上級魔術師のさらに上の魔道士と言えるほどの能力があるとはとても思えない。これは希にいるという、直感で無詠唱魔法が使える分類で魔道士とは違うのだろうな。

リゼットの話では攻撃魔法とは一般的に精霊魔法のことで、その名の通り六大精霊（光・闇・火・水・風・土）に基づく具現化された力になる。その特徴として魔法発動時における魔力の残滓にも六大精霊を示す色が現れる。つまり光の精霊魔法なら白、闇の精霊魔法なら黒、火の精霊魔法なら赤といった感じだ。だけど俺の使う魔弾にはその色が無い、無色だ。だから一般的には攻撃魔法というカテゴリーには入らない……のか？

「ますますわからないな」

いずれにしても俺が使える魔法は今のところ魔弾だけなので、一般的に魔術師だろうが魔法師だろうが呼び方に興味は無い。

二つ目はリデルの助けだ。狩りに対する知識もそうだし、実際の狩りにおいて盾役として前衛をこなしてくれる為、安全に狩りが出来た。リデルの前衛としての腕前は十分に信頼出来るもので、安心して攻撃に専念出来るのが大きい。

それに狩りだけで無く冒険者としての知識も教わった。これはリゼットに聞いていないことだったので凄く助かった。主に安全な水の調べ方とか、火のおこし方とか、獲物の選び方とか。冒険者として生きる為に必要なことは殆どリデルと冒険者ギルドで教わったと言ってもいい。この恩はいつか返さなければならないと思っている。

「リデルに会えなければこんな順調には進まなかったよな」

未だに日々の宿代を稼ぐ為に大足兎を狩っていた可能性が高い。

そして三つ目はモモの存在。普通なら一角猪を狩れても一人で持ち帰ることは出来ない。だから数人で狩りに出る必要がある。そうすると当然分け前も減る。だけれど俺にはモモがいるから、持ち運びのことは考えずにひたすら狩り続けられた。これだけでも相当なコスト削減だ。

冒険者の中にも空間魔法を得意とした魔法使いがいれば、一時的に物を別の空間に保管し、必要に応じて取り出すことで荷物の運搬ロスを減らせる。他にも魔道具に、空間魔法を使った魔法鞄という物がある。これはかなり値段が高いので、持っている人は少ないらしいが、いないということも無い。

この二つと比べてブラウニーが決定的に違う点があった。それは時間の概念だ。魔法使いの空間魔法や魔法鞄に納めておいた物には、きちんと時間の概念が存在する。つまり氷を保管していても時間の経過と共に溶けてしまう。だが、ブラウニーの場合は時間も保存の対象になる。よって、氷も溶けずに状態を維持出来た。

いつまでもリデルに獲物の換金をお願いするのも難しいので、対外的には高いけど手に入れられる方法がある魔法鞄を持っていることにしている。モモの存在がばれた時のカモフラージュとして用意しておく建前だ。魔法鞄と言うけれど、見た目は様々らしいので、適当なポーチでも誤魔化しは利くだろう。

「俺はモモに何をしてあげられる？」

モモはいま、ベッドで俺の向かいに座っている。俺が目を向けると何が楽しいのかニコッと笑って首を傾げた。可愛くて思わず頭を撫でる。すると心地良さそうに目を細めるのまでがワンセットだ。

モモは夜になると元々着ていたボロに近い服を脱いで、俺の買ってあげた服に着替える。俺が外では他の人に見られないように姿を消していて欲しいとお願いした時から、元のボロを着るようになった。どうやら俺の買ってあげた服を着たままでは姿を隠すことが出来ないみたいだ。

だから日中はボロを着て、夜になると買ってあげた服に着替える。とても大切に扱ってくれるので、折角だから好きなだけ新しい服を着て欲しい。どんな素材の服を買えばモモが着たまま消えることが出来るのだろうか。ボロを誰かに見て貰えばわかるかもしれないな。

そう言えばモモが着ていたボロは、見た目は確かにボロなのだが実は古いだけで綺麗だと言うことがわかった。初めて会った時は確かに汚れていたけど、いつの間にか綺麗になっていた。

どうやらモモに服を預けると洗濯というか何かの効果で服が綺麗になるようだ。洗濯が煩《わずら》わしいなと思っていたけど、モモのおかげでとても助かっている。狩りでモモが汚れる都度、体を拭いて、服を洗ってあげたら覚えたようだ。ただ、いつ洗濯しているのかはわからない。魔法的な物なのだろうか。

「モモのおかげで俺はいつも助かっているよ。ありがとうな、モモ」

言葉は話せずとも、その笑顔を見れば喜んでいるのがわかる。モモがどんなことを喜ぶのか、少しずつわかってきた気がする。

それからもう一つわかったことがある。モモは俺と同じ物を食べるけど、魔力を食べるというか吸収することがわかった。偶然だが、魔法の練習をしている時にモモが近寄ってきたので抱き上げたら、体から魔力が抜けるような感覚を感じた。

モモは話せないけど、言葉は通じるので確認してみた所、偶に栄養として魔力を吸収する必要があるそうだ。そうしないとこの世界にいられなくなり、精霊界に戻らないといけない。気付いて良かった。

モモのことでわからないことや不思議なことも多いが、俺の中では全てファンタジーで解決している。見た目は幼女なので小学校低学年だが、登校班の最年少よりは落ち着きがあるし、お願いしたことはきちんと守ってくれるので俺にとって負担は全くなかった。正直二つ下の妹の方が、手が掛かるくらいだ。

一時はハードモードかと思ったが、結果的には三つの要因に助けられ、この世界で生きていく為の力を手に入れることが出来た。

それから、これまで魔法を使ってきたことで、もう一つの魔法を実現する準備が整った。しばらくは実戦投入が難しいと思うけど、リザナン東部都市に向かうまでに何とか形になればくらいの気持ちで練習していこう。間に合えばリデルにこの魔法を教えて力になりたいと思う。

そんなことを考えていると、蝋燭の火が瞬き眠る時刻を示した。モモもうつらうつらとしていたので、抱え上げてベッドに寝かせると俺も直ぐに眠りについた。

翌日も変わりなく朝の鍛錬を終え、リデルとともに狩りに出る。もちろん影ではモモも一緒だ。

「問題無さそうだね」

「あぁ、似たような剣にして正解だった」

新しい剣の使い勝手は悪くなかった。汎用品《はんようひん》だけあって、リデルの剣から持ち替えても違和感なく使えた。

試し切りの相手は凶牛と呼ばれる魔物で、言葉からは牛を想像するが見た目はバッファロー似の魔物だ。体重三〇〇キロの巨躯が、頭から突き出した二本の角を武器として突進してくる姿はかなり恐ろしい。

ちなみに防御とかまず無理。防いだ所で吹っ飛ばされる。突進を躱して確実に足を狙い、動きを止めてからじゃ無いと仕留めに入るのは危険すぎる魔物だ。

岩や立木といった障害物を使いながら突進を躱して、弓で少しずつ体力を削ぎ落とし、動きが悪くなった所で剣を使っての急所への攻撃を繰り返す。

弓を使うようになったのは魔力節約の為だ。的の大きい凶牛とは言え、動いている状態だと俺が当てるには五メートルまで近づく必要がある。殆ど突進を躱す際に当てる感じだ。

「リデル、狙われているのは俺みたいだ！」

「わかった、足を止める」

本日、四匹目の凶牛に狙われているのは俺だった。いつもはリデルが突進を誘ってくれるが今回は何故か執拗に俺を狙ってくる。

俺は恐怖に耐えながらギリギリで凶牛の突進を横転して躱す。早く躱しすぎると軌道修正される為、返って危険だ。初めて対峙した時は早く躱しすぎて、躱した先に凶牛が飛び込んできた。そこから地面を転げ回って何とか凌いだが、革の服の背中が角で思いっきり裂かれてしまったのは苦い経験だ。

この世界はゲームのように回復魔法で何事も無かったようにとはいかない気がする。だって、あんなのまともに食らったら即死だろ。蘇生魔法とかあるのだろうか。今度リデルに確認しておこう。

俺は横転の勢いのまま立ち上がると次の突進に備える。リデルのように躱しながら攻撃とかは俺には無理だ。

「アキト、もう一度そっちだ！」

流石にリデルも俺の方に突進してきた凶牛に攻撃を加えることは出来ない。ということは、俺が狙われ続ける限り手詰まりなのか……俺に高望みしすぎだろ！

「モモ、弓をくれ！」

片手剣に魔法陣が現れ空気に吸い込まれるようにして消える。再び手元に魔法陣が発生し弓と矢筒が現れた。今までの狩りの中で俺とモモが繰り返してきた武器の持ち替えだ。

俺は矢筒から矢を取り出す。凶牛は既に俺に向かって突進を始めていた。その距離五メートル。俺が凶牛に確実に当てられる距離だ。そして躱すタイミングもまた五メートル。俺は自分の行動予定を強く意識し、恐怖心を押さえ込む。撃ったら――躱す!!

解き放った矢が当たるのを確認する間もなく凶牛の突進を横転で躱す。

「うわっ!」

俺が横転で躱した所に凶牛も倒れ込んできた。幸いにしてぶつかることは無く目の前に凶牛が倒れ込んでいる。リデルが倒れた凶牛の背中側から首筋に剣を突き立てると、凶牛は血を撒き散らしながら地面をのたうち回り、俺はそれから逃げるように飛び去る。

危なっ! 怖すぎだろ!

どうやら俺の撃った矢が狙いの頭を剃れて左上腕部に当たり、力が抜けて転倒したようだ。五メートルなら外さないと思ったが、逃げる方に気を取られたか?

「アキト、怪我は無いね?」

「あぁ、転んで擦りむいた程度だ。止めを刺してくれて助かった」

「少し早いけれど、流れが良くないから今日はこの辺にしておこうか」

なんとなくそう感じた、と言う理由で引き上げるのは良くあることだった。この世界で生きる者の直感のようなものだろうか。個人的には最後は綺麗に締めたいけど、今のドタバタは流れ的に良くなかったのは確かだ。仕切り直しも悪くない。

「そうしよう。今みたいなパターンの対策も考えておきたいし」

「僕にも一つ手があるから、練習しておくよ。魔物にしか効かないんだけれどね」

魔物の気を引くというか苛つかせるというか、そんな感じの魔法があるらしい。ゲームで言う挑発の様なものだろうか。もしそうなら今みたいな展開は避けられるかな。

もっとも、それだけリデルに危険が集中する訳だから、俺は俺で何かしらの対策を考えた方が良いのは間違いない。

「俺も一つ手があるけど、まだ実戦で使えるレベルじゃないから練習しておくよ」

凶牛が魔法陣に吸い込まれた所で、モモの頭を撫でながら魔力を少しだけお裾分けする。まるでお日様のような笑顔に俺の頬も緩くなる。

時間はお昼を回ったくらいか。早いと言えば早いが、この世界の朝も早い。今の日の出は五時くらいで、七時過ぎには狩り場に出ている。だから六、七時間は狩りをしていたことになる。肉体労働としてはいい感じだろう。


俺は町に帰る途中でリデルに今後の予定を伝えることにした。

「リデル、そろそろ具体的にリザナン東部都市行きの予定を立てようと思うんだ」

リデルは何か思う所があったのか、しばらく思案する様子を見せる。

「……そうだね、移動だけでも結構掛かるから頃合いかもしれないね。最低限とはいえ装備も整ったし道中も多少は融通が利くと思う」

俺は前に聞いたことを思い出す。リザナン東部都市には魔巣が無いらしいけど、道中には幾つかあるらしい。最悪は魔石が捕れないだけだし動物を狩るのも良いだろう。むしろそっちの方が普通なのかもしれない。

そんなことを考えられるようになったのも、リデルが俺に戦い方を教えてくれたおかげだな。

「リデルのおかげさ。あの時、声を掛けてくれなかったら未だに大足兎を追い掛け回していたと思う」

「そうかもしれないけれど、でもアキトなら直ぐに牙狼くらい倒せるようになっていたさ」

「だと良いと思うが、あのままじゃ心が折れる方が早そうだ」

「アキトは自分が考えているより逞《たくま》しいと思うけれどね」

逞しいか。この世界に来てからもやしっ子だと実感して止まない俺には、一番似合わない言葉にも聞こえる。それでもリデルが客観的に判断してそう言うなら、隠れた一面として素直に受け取ろう。

「出来ればグリモアの町を出る前に何か返せるようにしておくよ」

「不要と言っても、アキトは納得出来ないんだろうね」

「俺に出来ることだから過剰な期待はしないで待っていてくれ」

「僕も結構助けられていることは忘れないで欲しい」

リデルが何を考えていたのか思い付かないが、俺よりよっぽどしっかりしているし、何かあれば言ってくるだろう。それくらいの仲にはなっていると思う。

ふとリデルを見ると、少し赤みを増した太陽の光がリデルの金髪をオレンジ色に染めていた。夕暮れの風は涼しく、その髪を優しく揺らして通り抜けていく。

何をしてても——いや何もしていなくても絵になるとか、羨ましいじゃないか。俺にもその血筋を少し分けて欲しい。

そのまま町に着いた所で、俺は鍛錬の為にリデルと別れた。

ここは町の外れにある、いつも鍛錬に使う草原だ。街道からは少し逸れた位置の為、何かをしていても人目に付くことはない。なんとなく練習している姿を見られるのが恥ずかしいという気持ちから、わざわざ離れた場所を選んでいた。

俺は草原に寝転がって今出来ることを考えていた。剣技の方は一角猪を一人でも倒せるようになった。素早いが直線的な動きしかしてこない為、倒すことは出来た。

リデルに比べると刃が綺麗に当たってないのか切り口が悪く、同時に浅い。浅いと言うことはダメージも少ないので、より多くの攻撃をしないといけない。そうなると戦闘時間が長引いてアクシデントが発生する可能性も高まる。とはいえ、基礎体力を上げるにはもう少し長い目で見る必要があった。今は慎重に経験を重ねていけば良い。

魔法の方はリゼットに基本を教わっているけど、未だに精霊魔法らしい物が使えない。だからといって魔法具を買うお金はないし、魔声門を使った方法はきちんと魔術師にでも習わない限りわからないだろう。今のところは覚えた無詠唱による魔弾だけが頼りだ。

「まぁ、今は使えない魔法より使える魔法だな」

魔弾については色々わかったことがある。魔弾は細く鋭く発動することで貫通力と飛距離が伸びた。射程は今のところ一〇メートル程度で、離れるほど威力が落ちる。

逆に放射状の広範囲に発動すると、敵を撃ち抜く強さは無いけど大足兎程度なら脳震盪《のうしんとう》を起こすくらいの衝撃を与えた。

「ハッ！」

草が強風で煽《あお》られたように一斉に倒れ、その影響範囲を示す。これなら二、三匹固まっている所を狙うことで、一度に狩ることが出来るだろう。タフな奴でも足止めくらいにはなる。

射程は近ければ近いほど良い。三メートルを超えると効果はなさそうだ。

「これで攻撃を上手く弾けるようになれば面白いんだが……」

どの程度の攻撃まで弾けるかはわからないが、牙狼の飛び込みくらいなら盾の様な使い方が出来るので重宝している。一瞬だけ弾くように魔弾を放つだけなので魔力の消費量も少ないようだ。逆に継続して魔力を出力しようとすると直ぐに魔力切れする。

「魔力が無限にあるなら色々と楽なんだけど、魔法を使いまくっても前ほど増えている気がしないんだよな」

増えている感じが一時より大分下がったので、伸びの上限が近いのかも知れない。魔弾その物が魔力を物凄く使うとかならまだしも、そうで無いなら魔術師になるのは難しいな。

「魔術師を目指している訳じゃないとはいえ、魔法は使いたい……」

というか、使えないと俺の計画が頓挫する。それは困る。だから今は出来るだけ魔法を使って魔力量を上げるしかない。少なくてもそれで魔力量は増えるのだから。

経験でわかったことだが、大きく、強く、遠くといった条件を満たすほど大量の魔力を消費する。まぁ、なんとなく納得がいく。納得はいくが、魔力量の上限が低いので条件を満たす程戦える時間が限られることを意味していた。

いずれにせよ、今の俺に出来ることはこんな感じだ。そして今日は新しい試みを始める。とは言っても、今まで魔弾を色々と自分なりに考えて制御してきた結果から直ぐに実行は可能と思えた。

「異世界に来たって体の内部的な作りは一緒だよな……」

同じなのは見た目だけとかだったらびっくりだ。まぁ同じと仮定しよう。そうじゃなければ話が進まない。

人の体は電気的なショックを受けると自分の意思とは関係なく動く。これと魔力を全身から集めて放出する魔法の原理を組み合わせて、身体能力の補助が出来ないかと考えた。

「まぁ、実際にやってみるのが手っ取り早いな」

いつものように目を閉じる。まずは形からだ。出来るだけ余計な情報を遮断して魔力の流れに集中する。体中から魔弾を作る為の魔力を集め、魔力の動きを感じ取る。いつもならこの集めた魔力を撃ち放つが、今回はその魔力の到達する先は自分の体内だ。自分の体内で絞り出し、自分の体内で筋力を補助する為に使う。

俺は体を巡る魔力を感じながら手を動かし、その時に変動する筋肉の動きを確認する。そして同時に筋肉の変動に伴う魔力の流れを感じ取り、それを今度は手を動かさないで魔力だけで実現してみる。

「なんとなくむずむずする感じはあるんだが……おっ！」

小一時間ばかりそんなことをしていたら、動きこそしないが動くような感覚が伝わってきた。そこからさらに一〇分ほど続けてみたが進展は無かった。

考え方を変えて、今度はその動きそうな気配のところから意図的に手を動かしてみた。すると、いつもより軽く動き出すのを感じた。全てを魔力で実行するのは難しいけど、最初に意図した通り補助的な使い方なら出来そうだ。

俺は立ち上がり、今の感じを忘れないうちに剣を振りつつ魔力の流れをコントロールしてみる。すると軽い力で振った剣が自分の感覚以上に鋭く空を切った。

「おおっ！　思ったより凄いぞ！」

自分でもこんなに上手くいくとは思っていなかったが、原理さえわかれば意外と誰にでも出来るのかもしれない。でも、もしオリジナルなら特許料でものすごい大金持ちになれるんじゃないか。逆に当たり前の技術なら得意げに話した所で恥をかくだけか……。

取り敢えず、自分の中で身体強化《ストレングス・ボディ》と言うことにしておく。なかなか良いネーミングだ。

その後は調子に乗って身体強化を続け、手だけで無く足や体全体を使った動きも出来るようになった。その勢いで時間も忘れて動き回った結果、魔力切れで意識を失い掛ける。調子に乗った自分を戒めるが、本当の戒めは翌日にやって来た。

次の日の朝、目を覚ました俺は過去に類を見ない壮絶な筋肉痛で身動きが取れなかった。それでも日課とばかりに見慣れた草原に何とか辿り着くが、結局狩りに出ることは出来なかった。

そんな俺を見てリデルは呆れていたが、その内リデルも同じ目に遭うだろう。何日か試して安全そうならリデルに教える予定だ。この魔法はきっとリデルの力になるはずだ。

■初めての依頼討伐

「リゼット……」

リゼットに呼ばれる、そんな夢で目が覚めた。内容は覚えていない。

計画が具体的になったので気持ちが緩んだ為か、それとも生活に余裕が出来てきた為か、色々なことを考える余裕が出来ていた。もちろん考えることはリゼットのことだけじゃ無い。同じくらいは家族のことを思い出していた。

「笑えるな」

ちょっと長い旅行に出た程度じゃないか。何をホームシックになっているんだ。高校生になったら一人暮らしをしたいとか思っていたのは何処の誰だよ……。

見慣れない天井がいつしか見慣れた天井に代わり、元の世界にある自分の部屋で見た天井の記憶が薄れていく。記憶とともにあの頃の自分が失われていくようで怖くなる。

「!?」

不意に暖かく柔らかいものが頬に押しつけられた。桃の香りと小さな寝息に心が癒やされる。実情は別として、幼いモモを養うことで俺は自分が何かの役に立っているという思いを持てた。情けないことに自分の為にじゃ頑張れない。リデルに守られていても、心の底では怖くてたまらない。

だから、ただ強くなりたくて必死に戦っていた。

「怖いのに戦うのかよ……」

違うな、怖いから戦うんだ。さぁしっかりしろ、リゼットの所へ行くんだろ！


「坊主、だんだんと狩る獲物が大きくなってきたな。よく凶牛を倒せたもんだ」

換金の為に寄った冒険者ギルドで、声を掛けてきたのは熊髭だ。いつもの四人で早めの夕食らしい。既にお酒が入っているようでいい感じに出来上がっていた。

「慣れてきたみたいだし明日は俺たちのパーティーに付き合わないか。ちょっと大きい獲物を狩るんだが持ち帰るのに人手が必要なんだ」

この場合の人手というのは本当に俺の手ということでは無く、モモの収納能力のことだろう。流石にこれだけ同じ場所で狩りをしていれば、二人で持ち帰れないような獲物を狩っていることもバレる。そこから想像するに空間魔法か魔法鞄に行き着くのは簡単だ。流石にブラウニーは珍しすぎて候補に入らないとしても、貴族のリデルが魔法鞄あたりを持っている位は考えつく。

最近は一角猪や凶牛を中心に狩っていたが、経験を積むという意味でも違う魔物を相手にするのは良いことだろう。

「いいのか？」

「まぁ、荷物持ちくらいしか頼むつもりは無いが、そうだな……四、五日の予定で銅貨一，二〇〇枚はどうだ」

今の俺たちならもっと稼げるが、色々な魔物と戦う経験をベテランの元で積むことが出来るというなら願ってもいないチャンスだ。それはリデルにとってもプラスとなるだろう。

「わかった。一応相談してくるが、まかせてくれ！　もちろん俺も戦う！」

「いや、戦うのは俺たちだけで良いんだが。金髪の相棒も連れてこいよ。返事はそれからで良い」

俺は直ぐにリデルの住む館に向う。上級街にあるリデルの住む館は大きいが、びっくりするほど大きいと言うほどでも無い。まぁそれでも、俺の住む家が数個分は余裕で入るくらいの大きさではあるが。

何度か顔を合わせた門番に声を掛け、リデルが来るのを待つ。しばらくして姿を見せたリデルは、別れてからまだそれほど経っていないこともあって、防具を外しただけのラフな格好をしていた。そんな姿もなかなか様になっていて格好良いな。

それはさておき、俺は熊髭に持ち掛けられた仕事について相談する。

「貴重な経験となりそうだね」

リデルも次のステップを考えていたようで、慣れた冒険者が一緒なら参加することが決まった。俺は熊髭に改めて了承の旨を伝え、明日に備えることにした。


翌日、朝日の出る頃。町の西側に大柄な人影が二つ、普通が三つ、低い日差しを受けて長い影を作っていた。どうやら俺が最後のようだ。これでも早めに出て来たのだがそれでも遅かった。

大柄な人影が熊髭ことベルモンド。武器は片手剣で盾を背負っている。雰囲気的に斧でも振り回していそうだが、意外と器用なのかもしれない。革製の鎧の上には鎖帷子《くさりかたびら》を着込んでいた。立ち回りはリデルと同じで前衛で盾役のようだ。

もう一人の大柄はマーカス。こちらは痩せすぎない程度にスマートで身軽そうだ。武器は身長ほどの槍で防具は同じように革製の鎧と鎖帷子を着込んでいる。二人が前衛になるのだろう。

その隣が身長も体格も見た目もこれぞ平凡といった感じのクロイド。布製の服にローブを着込み、手にはいかにも魔術師という感じの杖を持っていた。

さらに隣が優男風のニコラス。弓と矢を背負い、腰には短剣。動きやすさを重視した革製の服を着ていた。

俺の近くにはリデルがいて、いつもの装備に軽めの背負い袋を持っている。

今回はいつもの日帰りとは違って野営がある為、ちょっとした荷物があるのは俺も同じだ。まぁ、内容は携帯食と水くらいだが。

何でもかんでもモモに預けるのではなく、命を繋ぐ最低限の物は自分で持っていた方が良いというリデルの忠告に従い、俺も革製の袋を用意している。

「んじゃ、目的地は隣のトムリナ村手前にある森林地帯だ。そこに現れた流れ魔物の巨大熊をやる。街道沿いを通る商隊が二度ほど襲われているらしい。魔物は元々凶暴だが、此奴《こやつ》はそれに輪を掛けて凶暴だ。出くわしたら逃げられると思うな、見た目以上に足が速いからな」

俺とリデルは道中で今回の獲物となる魔物の情報を熊髭から聞いていた。

流れ魔物とは魔巣から魔巣に移動する魔物で、通常は魔巣から遠く離れることが無いはずの魔物が例外的に魔巣から出てくる。

何故別の魔巣に移動するのかはわかっていないが、突発的に起こる移動を警戒しているのはなかなか難しい。

そして、魔巣から出てくると比較的ゆっくりと移動することから、その道中に町や街道があると被害が大きい。よって流れ魔物は発見され次第直ぐにギルドから討伐依頼が出ることになっていた。今回はその討伐に熊髭のパーティーが名乗りを上げたようだ。

「はっ！」

草むらから襲ってきた猪を一撃で仕留める。

「ほう、坊主にしちゃ見事なものだな」

熊髭は本気で感心しているようだ。

「まかせてくれ！」

俺は満面の笑みで答えながら、腰のナイフを引き抜くと仕留めた猪の皮を剥ぎ始める。最初は苦手だったが、この三週間ほど狩りを続けたので自分で皮を剥ぐことが出来るようになっていた。

「しかし、坊主はなんで盾を持たないんだ。別に二刀流でも無いだろう。盾が買えない訳じゃあるまいし」

「あぁ。前に一度貸してもらったことがあるんだけど、重くて上手く使いこなせないんだ。体の重心が手先に寄って動きづらいと言えばいいのかな」

「そりゃあ、それなりに丈夫に作らないと役に立たないからな。それでも慣れておかないと、いざという時に体を守れないぞ」

「基本は躱すようにして、どうしても躱せそうに無い時はこうやって……」

俺は魔弾《マジック・ブリット》を近くに木に撃ち込んだ。外れること無く魔弾を受けた木が衝撃で枝を揺らし、木の葉が落ちてくる。

「なっ、なんだそれりゃ！」

「一応、魔法のつもりなんだけど」

「アキトは躱せない時に、その魔法を衝撃波として敵の攻撃を反らすからね。初めて見た時は僕も出鱈目《でたらめ》だと思ったよ。それに慣れてしまった自分もどうかと思うけれど」

俺の成長を最初から見ているリデルでも、出鱈目だと思っていたのは心外だ。確かに思いつきでやっているから、見る人が見たら出鱈目なんだとは思うけれど。

「クロイド、こんな魔法あったか？」

ローブを着込んだ魔術師のクロイドは少し考えてから答えた。

「たぶん……魔法の失敗？」

「失敗かよ！」

熊髭と槍のマーカスが声を上げて笑いだす。

「仕方ないじゃ無いか。いつかきちんと魔法を習うことが出来たら使えるようになるはずだ」

「失敗と言っておいてなんだけれど、普通は魔法の具現化に失敗した時は何も起こらないはずなんだ。それでも魔力その物は失われる。失われた魔力がどうなるかというと霧散する。ただ魔力その物は力だからね、今のように霧散する魔力を力として作用させることは出来る。普通はそこまで魔力を制御出来たら、何かしらの属性魔法を具現化する方が簡単なはずなんだ。だからただの衝撃波として使う魔術師はいないよ」

「坊主は凄いんだか凄くないんだかわからんな」

「魔力を制御して放射しただけでも素晴らしい才能と言えるよ。無詠唱で攻撃力を得られるのは発動スピードの点でとても優位だ。たしか古代魔法に似たようなものがあったと思うけれど」

俺の場合は魔道具が買えないし魔声門による呪文の詠唱が上手く出来ないので、苦肉の策として無詠唱になっただけだ。だから魔法の超初心者がいきなり上級クラスの方法で魔法を使おうとしていた訳で、上手く出来なくても不思議は無いなはずだ……。

「クロイドが基本くらい教えてくれるさ」

弓のニコラスが、気落ちした俺を慰める。

「まぁ、実は私も詳しいことはよくわからないんだ。実際に目にするのは初めてだしね。それに無詠唱は便利だけれど、上級魔法になるにつれて難しくなっていくから、早い内に魔声門でも魔法を使えるようになった方が良いだろう」

当たり前と言えば当たり前だが、言われるまで気が付かなかった。

ただ、俺自身も魔力を操作しているという認識はあるけど、魔法を使っているという認識があまりない。無詠唱だからそうなのか、失敗しているからそうなのかわからないが。だから上級魔法と言われてもぴんとこなかった。

「魔法具を買うお金が無いから、まともな魔法が使えるようになるのはまだ先だな。でも、まぁこれはこれで使い道もあるし、今は魔法が使えるだけでも助かっているから」

「というか坊主は魔術師になりたいのか？　俺はてっきり剣士になりたいんだと思っていたが」

「えっと……どっちもかな？」

「どっちもって、どっちも半端になるだろ」

「えっ……なんかこう、物理と魔法が合わさって最強みたいな？」

みんなに呆れられた。そんなに酷い考えだったのだろうか。

「アキトは意外と器用に立ち回っているから、珍しいけれどそのスタイルが合っているのかもね。本気で上を目指すならあながち間違ってもいない。Ａクラスの冒険者はそのタイプが多いからね」

リデルのフォローに目頭が熱くなるぜ。

「まぁ、坊主は冒険者として優秀だから、魔法はともかくいずれ自分にあった盾を買えるさ」

「え、俺は優秀なのか？」

それは初耳だった。

「そりゃ優秀だろう。冒険者なんかその日食べていければ合格ラインだ。坊主は多少蓄えもあるだろ。蓄えが出来る様になれば優秀で良いだろう」

確かに最初の頃の苦労に比べると、ここ最近の安定した稼ぎは自分でも驚きだが。

「リデルのおかげで助かっているよ」

「それは僕の言葉でもあるんだけれどね。おかげで僕も旅の支度金が出来たよ」

リデルは俺と違って買い物に使っていないから銀貨一〇〇枚くらいは貯めているだろう。

「貴族の坊ちゃんは仕官先を探しに王都にでも行くのか」

「そうですね。僕は貴族といっても五男ですから爵位を継げる可能性はありませんので。どうせなら一度くらいは王都の騎士登用試験に参加してみようかと思っています」

「そのまま冒険者でも上手くやっていけそうだがな」

「悪くは無いですね。でも、やっぱり僕は貴族として生きたいと思っています」

リデルの望みは王国の剣でありそして盾である王国騎士団に入ることだ。その為の実戦訓練として冒険者をしているだけで目的では無い。

「王国騎士団に入るには騎士登用試験に受かれば良いのか？」

俺はなんとなく聞いてみた。力になれることがあるとすればここで力になりたい。

「単純に言えば試験に受かれば良いけれど、その受験資格が貴族であることなんだ。僕は爵位を継げないから正確には貴族では無いからね。何かしらの功績を挙げて爵位を賜る必要がある」

リデルに聞いた話では王国騎士団に入るには冒険者Cランク以上かそれに見合う実績を残すのが早道らしい。ある程度の実力があれば、何処かの貴族に認められることで一代限りの騎士爵が得られるとか。この場合も貴族に連なる血筋である必要があるので、王国騎士に平民上がりはいないと言うことだ。だから俺は王国騎士にはなれない。今のところなるつもりも無いけど。

エルドリア王国にはもう一つの兵団として王国軍団があるらしい。腕に覚えのある平民は王国軍団に入り、国境警備や治安維持、それに流れ魔物の討伐などをこなして地道に昇進して、ゆくゆくは授爵《じゅしゃく》という正攻法があるとか。

ただ戦争らしい戦争が無い時代に入り、王国騎士団や王国軍団でも実戦経験の不足から練度の低下があり、Eランククラスの魔物に後れを取ることがあった。そこで、若く優秀な人材を集めて教育する騎士学校が設立された。

リデルが狙っているのもこの騎士学校で、そこを優秀な成績で卒業すると騎士爵を得られる。その為の実戦経験を積んでいるのが今という訳だ。

騎士登用試験は実技と筆記があり、実技は個人戦と団体戦での動きを評価され、筆記では戦術論と魔物の特性などが中心のようだ。

「騎士学校を卒業するのとCランクの冒険者になるのでは、どちらが早いかってところだな」

「どちらを選ぶにしても実力は必要だからね。運で王国騎士にはなれない」

実際には一つだけ運が絡む所がある。爵位継承上位者ならば王国の剣であり盾になるのは義務だから、当然王国騎士団に入れる。つまり嫡男に生まれていれば苦労することは無かった訳だ。

「リデルなら入れるとは無責任には言えないが、実戦経験を積むことに関してはいくらでも付き合うさ」

「助かるよ」

爽やかな笑顔が眩しすぎる。無責任で良いならリデルはきっと王国騎士になれると言いたいところだ。

初日は元々移動だけの予定だったので、アクシデントも無く野営に入ることが出来た。野営と言っても何故かこの世界ではテントが主流じゃ無かった。だから夜露を凌げそうな木や大岩の下で毛布に包まって寝るだけだ。

テントが使われないのは荷物として嵩張ってしまうのと、夜露を通さないような布は非常に高価で、当然テントも高価になってしまう。それに高価なテントを使っていては盗賊に襲ってくださいといっているようなものらしい。護衛と荷物持ちを連れて歩く商人ならともかく、どちらも自分でしなければならない冒険者にテントは贅沢物でしかないようだ。

食事は携帯食が普通だ。俺がこの世界に来た時は携帯食すら持っていなかったので、大足兎を追い回して何とか食事にありつけたのも今となっては懐かしい。

今でもリデルとの狩りで取る昼食は携帯食だ。お弁当などと言えるものじゃ無く、パンか干し肉をゆでてスープにし、空腹が凌げればいいという程度だ。

これは冒険者にとって普通のことで、たまたま道中で獲物を捕らえることが出来たら調理して食べるらしいが、寄り道をしてまでは狩りを行わず携帯食で済ます。だから今夜が携帯食では無く調理された食事なのはたまたまだ。

「うまい！　外でこんな美味しい料理が食べられるとは思わなかった！」

槍のマーカスは意外にも料理がうまかった。おかげで味気ない携帯食では無くきちんとした食事を取ることが出来た。

「ははは っ！　作りがいがあると言うものだぜ。こいつらときたら感謝の言葉も無いからな」

「何を言ってやがる。携帯食なんか出来るだけ喰いたくねぇと言うお前のせいで、わざわざ高い食費を払わされているんだ。不味かったら携帯食の方がなんぼもマシだろうが」

マーカスは食通らしい。熊髭には悪いが頑張って食費を出して頂きたいものである。

この世界に来て三週間が過ぎ、思い出したように元の世界の料理が食べたくなる。グリモアの町では米を見たことが無かった。麦もライ麦だ。この世界の主食は肉かライ麦パンで、御飯も麺類も見掛け無かった。残念でならない。

熊髭をグリモアの酒場で見掛ける時はいつも酒を飲んでいる印象だったが、流石に仕事中は飲まないようで、明日遭遇するであろう魔物を相手とした戦術の確認と装備の確認を行っていた。戦術の中に俺とリデルは含まれていない為、若干手持ちぶさただが、邪魔をしない為にもきっちりと話を聞いておく。

「それじゃ見張りは僕とアキトでします」

「そうして貰えると助かる」

熊髭の了承を得て俺が先に夜番となり、途中でリデルがに変わる。戦いの頭数に数えられていないのだからこれくらいはしないと仕事をしたとは言えないだろう。

みんなが寝静まる。そんな中で焚き火の弾ける音、虫の鳴く音、それらに混ざって時たま聞こえてくる魔物の遠吠えはこの世界に来た日のことを思い出させた。

あの時と比べて俺は強くなっただろうか。体力的な意味で言うなら間違いなく成長しているが、死を身近に感じるだけ弱くなった気もする。でも、だからこそもっと強くなりたいとも思う。

揺らめく焚き火の明かりと同じように心も揺れていた。

翌日。俺たちは討伐対象の魔物である巨大熊が発見された地点に来ていた。道中は特に問題もなく、俺は魔法についてクロイドに質問しまくっていた。もちろんクロイドにまで困った奴だと言われないように気を遣うことは忘れない。

その結果、今更だが俺の使う魔法については、もう少し慎重に扱った方が良いとわかった。クロイドは魔法の失敗と言っていたが、俺は失敗以前に魔法と呼べるものを使っていないようだ。それじゃ何を使ったと言われても今は答えられないが、身体強化《ストレングス・ボディ》が思ったように効果を上げていることから失敗とは思えなかった。

俺はこの世界にとってイレギュラーな存在だ。だから魔法についてもイレギュラーである可能性はある。必要な力である以上は隠さないまでも、わざわざ他人に知らせて回ることも無いだろう。

「なんとなく森が近くなってきたか？」

「元々街道から離れていた森が広がって、隣接してきたのだろうね。若い魔巣はしばらく広がり続けると言われている」

リデルが言うに、魔巣というのは初めから森だった訳じゃ無いらしい。ある時突然、魔断層――中核となる魔力の源――が現れ、その影響を受けて草木が急成長をして出来上がったものが魔巣だとか。

ちなみに魔巣は必ずしも森とは限らず、古代都市に現れそこを迷宮化したり、洞窟をダンジョン化したりする。

今いる街道は魔巣であるカシュオンの森の東側にあり、北に行けばグリモアの町、南に行けば港町ヘレスに行き着く。

俺たちは街道を南下している為、右手にはずっとカシュオンの森が続き、左手は地平線の彼方まで続く長閑な草原だった。この草原を越えた先にあるのが商業都市カナンだと思うと、ちょっとウンザリするほどの距離だった。

俺が大金持ちになったら鉄道を引かないとな……。その為には電気は無理にしても蒸気機関が必要なのか。いやいや、ここは魔法があるだろ。だったら――

「なぁリデル。馬車より速い乗り物とか、空を飛ぶ乗り物とか無いのか？」

「縁が無いという意味では無いと言った方が良いのだろうけれど、一応存在自体はするよ。例えば転移系の魔法であったり、西の帝国では飛竜を飼い慣らして空を移動する騎士団もあるらしい」

「転移魔法に竜騎兵!?」

「竜騎兵？　アキトは西から来たのかい？」

そう言えばその辺の話はしていなかったし、作ってもいなかったな。下手なことを言ってしまった……。

「いや、商人が村に来た時に話してくれたんだ」

「商人は国を渡って旅をするからね。機会があれば色々と情報を仕入れておくことは後々役に立つよ」

良くしてくれたリデルに嘘をつくことは躊躇われたが、リゼットに会ってこの世界に伝えるべき情報と秘匿すべき情報を確認するまでは、無闇に話せることでも無かった。

「それにしても竜に乗れるのか……憧れるな！」

「帝国ではそれが理由で騎士を目指す人もいるらしいからね」

ただ、魔法で空を飛ぶと言うことは聞いたことが無いようで、クロイドも知らなかった。魔法じゃ無くても、飛行機はともかくハンググライダー的なものはあっても良さそうだったが、それらしい物は無いようだ。もし飛行機とかで空を飛んでいたら魔法にしか見えないかもな。そう言えばクラークの法則に、充分に発達した科学技術は魔法と見分けが付かないと言うのがあったか。

しばらくそんな話に花を咲かせていると街道が森にほぼ隣接し、それに合わせて口数が減り、代わりに緊張が高まってくる。

真っ直ぐに続いていた街道は一〇〇メートル程先で森に消え、街道が森を迂回するように作られていることがわかる。この世界では多くの森に魔巣が存在する為、森の中を抜けていく街道は皆無と言って良かった。

草原側はともかく森側は視界の通りが悪く、魔物の襲撃を警戒しての移動は神経を使う。いつの間にか偶に飛び出してくる小動物にさえ吃驚する、そんな状況に変わっていた。

討伐依頼を出したトムリナ村まではあと一時間ほどで着くらしいが、トムリナ村まで行く予定は無い。しばらく歩いたら来た道を戻る形で索敵を続けることになっていた。

最後に巨大熊の被害を受けたのは一週間前らしいので、もうこの辺にはいない可能性があった。

だから巨大熊がまだこの辺にいるのか、痕跡を探るところから始める必要がある。

魔巣と森の関係は解明されていないが、多くの説では魔巣の生み出す魔力が成長を促進する為に自然が発達しやすいと考えられている。ここで言う自然とは即ち動植物で、動物が魔力の影響を受けて変異したのが魔物だと言われている。

強い魔物は強い魔力を好む為、基本的には魔巣の中心にいることが多い。今回の巨大熊はDランクに当たる強い魔物で、本来であれば魔巣の外周にまで出てくるような魔物では無かった。

この場合の可能性としては別の魔巣に移動する所か、奥まで行った冒険者が引き連れて逃げてきたかだ。

巨大熊の討伐にはパーティーであたることが推奨されている。冒険者ランクと魔物のランクの関係は、魔物と同ランクの冒険者が適切なパーティー構成で討伐が可能ということを示す。熊髭たちは冒険者Dランクの為、ベストな状態であれば討伐可だろう。だから熊髭も依頼を受けた訳だが。

もちろん奇襲を受けたり準備不足だったりすれば余裕が無いレベルの為、戦闘は回避するべきだ。

もっともパーティーに魔術師がいる場合は一つ上のランクと言えるらしいので、今回の巨大熊討伐に当たってては問題ないと熊髭が自信を持って言っていた。

ちなみに俺はまだFランクだ。その上、パーティーもリデルと二人。純粋な攻撃役も魔術師もいないし、治癒術が使える仲間もいない。俺たちだけで巨大熊に遭遇したら逃げの一手だろう。

しかし、巨大熊は見た目以上に素早く凶暴らしく、逃げるのは悪手《あくしゅ》にもなりかねないようだ。状況を見て判断するしか無い。

場合によっては数日掛けてこの辺を探索し、巨大熊の痕跡が発見出来なければ既に移動したか森の奥に戻ったと冒険者ギルドに報告することになる。この場合は依頼の失敗では無いが、討伐した訳でも無いので報酬は殆ど実費程度らしい。

熊髭たちとしては可能な限り討伐を目指す予定だ。もし見つからなかったと冒険者ギルドに報告をした後に、再び巨大熊の被害が出るようだとパーティーの活動としてよろしくなかった。そういった後のトラブルを回避する為にも討伐してしまうのが無難だ。

見付かる前に見付ける、というのは気を遣う困難な作業だった。慣れない俺は身の隠し方が悪いだとか気配を消せだとか、それが出来たら忍者にでもなれそうな要求を受ける。失敗する都度げんこつが落ちてくるのは勘弁して欲しい。

リデルはと言うと、そつなく熟《こな》していた。出来ないことや苦手なことはあるのだろうか。

これはなかなか骨の折れる仕事だと思っていたが、巨大熊はその直後に見付かった。俺でも直ぐに気付く。なぜなら、街道が折れて森の影になった辺りから瓦礫の崩れるような音と共に人や馬の悲鳴が聞こえてきたからだ。

熊髭たちは状況を確認する為に現場に駆け出す。俺もそれに続き、熊髭たちが巨大熊を相手している時に周りを警戒し、もし他の魔物が寄って来た時はその相手をする手はずだ。

俺とリデルでは巨大熊との戦闘に参加すると足手纏いになるから、周りの警戒をして余計な魔物を退けた方が貢献出来る。

「なんだ、あの魔物は！」

熊髭が戸惑いの声を上げる。他の三人も同意のようだ。でも俺は何を疑問に思っているのか直ぐにはわからなかった。

巨大熊を見るのは初めてだ。でも巨大と言うくらいだから巨大な熊なのだろう。俺の記憶ではヒグマの大きいのが立ち姿で三メートルくらい。この世界の魔物は俺の知っている動物より大きい傾向がある。だから四メートルくらいだと想像していた。そして、目の前にいる巨大熊の大きさは想像よりちょっと大きくて五メートルくらいだが、まぁ誤差の範囲……だと思う。

今までの経験から、出会った瞬間にびっくりして動けなくならないようにイメージトレーニングをしていた。幸いにして熊は動物園も含めて良く知っていたし、子供の頃に見たスケール感とさほど変わりない――俺が大きくなっているのだから実際にはばかでかいはずだが、空を覆うような大きさに見えた熊程でも無い。

「あれって、大きい方なのか？」

熊髭が何に驚いているか念の為に確認した。

「でかいなんてもんじゃ無いだろ、予定より二回りはでかい。話が違いすぎる！」

「逃げるか!?」

そう言われると怖くなってきた。熊のような熊髭が驚いているくらいだ、強さもそれなりなのだろう。俺はなんとなくパーティーという人数に油断していたのかも知れない。よく考えれば、あの腕の一振りに耐えられる気が全くしない。

不意に全身が鳥肌立つ。あの夜の惨劇を思い出してしまった。防具すら切り裂く爪の後……。

「駄目だ……逃げよう、熊髭」

依頼内容と違うというなら何も無理をする必要は無いはずだ。死んだら元も子もない。襲われた人は可哀想だけど結局は他人のことだ、まずは自分が生き残る方を選択する。後味は悪いけど、俺も死にたくは無い。

「いや、なんとかなるな。だがこいつは予定外だ。俺たち四人でやるから坊主と貴族の坊ちゃんは離れていろ。俺たちの内で誰かが倒れたら構わずに逃げろ、どうせいても役にたたん。逃げて応援でも呼んでくれた方がマシだ」

「大丈夫なのか⁉」

「クロイドの魔法が当たれば倒せる！」

ここはベテランの意見を素直に聞く。倒せるという言葉に、大きくなりつつあった恐怖心も収まってくる。俺はなんだかんだ言っても冒険者になってまだ一ヶ月だ。一〇年も続けてきた熊髭の命令を聞いておくのが一番良いはずだ。

「わかった、無理そうなら逃げてくれ！」

俺は念の為に弓を準備してリデルと戦闘域を離れた。

俺たちが現場に駆け寄るまでに、巨大熊は腕の一振りで荷馬車を粉砕し、次の一振りで荷馬車に繋がれた二頭の馬を殴り飛ばしていた。

あれがなんとかなるのか⁉

直接殴られた馬は腹の辺りから臓物《ぞうもつ》を撒き散らして吹っ飛び、もう一頭は折れた足をばたつかせ地面をのたうち回っていた。

馬車の側には御者だろうか、頭の辺りから血を流して倒れている。とても生きているとは思えない血の量だ。

その先、壊れた荷車に隠れるようにして男と少女がいた。二人はかなり怯えているようで、必死に身を隠している。少女はフードをかぶっていて、その表情を見ることは出来ないが、体が竦《すく》んでいるのか這うようにして荷馬車の影に隠れていた。

当然だろう。ここしばらく魔物を相手に狩りをしていた俺でもこれは怖――!?

「リデル、あれを見ろ！」

俺は焦るように森の一方を指差し、リデルに声を掛けた。

隙があれば二人を救い出そうと思ったが、その二人の直ぐ近くの森から、もう一匹の巨大熊が現れる。

二匹目の巨大熊は最初の巨大熊より二回りほど小さく見えた。ギルドからの討伐依頼が出ていたのはこっちで、熊髭が相手をしている方は予定外の魔物だったんじゃないか、そんな疑問が脳裏を過ぎる。

「もう一匹いたのか!?」

リデルが状況の悪化を危惧《きぐ》する。小さいとは言え巨大熊だ。熊髭たちが相手をしている巨大熊と合流するのは戦況的に良くない気がする。熊髭の方も最初の巨大熊の相手で手がいっぱいに見えた。

不味いな。小さな巨大熊をリデルと二人で受け持つか撤退か……熊髭たちはとても撤退どころの様子ではなさそうだ。拮抗した戦いの中で背中を見せようものなら一気に戦況が悪い方に傾きそうだ。

「アキト、あの巨大熊を合流させる訳には行かない。倒せないまでも、向こうが片付くまでの間こちらに引きつけておこう」

リデルも新たな巨大熊を熊髭たちの方に行かせるべきでは無いと考えている用だ。

「引きつけるのは良いが、無理はしないでくれ！　上手く俺とリデルで巨大熊の気を引き合えれば良いんだが」

その間にも巨大熊は荷車に隠れた二人に襲い掛かる。

「お、お前が囮になれ！」

荷車に隠れていた男が少女を置いて逃げ出す。少女も逃げようとしたが突然首を押さえて蹲《うずくま》ってしまった。フードが一瞬だけ翻《ひるがえ》り、中の顔が見えた。

「ルイーゼ!?」

なんでここにいる!?

巨大熊がその獰猛《どうもう》な目で逃げる男を捕らえ、次に残ったルイーゼを捕らえるのがわかった。

「た、助けてくれ！　礼はする!!」

ルイーゼが蹲る間に男が一人でこっちに逃げてくる。巻き込むなとも言えない。それより俺はルイーゼを助けないと！

「あれは奴隷紋《どれいもん》が効いているのか！　彼女は逃げられない！」

リデルが珍しく怒りの声を上げる。奴隷紋がなんだかわからないが、ルイーゼが逃げられないならこっちに注意を引くしか無い。

「巨大熊の気を引く！」

俺は弓を引き絞り、巨大熊を狙い、矢を――放つ！

的が大きいので矢は外れること無く巨大熊の右肩に刺さった。しかし遠い、たいしたダメージは与えていないだろう。

それでも気を引くことは出来た。さらに二回、続けて矢を射る。胴体を狙った矢は二本とも外すこと無く胸と腕の辺りに刺さった。

「アキト来るぞ！」

巨大熊が怒りの咆哮《ほうこう》を上げる。それは耳にするだけで体が竦むような恐怖感を撒き散らし、俺は反応が遅れた。

「!?」

巨大熊は怒りを露わにして目標を俺に変え、驚くほどの早さで四つん這いからダッシュしてきた。

俺は何とか気を取り戻し、盾とすべく近くの大木に向かって走るが、辿り着く前に追いつかれそうだ。

巨体のわりになんて早さだよ!!

「ハッ！」

横合いからリデルが盾で巨大熊の横面を殴り飛ばした。巨大熊は狙いを邪魔されたことに怒り、今度は狙いをリデルに変える。

巨大熊の攻撃は、立ち上がって丸太の様な二の腕を振り回す単調なものだったが、その攻撃をまともに受けると盾ごと吹っ飛ばされるだろう。単純に質量をぶつけるだけの攻撃でも人間にとっては脅威だ。

その上、指先の爪がやけに鋭い。最初に馬が襲われた時もその爪で肉を引き裂かれていた。

「アキト、間合いを取るんだ！」

「わ、わかった！」

俺たちは巨大熊が立ち上がってその両手を振るうタイミングで距離を取る。どう見ても接近戦をするのは間違いだ。

だが、巨大熊は再び四つん這いからのダッシュで間合いを詰めてくる。

リデルが立ち止まり盾を構えると巨大熊は上半身を起こし、体重を乗せた右手を振り下ろす。

リデルは凶牛の突進をいなすようにその攻撃を受け流すが、それでも強力な威力を持った爪が盾をボロボロにしていく。

「アキト！　長くは持たない！」

「何か手を打つ！　もう少しだけ耐えてくれ！」

弓では巨大熊に致命傷が与えられそうに無い。魔弾の威力では足止めにもならなそうだ。俺はリデルが巨大熊の攻撃を盾で受けると同時に、弓を剣に持ち替えて巨大熊の右手に回る。

リデルの盾が砕け散るのが見えたが、俺はとっさに巨大熊の伸びきった腕に目掛けて、上段から全力で身体強化《ストレングス・ボディ》した一撃を振り下ろす。

「ハァッ!!」

殆どぶっつけ本番だったが良い意味で緊張状態だった為、魔力制御も出来過ぎなくらい上手くいった。

だが、その腕を切断するつもりで振り切った一撃は、上腕を半分ほど切り裂き骨に当たって止まる。

「浅い⁉」

「いや、十分だアキト！　深追いはするな！」

予想外の痛みによるものかそれとも怒りによるものか、再び巨大熊が仁王立ちになり咆哮を上げる。

身が震えるような咆哮に俺は再び身が竦み、リデルは動きの止まったその隙を逃さず巨大熊の左手に回り込むと、後ろ足に斬り付けていた。

巨大熊は堪らずに四つん這いになるが、右腕と右足に走る痛みの為か体勢を崩し地面に倒れ込む。

「アキト、反対側へ！」

「わ、わかった！」

リデルの声に気を取り戻し、巨大熊を挟んで対面する形で隙を窺う。

巨大熊は右手が使えない為、左手でバランスを取りながら立ち上がろうとしていた。だが、リデルの攻撃で足にもダメージを受け、立つのもままならない状態だ。それでも、まさに手負いの獣なのか、巨大熊はさらに攻撃的になっていた。

両手での攻撃が出来ない為、今度は噛みつこうと顔を振り回す。その都度、俺とリデルは近づいてきた顔に斬り付ける。

もう無理をする必要が無いとは思えなかった。俺は攻撃をすることで今の戦況を保っていると感じていた。恐らくリデルも同じ気持ちだろう。

「アキト、近づき過ぎるな！」

「うぉっ！」

振られた腕を転げる様に躱し、直ぐに立ち上がっては正面に捕らえる。目を離すことが出来なかった。目を離せばその瞬間に背後から攻撃を受ける、そんな恐怖に支配される。

今までこれほどの強敵と戦ったことは無い。それでも恐怖心が今の状況を維持することを強いていた。それくらい手負いの巨大熊からでさえ逃げられる気がしなかった。

「!?」

俺は再び転がる様に巨大熊の噛み付きを避ける。スマートに躱す余裕が全くない！

「アキト！　離れ過ぎてもいけない孤立する！」

転げ回ることでリデルとの距離が空いていた。俺は巨大熊がリデルに気を引かれた瞬間に距離を詰める。

「リデル、目を狙おう！」

それに応える様にリデルの剣が巨大熊の目を狙うが、激しく噛み付こうと顔を振り回す為、狙いが定まらない。

「うわっ！」

「無理をするな！　躱すついでくらいでいい！」

何度目かの攻撃でリデルの剣が巨大熊の右目に当たり視界を奪う。

右の視界を奪われた巨大熊は、左目で見えるリデルに攻撃の対象を切り替えるが、俺はその隙を見逃さなかった。

幸いにしてというか、俺は今までの狩りで常にリデルが作り出す隙を狙って攻撃をしていた。今回も半ば反射的に体が動いていた。

「はっ！」

腕を切り落とそうとした時と同じように、巨大熊のがら空きとなった右首筋へ、上段から全力の一撃を叩き込む。

その攻撃は肉に食い込む手応えがハッキリと伝わってくるほどのものだったが、打点が高く分厚い筋肉に包まれた首を切り落とすまでは至らない。

それでも動脈を切り裂いたのか、巨大熊は首から大量の血をまき散らして暴れる。

「避けろアキト！」

「!?」

苦し紛れに振う腕が屈み込んだ俺の頭上を通り抜ける。僅かに掠っただけでも視界が眩むほどの衝撃があった。視界が定まらない中、生存本能だけで後ろに転がって距離を取る。影が目の前を通り過ぎ、胸元に強い衝撃を受けたが痛みはなかった。

巨大熊は最後の足掻きとばかりに暴れ回るが、リデルがタイミングを取り心臓に剣を突き刺すのが見えた。

だが、巨大熊はそれでも暴れ回る。

堪らずに剣を手放したリデルが距離を取って様子を窺っていると、大量の出血の為かしばらくして倒れ、そして動かなくなった。

リデルが守り隙を作る。その隙を俺が狙い撃ち、止めをリデルが刺す。この流れは今までの狩りの主流といえる戦い方そのものだった。

「危なかった」

リデルが呟く。

「危なかった」

俺も同じ言葉を返した。

まともな攻撃は食らっていないが、一撃食らえば死ぬ可能性もあったことを考えると、楽に勝てたとは言えなかった。

なにせ俺たちはボロボロだった。リデルは盾を失い、俺は本当にギリギリだったのか革の防具に爪痕が残り綺麗に引き裂かれていた。それに転げ回ったので体中打撲の痛みもあり、とても無事とは言えない。

結果的に見れば腕に大怪我を負わせたのが大きい。あそこでしくじっていたら盾を失ったリデルと、それを頼りにしている俺の二人では勝てなかったかもしれない。

「熊髭たちは⁉」

油断している場合じゃなかった。まだ戦闘中だ。

ルイーゼのことは気になるが、幸いにして怯える様子は見せているものの怪我らしい怪我はしていないようだ。

「まだ戦っているよ。向こうも楽そうでは無いね」

リデルの示す方向ではまだ戦いが続いていた。

俺たちは念の為、剣を構え直して熊髭たちの戦いを見届ける。もし熊髭たちの陣形が崩れるようなら、状況が決定的になる前に参戦するしかない。逃げ切る方が難しいだろう。

熊髭たちが相手にしている巨大熊は、俺たちが戦った巨大熊と比べて、さらに倍近いタフさを誇るようだ。それでも、攻撃そのものは似たようなもので、二の腕を振り回し、時に噛み付くだけに見える。スピードはどちらかというと小さな巨大熊の方が早い気がした。ただし、その攻撃の威力は比べようも無く、巨大熊の一撃は直系三〇センチほどの立木をへし折っていた。

だが、熊髭とマーカスが上手く巨大熊の攻撃を捌きニコラスの弓とクロイドの魔法でダメージを重ねていた。

熊髭とマーカスが巨大熊から距離を取った直後、直径三〇センチほどの火球がクロイドの頭上に発生し、次いで巨大熊目掛けて飛び出す。それは外すこと無く巨大熊に突き刺さり、炎がその体を包み込むように燃え広がる。炎が毛皮を焦がす嫌な匂いと断末魔のような叫び声が上がり、巨大熊は小さな地震でも起きたのかと思うほどの振動を立てて倒れた。

しばらくその様子を確認していた熊髭たちも、ついには動かなくなった巨大熊を見て武器を降ろし、息を整えるようにその場にへたり込んだ。

「出来れば毛皮を取るのに丸焼きにはしたくなかったけれど、そんな選択が出来る余裕も無かったので仕方ないですね」

弓のニコラスはちょっと残念そうだが、クロイドの言い分も確かなので仕方ないといった表情だ。

巨大熊の攻撃を前衛として受け持っていた熊髭と槍のマーカスが軽い怪我をしていたが、大事は無いようで何よりだ。

「坊主に貴族の坊ちゃんも良くやってくれた。さすがにそっちの巨大熊に背後を突かれたら全滅していたぜ」

「あぁ、おかげで助かったな」

熊髭と槍のマーカスだ。前衛として巨大熊を相手していただけに焦りも大きかったのだろう。

「牽制だけでも十分助かったのに、まさか二人で倒してしまうとは驚きだな」

「普通、駆け出しの冒険者に倒せるような魔物では無いのですけれどね。偶に視界に入ってくる戦いを見ていた限りでは二人の連携が良く出来ていたようだね」

弓のニコラスとクロイドも驚きが隠せないようだ。当然だろう、俺たちだって驚いているのだから。倒せなければ俺たちが死ぬという、引くに引けない状態に陥っていたことは言わないでおこう。

■思わぬ再会

「この役立たずが！」

「きゃっ！」

荷車の方から男の声と同時にルイーゼのものと思わしき悲鳴が上がる。振り返って目にしたのは男に蹴られるルイーゼだった。

「止めろ！」

俺は再びルイーゼを蹴りつけようとした男の前に割って入る。たまたま抜いていた剣が脅しとなったのか、男は後ずさるように距離を取った。

「た、助けてくれた礼は言うが、こいつは俺の奴隷だ。囮になれと言ったのに逃げだそうとしやがった、躾《しつけ》の邪魔はしないでくれ」

「なっ⁉」

リデルと熊髭たちが渋い顔をする。

元の世界にも奴隷はいた。特に時代を遡《さかのぼ》れば遡るほどそれが普通のように。だからこの世界に奴隷がいても不思議は無い。でも俺は現代の人間だ、理解は出来ても納得は出来なかった。だが、リデルや熊髭たちの反応を見るとこの男の言うことにも理があるのだろう。

確かにいちいち助けていたらきりが無いというのはわかる。社会構造に組み込まれている以上は気の遠くなるほどの時間を掛けないと無くならないだろう。だから、全員を助けるつもりは無い。ただ、ルイーゼを助けるだけだ。俺はルイーゼに命の恩がある、ここで返さない理由が無い。

もっとも、この男も素直に止めるとは思えない。だからこっちも理のある方法を取るまでだ。

「俺はお前達の巻き添いにあった」

俺は敢えて憮然《ぶぜん》とした態度をとる。熊髭たちの威《い》を借りている状態だ。流石に相手からしたら、自分の半分の歳にも満たない俺だけでは脅威を感じないだろう。

「あ、あぁ。助かったよ、ありがとよ。だが――」

「礼はすると言ったな。命のお礼が欲しい」

俺は男の言葉を遮《さえぎ》ってこちらの要求を伝える。

「礼といったって見ての通り積み荷はボロボロだし、荷車は壊れるし馬は殺されちまった。こっちも大損なんだよ」

「それはお前の都合だ。俺には関係ない。あんな魔物、それも二匹に襲われていたんだ、命が残っただけ丸儲《まるもう》けだろ。お礼と迷惑料併せて金貨一枚を要求する」

正直、お礼としての相場がわからないので思い付きで言ってみた。金貨一枚は一年くらい宿に泊まれる金額だ。命の対価としては安いと思うが、男はどう取るか。

「ば、バカ言うなよ、それこそ破産しちまうわ」

「お前の命は金貨一枚にもならないのか？　それじゃ、別に同等の価値があれば良い」

「同等と言ったってなぁ」

男は流石に自分がそこまで安くないと思ったのか思案していた。俺が只の子供だったら何のかんの言って誤魔化したかもしれないが、俺の後には同じく憮然とした態度の熊髭たちがいた。熊髭たちがあの巨大熊を倒していたのを男も見ている。下手に刺激したくは無いだろう。

「物が無いなら、その子を奴隷から解放してくれ」

「あぁ？……そんな役立たずで良いならお礼にやるよ、ちょっと待ってな」

男はしばらく思案した後、俺の申し出を受けた。そして荷車の荷物をあさり、一枚の羊皮紙を持ってくる。

「これを奴隷商人に持って行って新しく契約をし直してくれ。おい、お前はこの男について行け」

俺はその羊皮紙を受け取る。相変わらず文字が読めない。

男はルイーゼの首に浮かび上がる紋様に手を当てると何かを呟いた後、ルイーゼをこちらに押し出す。その扱いに苛立ちを覚えるが、まずはルイーゼが先だ。

「もう大丈夫、巨大熊は倒したから安心してくれ。こっちへ」

ルイーゼはまだ恐怖で震えていたが、俺はその手を引いて熊髭たちの元に戻る。

荷馬車の後始末をしてやる義理も無い。男は手伝って欲しそうだったが、それを言えば対価を要求されると思ったのか何も言ってこなかった。

別に俺だって困っているなら手を貸すくらい吝《やぶさ》かじゃ無い。でも最初の印象が悪すぎた。何も言ってこないならこちらから手を貸すつもりは無かった。

「ごめん、勝手をした」

流石に相談もせずに交渉してしまったのは悪いと思った。男を助けたのは俺だけじゃ無くリデルや熊髭たちも一緒なのだから。

「まぁ、いいさ。もめた訳じゃ無い。それにお前がその子を助ける気持ちはわかる。だが忘れるなよ、助けるっていうはあの男から解放するだけじゃ無いぞ」

もちろんグリモアの町まできちんと護衛するつもりだ。

「それじゃ町に戻ったら坊主のご馳走で旨い物でも喰いまくるか」

「あぁ、期待してくれ」

熊髭は特に気にしていない感じだ。むしろ良くやったという感じがする。俺が都合良く受け取っているだけかもしれないが。リデルも気にしていないようだ。リデルには壊れた盾の代わりを買って上げる必要があるな。

俺は勝手を謝った後、ルイーゼと向き合いそのフードを軽く捲る。

「ルイーゼ、怪我が無くて良かった」

俺は震えるルイーゼに怪我が無かったことを心から喜んだ。今はまだ巨大熊の脅威が心に残っているけど、直に落ち着くだろう。

この世界に来て初めて出会ったのがルイーゼだった。栗色のショートボブが似合う可愛い女の子で、目がくるりと大きく、その色は深い緑色。少し幼さを残す清楚な美少女だ。

前に見た時も白い肌だと思ったが、今は少し青白いというか栄養が足りていない感じだ。恐怖でという訳でも無さそうだ、貫頭衣の上からでも貧相に見えた。この三週間の間に、ルイーゼの身に何かが起きたのは確かかと思えた。

ルイーゼはしばらくして落ち着きを取り戻したのか、手を握っている俺に気付き、顔を向けてくる。俺がルイーゼに初めて会ってから別れるまでは半日にも満たない時間だったが、ルイーゼにとっては二日近く目を覚まさない俺を看ていてくれただけ、この中の誰よりも見慣れた人間だと思う。それが少しでも安心に繋がれば良いのだが。

俺はルイーゼのフードを外す。綺麗な顔も全体的に薄汚れた感じで、せっかくの可愛さが台無しだ。水筒の水で濡らしたタオルを顔に付いた埃に差し向けると、何かに怯える様に体を硬直させた。日常的に暴力を振われていたかの様なその反応に、あの男に対する怒りが込み上げてくる。

「ルイーゼ。もう大丈夫だから、安心してくれ」

俺はルイーゼが怯えないよう、ゆっくりと埃を落としていく。少しは安心出来たのか、涙が溢れ頬を伝って落ちる。それも一緒に拭き取っていく。

それからルイーゼを草原に座らせ、モモに温かいお茶を出してもらう。宿の女将さん自家製のカモミールティー、求める効能は沈静だ。ルイーゼはコップを受け取ると、その暖かさを噛みしめるようにゆっくりと喉に通す。

「あ、ありがとうございます」

「お互い様だよ、ルイーゼ。本当に無事で良かった」

熊髭の話を受け今日ここにいることに、誰にとは無く感謝する。

ルイーゼが落ち着いた所で俺たちは二匹の巨大熊をモモに回収してもらい、グリモアの町へ引き返した。

グリモアの町へ戻る道中で、俺はルイーゼの事情に何処まで踏み込んでいいのか考え倦《あぐ》んでいた。今わかっているのは、ルイーゼがグリモアの町を離れていたこと。そして、あの男の奴隷として使役されていたことの二つだ。でも俺は、街に着くまで何も聞けずにいた。

来た時と同じく途中で野営をし、グリモアの町には翌日の昼過ぎに着く。予定では発見現場から離れているだろう巨大熊を追跡するのに日を取られ、往復で四，五日の予定だった。しかし、幸いにしてというか現場に到着早々討伐したので、往復三日で依頼を達成していた。

冒険者ギルドの討伐依頼では小さな巨大熊の分だけだったが、予定外の巨大熊討伐に対しても特別報酬が貰えることになった。冒険者ギルドとしても報酬を支払うことで、情報の瑕疵について謝罪の意味もあるようだ。

二匹の巨大熊の素材は肉・毛皮・魔石の買い取りも含めて、それぞれ銀貨八〇枚と銀貨一二〇枚だ。巨大熊の毛皮は回収出来なかったが、もし回収出来たら銀貨一五〇枚になっていたらしい。買い取りの単位で銀貨とか初めてだ。

銅貨に換算すると、それぞれ八，〇〇〇枚と一二，〇〇〇枚になる。高いのは討伐依頼料も入っているからだ。

当初の予定では二人で銅貨二，四〇〇枚の予定だったけど、予定外の状況が発生した為に凄い稼ぎになっていた。お互い倒した巨大熊の取り分で山分けすることになり、俺とリデルは銅貨四，〇〇〇枚ずつ分ける。Ｆランク冒険者の一ヶ月分を上回る稼ぎとなった。

ちなみにこの討伐依頼をこなしたことで俺は冒険者Eランクになり、特殊魔晶石の色は白色になっていた。もちろん殆ど一緒に行動しているリデルも同じだ。

「どうしたリデル？」

リデルは冒険者Eランクになったことに首を傾げていた。

「思ったよりもランクの上がりが早いと思ってね」

どうやら一ヶ月にも満たない間にEランクに上がるのは早いらしい。

「巨大熊を討伐する前は白く濁っていた程度だから、あれが随分と貢献度アップになったんだな」

「それにしてもと思ってね」

小さな巨大熊を倒した時、一気に特殊魔晶石の色が変化した。冒険者ギルドのお姉さんに聞いた話では、強い魔物を倒すと変化量も多いと言うことなので、異常という訳でもないようだ。

その後、防具屋に行きリデルの盾を買う。今までのより軽く丈夫な盾で銅貨二，〇〇〇枚だ。リデルも半額出すと言っていたが、リデルの盾は俺を守る盾でもあるからここは受け入れてもらう。

これでも所持金は銅貨換算で四，〇〇〇枚ほど近く残っている。

そして最後は約束通り熊髭パーティーに夕食をご馳走だ。

「ちょっ！　食べ過ぎだろ！　少しは遠慮しろ！」

「若いくせに何遠慮してる。アキトもどんどん喰え、そして飲め！」

「いや俺は酒は飲めないから！」

「だったらなおさら飲め！」

遠慮無く飲み食いした熊髭たちはの食事代は、銅貨一五〇枚。でも、大きな仕事を終えた後に旨い物を食べて、ねぎらい合うというのは良いことだと思う。

実は昨夜はほとんど眠っていなかった。巨大熊を倒した後の興奮状態が落ち着くにつれて恐怖が大きくなり、寝付いても直ぐにうなされて起きていた。

それは俺だけじゃ無く、ベテランである熊髭たちも口にこそ出さないが似たようなものだった。だから安心出来る町に入ると、忘れるように食べ、そして酔いつぶれていた。普段熊髭たちがよく酒を飲んでいると思ったが、きっと必要なことなのだろう。


リデルと二人で満足がいくまで飲み食いさせた結果、熊髭たちはまだ日も落ちていないのに酔いつぶれていた。酒場の主人がいつものことだと後始末を引き受けてくれたので、礼を言って店を出る。リデルも流石に疲れたようで、帰って休むというのでそこで別れた。

そして俺の前には、先送りしていた問題が現実となっていた。

「帰る場所が無い？」

「は、はい……」

俺はルイーゼを家まで送るつもりだったが、ルイーゼは既にあの家には住んでいないと言う。

肩を落とし、声を出さずに泣いているルイーゼになんと声を掛けたら良いかわからなかった。妹のように感情のおもむくままに泣き叫んでいるならわかりやすいんだが。今は黙って待つことにする。幸いここは川辺で人も多くない、時間も十分にあった。

「あの家はもう私の家じゃありません……」

一〇分ほどして、ルイーゼが話し始める。

ルイーゼは三年前に両親と死別し、ずっと一人で生きてきた。しかし食べるだけならまだしも、税金を納めることが出来なかった。結果として家は税金の滞納を理由に差し押さえられた。

「それでも足りない分をあの方が出してくれましたので、私は犯罪奴隷にならずにすみました」

もしあの男の申し出を断れば、一般奴隷では無く犯罪奴隷になる所で、ルイーゼに選択の余地は無かったようだ。

俺は奴隷に複数の種類があることすら知らなかった。中には上級奴隷という絶対に主人を裏切らないという忠誠心を形にした奴隷までいるという話だ。

ならば裏切り者がいてはまずい貴族の屋敷には上級奴隷だらけかと思いきや、そうでも無いらしい。貴族は貴族というだけで信用される……という建前があり、上級奴隷を使うことは無いようだ。主に上級奴隷を使うのは商いで大成した商人に多い。

「親類とかいないのか？」

ルイーゼは頭を振る。

「小さい頃なので良く覚えていませんが、両親は隣国から来たみたいです。ここに頼れる人はいません……」

ルイーゼにあるのは身の回りの些細な物だけで、お金も住む家も頼る者もいない。つまり今夜体を休める場所も、明日食べる物もないという訳だ。

熊髭はあの時に言っていた。助けるというのはあの男から解放するだけじゃ無いぞと。俺はてっきりグリモアの町まで無事に護衛することだと思っていたが、それはあまりにも無責任な考えだったことを知る。

熊髭はルイーゼの状況からこういう事態を予測していたからこそ、あの場で俺に釘を刺していた。俺はそれに全く気が付かなかった訳だ。

しかし、わかってしまえばやることは一つ、ルイーゼが自立出来るようにサポートするまでだ。何も出来なかった俺もリデルにサポートされて衣食住に困らない程度の生活が出来る様になった。今度は俺がルイーゼの為に動けば良い。ただ、その方法についてはきちんとルイーゼの考えを聞きながら進める必要がある。

取り敢えずの問題は今夜寝るところだな。

「ルイーゼ、今夜は俺が泊まっている宿に部屋を取ろう。明日からのことはまた落ち着いて考えれば良いさ」

「そんな、私なにも返せるものがありません。休むところは何とかします」

「あては無いんだろ」

「それは……ですが、こうして奴隷から救い出してくれただけでも大変なご負担をお掛けしましたのに」

「ルイーゼは俺を助けた時、迷惑だったか？」

「いいえ！　そんなことはありません！」

ルイーゼは思わず声を上げたことを恥じるように俯いてしまう。

「ルイーゼは命の恩人だ。助けたことを負担だとか思っていないよ」

どうするのが一番良いかは悩んでいるが。

もう一部屋借りるつもりでいたけど、余計に宿代が掛かることに対して、ルイーゼが畏《かしこ》まりすぎてしまい話が進まない。

「なら一緒の部屋ならいいだろ？」

今は一人部屋だが、二人部屋だったことにすれば良い。値段も二部屋よりは安いし、十分なお金も手に入っている。

ルイーゼはしばし目を丸くしていたが、小さく「はい」と了承したことで当面の問題を凌ぐことが出来た。

代わりの問題として、思春期が始まった一五歳の俺は可愛い女の子と同室に泊まるとかドキドキが止まらないのだが。まぁ、三人だから大丈夫だろう……きっと。ルイーゼに見えるかどうかは別として。

その後、伝えた通りに二人部屋を取り何とか落ち着くことが出来た。荷物はたいした物が無いし、あってもみんなモモが持ってくれているから移す物も無い。簡単なものだ。

さて、同じ部屋でモモの存在を隠し通せるか……というか、モモを隠しているようだと不便が多い。部屋でそんなことを考えていたが、モモのことは直ぐに解決してしまった。

「もしかして、ブラウニーですか？」

「え、見えるか？」

俺はモモに、俺以外には見えないように隠れてくれとお願いしていたが……いや違うな、外にいる時は俺以外に見えないように隠れてくれとお願いしたのだった。

今は宿の部屋にいる。だから隠れている必要は無い訳だ。それに、隠れていなくてもブラウニーが見える人は限られている。ルイーゼはその限られた一人みたいだ。

「はい。聞いていた感じとはちょっと違いますが、頭に生えている葉っぱからそうなのかと」

まぁ、見えているなら話は早い。秘密を共有してもらうだけだ。

「この子はモモって呼んであげてくれ。俺以外に見える人には初めて出会ったよ。リデルも見えないからな」

「私は全ての精霊ではありませんが精霊が見えるようです。過去にも何度か見たことがあります」

逆に俺はモモ以外はまだ見たことが無いな。元の世界的に言うなら炎のイフリートや風のシルフとかいるのかもしれない。

モモにリンゴみたいな果物をあげる。蜜《みつ》の詰まった美味しい果物だ。巨大熊を運んでくれたモモのおかげで凄く稼げたから、これはご褒美だ。モモはリスの様に笑顔でカリカリと食べる姿が可愛い。

「モモのおかげで色々助かっているんだ」

「すごくご主人様に懐かれているのですね」

リアルご主人様だと⁉

これはなんか退廃的な快楽を感じるが、これに染まってしまうのはまずいと俺の理性が警笛を鳴らす。

「さすがにご主人様はやめてくれ。呼ばれている自分が許せなくなるから」

「えっ、でも……アキト様でよろしいですか」

「様も敬語も必要ないんだけど」

「そうはいきません、私は奴隷ですからアキト様が侮《あなど》られます」

奴隷の矜持《きょうじ》とかあるのだろうか。

俺にとってルイーゼは命の恩人であって絶対に奴隷では無い。まぁ明日にでも奴隷商人に会って解放するまでだから俺が我慢すればいい。

「まぁ、明日には解放するから今夜くらい好きに呼んでもらっていいけど」

それを聞いたルイーゼが急に俯いて何かを考える様子を見せた後、そのまま土下座して震え出す。

この世界にも土下座があったのか――じゃなくて⁉

「えっ！　ちょっと、なに⁉　突然どうした⁉」

「お願いします、見捨てないでください。お願いします、何でもしますのでお願いします」

むしろ何でもしますとか、二人きりの部屋で言わないで欲しい。思春期の想いが暴走したら困る。

「当たり前じゃ無いか、命の恩人を見捨てたりなんかしない！」

「……」

「きちんと働き口を探して生活が出来るようにサポートするつもりだ。勝手に助けたんだからそれくらいは責任持つから安心してくれ」

そう、勝手に助けたんだ。ルイーゼは助けてくれとは言わなかった。俺が勝手に助けた。

それなのに明日には解放するから好きにしろと言われたら、寝る場所も食べる物も無く不安になるのは当たり前だ。

嫌な男だったけれど、あの男の所にいれば折角の奴隷を死なせることは無いだろうから、寝る場所と食べる物くらいは保証されていたんだ。

それを俺の自己満足だけで助けて、ポロッと言った言葉でこれほど傷つけた。

「ごめん、ルイーゼ」

俺は伏したままのルイーゼを起こし、その頭を胸に抱え込む。震えるルイーゼに申し訳なく思う。

「お願いします、解放しないでください、奴隷でいさせてください」

下から覗き込むルイーゼの懇願する様な目と目が合う。腕の中で小さく怯える姿が居た堪れない。

「俺は冒険者だから一緒にいると、この間みたいな怖い目に遭うよ」

「それでも、どうか……どうか一緒にいさせてください」

両親を亡くし一人で強く生きてきた心は、あの男の元で折れてしまったのかもしれない。縋る気持ちが強くて、他のことを考える余裕が無いように思えた。

リゼットを救いたいとこの世界に飛び込んできた俺は、人を救うと言うことがどれほど大変なことなのかを今更思い知る。

「それじゃ、大切なことだから。きちんと相談してくるから少し待っていて欲しい」

「はい……アキト様」


俺は直ぐに、リデルに相談すべく部屋を後にした。

もう日が暮れる頃だけど、まだそんなに遅い時間じゃ無い。何より、今の不安な状況のままルイーゼを一晩も待たせるのは忍びがたい。

リデルの住む屋敷まで全力で走る。宿からは五分ほどの距離だが、丁度人の流れがピークに達している時間帯で、人を躱すだけ余計に時間が掛かった。

いつもより時間を掛けて辿り着いたのはアルディス――リデルの家名――男爵家の別邸だ。別邸とは言っても元の世界の俺の家を一〇倍したくらいの規模があるのだが……ちなみに本邸は王都にあるそうだ。

リデルはこのグリモアの町の別邸が、魔物狩りの実戦を積むのに最適だと判断し、ここに住んでいた。カシュオンの森が近い為だと言っていた。

魔物を狩り始めた頃、その獲物をリデルの屋敷経由でギルドに卸していたことから、屋敷の門番とは顔なじみになっている。緊急で面会の取り次ぎをお願いすると、嫌な顔一つせずにリデルの元に使いを送ってくれた。

しばらくして、リデル本人が屋敷から出て来る。いつもの戦闘用の服では無く、白いブラウスに藍色のパンツと言った軽装だ。こうしてみるとリデルは確かに貴族というか紳士だった。歳以上の落ち着いた雰囲気があり、魔物狩りと言った荒事をするようには見えない。そのまま夜の街に出ればナンパされる方の人種だ。

俺はリデルに案内されて、屋敷内の離れにある庭園まで歩く。

「やっぱりアキトは気が付いていなかったね」

やっぱりリデルは気が付いていたらしい、ルイーゼの事情に。

「それでアキトはどうしたいの？」

「まず、奴隷から解放する。それから、俺はいずれこの町を出て行くけれど、その時にルイーゼが自立出来ているようにサポートをしようと思っている」

「具体的には何か案があるの」

「ルイーゼは回復魔法が使えるんだ。病院みたいな所で、住み込みで雇って貰えたりしないかな」

「なるほど。平民で魔封印の解呪をしているのは珍しいのだけれどね……」

リデルは思案している。いつものポーズだ。両手を組んだ状態から左手だけを口元に持って行く。

「僕の考えだけれど……」

「相談しに来たんだ、何でも言ってくれ」

「まず、奴隷を解放するのは止めた方が良い」

えっ、そこから既に駄目!?

「理由は、身寄りの無い子供が奴隷から解放されても、直ぐに別の者に奴隷にされる可能性が高い。

それだけ子供が一人で生きていくのは難しいことだよ」

それが出来ないからルイーゼは奴隷となった。

「アキトはいつも僕のおかげだと言っているけれど、そんなことは無いんだ。アキトは十分に魔物と戦っていける。同じように戦える同年代の子供は殆どいないだろうね。備えて訓練していたならまだしも、初めてというのだからアキトは素晴らしいよ」

そこまで評価されているとは思っていなかった。俺は、俺が魔物と戦えるのはリデルがいたからだと思っている。そのリデルに特別だと言われるのはなかなかに良いものだ。

「自分の力で生計を立てられない子供は、結局誰か大人に縋るしか無い。その信頼出来る誰かを探す時間がアキトにはあるのかい？」

奴隷から解放しても他の人の奴隷になるようでは本末転倒だ。そして、俺は元からこの世界の人間では無い。信頼出来る人間はいなかった……いや、一人はいるな。

「それから、回復魔法が使えることを公にするのは控えた方が良い。知っての通り回復魔法の使い手は貴重だ。ルイーゼが回復魔法を使えると公になれば、ルイーゼの意思とは関係の無い所で争奪戦が始まると考えられる。せめて、ルイーゼが自分の意思を通せるようになるまでは隠していた方が良いだろうね」

そう言えばリゼットも回復魔法が使えれば別の生き方もあったと言っていたな。熊髭たちパーティーにも回復魔法が使える人はいない。冒険者ギルドにいても、回復魔法が使える人を見たことは無いな。俺は元の世界のマンガやラノベの知識を引きずって、回復魔法がメジャーだと思い込んでいたかもしれない。

「リデルの言葉を聞くと、思い当たる方法が一つしか無い」

「出来ればその方法は聞きたくは無いのだけれど」

聞きたくは無いのか。だけど俺は言いたい。

「信頼出来る人間で、ルイーゼが回復魔法を使えることを知っている人が一人だけいるんだ」

「僕も一人だけ知っているのだけれど、出来れば違う人であって欲しいな」

そんな条件が合う人間、そうそういないだろうな。

「リデル、諦めてくれ」

「やっぱりそうなるよね。最初に相談を受けた時、こうなることは決まっていた気がするよ」

そうなのか？

俺はどちらかというとリデルの誘導に従って考えをまとめただけなのだが。でも、ルイーゼのことで真っ先にリデルに相談することを決めた。あの時点で俺はもうリデルに頼ることを心の何処かで決めていたのかもしれない。

「形式上だけでも僕に預けるのが良いと思う。いずれルイーゼが自分で生き方を決めることが出来る様になった時、貴族の家に仕えたというのはそれだけで有利に働くから」

なるほど。確かに格式高い所に仕えていたというのは、アピールポイントになりそうだ。

「それに、アキトが同じ歳の女の子を奴隷として持つのは、どんな悪目立ちをするか考えたくない。その点で僕は貴族だからね」

客観的に状況を考えてみると、確かに平民の子供が奴隷を持つとかありえ無いなと自分でも思う。さっきもご主人様と呼ばれて背徳感があったし。

「問題はルイーゼの気持ちだね。僕たちがいくら良いと思ったことでも、本人が嫌と思うかもしれない。ルイーゼは何か言わなかった？」

俺はルイーゼとのやり取りの内容をリデルに話す。

「ルイーゼは一緒に行きたいと言っているんだね。それは冒険者になりたいということじゃない？」

同じ年頃の女の子に冒険者とか無理だろ。いや、同じ歳なら頑張ればなんとかなるのか。

「アキト。自分に出来たからってルイーゼに出来るとは限らないからね。むしろ出来なくても当然だから」

「そうだよなぁ」

「一度狩りに連れて行って、現実を知れば素直に別の生き方選ぶかもね」

俺も最初は生き物を殺すことが精神的に辛かったし、血とか肉とか見るだけで吐き気が収まらなかった。あれ……ルイーゼは狼の毛皮を剥いでくれていたな。意外と平気なのかな。

「まずは何日か様子を見てからでもいいか。取り急ぎ生活用品をもう一人分用意しないと駄目だな。手ぶらだったから着替えも何も無いだろうし」

「アキト。明日、必要な買い物をしたら冒険者ギルドに登録をしておこう。冒険者Fランクでも実績さえあれば依頼を受けやすくなるから。意外と適性があるかもしれないしね」

適正か。狼の毛皮を剥ぐくらいだ、血や肉それに死体に忌避感が無いのは良いかもしれない。公に出来ないだけで、回復魔法自体はとても有効なはずだ。自分の身が守れる範囲であれば狩りで自立も出来る気がしてきた。

結局、ルイーゼのことは三つだけ決めた。

一つ目はリデルの奴隷として契約する。ただし、責任は俺が持つ。

二つ目は回復魔法のことはしばらく秘匿する。

三つ目は一度狩りに連れて行って、ルイーゼの考えが変わらないか確認する。

宿に戻った俺は、リデルと決めたことをルイーゼに伝えた。

ルイーゼにも思う所はあるようだが、取り敢えずは狩りについて行けるかどうかが自分でも心配なようで、狩りに出ることを同意した。

今夜は三日ぶりにベッドの心地良さを感じ、眠りに落ちるのも早かった。もちろん思春期らしいことは何もない。

■ルイーゼの決意

翌日、俺とルイーゼはリデルと会っていた。昨夜リデルと話し合ったように、ルイーゼの主人になって貰う為だ。これについてはルイーゼの同意を取ってある。

「もちろん、出来るだけ面倒は俺が見るから建前的な話で良いんだ」

「まぁ、僕も反対しなかったし、奴隷を雇うこと自体はよくあることだから構わないよ」

「良かった、助かるよ。そのお礼という訳じゃ無いけど、リデルは騎士になる為に冒険者をやって実績を作っているだろ。俺じゃ力不足かもしれないけど、手伝えることがあれば何でも言ってくれ」

リデルは良く一緒に狩りに出てくれるが、本来の目的は王国騎士になる為の実績作りだ。ついでにきちんとした剣の指導を受ける為の資金稼ぎだとも聞いている。ならばこれを手伝うのが良いだろう。

「アキトが力不足だと思ったことは無いよ。この間の巨大熊だってアキトがいなかったら倒せなかったと思う。おかげでこの辺じゃ結構有名になっているんだよ」

有名というのは疑問だけど、リデルの足を引っ張ってないだけでも俺には十分だ。

「それじゃこの調子で狩りを続ければ、良い実績が出来るかもしれないな」

「お陰様で順調だよ」

「それじゃ今更なんだけど、きちんとパーティーを組まないか」

「今更だけれど、それも良いね」

今までは俺が慣れるまでのサポート的な立場だったから、パーティーを組みたいというのはなんとなく図々しいかと思った。でも、足手纏いになっていない今なら良いだろう。それにこれからはルイーゼも増える。きちんとした活動をしていることも実績になるはずだ。

決まれば早速とばかりに俺とリデルはルイーゼを連れて奴隷商人の元にやってきた。まずはリデルを主人にして、それから冒険者ギルドでパーティー申請だ。

とは言っても、グリモアの町には奴隷商が無いので、商人ギルドに雇われている契約魔法を使える商人に頼む。いかにもという感じがしない普通の壮年の男性だ。

「確かに書類は確認しました。ではルイーゼさんの所有権をリデル様に変更致しますね。手数料は銀貨一枚掛かりますがよろしいですか」

俺は頷き、銀貨一枚を渡す。

「では手続きを始めます」

商人はルイーゼの首に手を添えると魔声門を使って呪文を唱え始める。首輪と思っていたのはタトゥーのような物で、それが青白く光り、直ぐに収まった。

「これで手続きは終了しました。リデル様は指示言語をご存じですか」

指示言語というのは初耳だったが、その字面から奴隷に対して強制力を持つ指示を行う言葉なのだろう。ただの指示ならわざわざ指示言語とは言わないはずだ。

「ええ、わかります」

「それでは説明を省略させて頂きます。これからも何かご要望の際は是非当店をご利用ください」

商人はとても愛想が良かったが、俺は進んで利用したいとは思えない。

「リデル様、アキト様、精一杯お仕え致しますのでよろしくお願いいたします」

「ルイーゼ、こちらこそよろしくね」

リデルは曇りの無い笑顔で改めて挨拶をした。イケメンは挨拶一つをとっても絵になるな。

次に三人で来たのは冒険者ギルドのリッツガルドだ。受付で胸の大きい方のお姉さんの名前はサラサ。もうお馴染みとも言える仲になっていた。

「サラサさん、今日は冒険者登録を一人とパーティーを結成しましたので申請をします」

ルイーゼは七月生まれの一四歳だった。サラサはルイーゼを見て一五歳にはなっていないと見抜いたかもしれない。でも黙認してくれた様だ。一人よりはパーティーの方が安心と思ってくれたのかもしれない。

結局、ここで断った所で食べていく為には狩りをするしか無くなる人はいる。無茶をされるよりは、慣れた人と一緒の方が結果的に長生き出来ると経験からわかっているのだろう。建前さえクリアしていれば、余程見た目と乖離《かいり》していない限りは大丈夫のようだ。

ちなみにここで言う建前というのは、ギルドに入れるのは一五歳からだときちんと説明をし、冒険者の登録は一五歳からだという説明を理解させることを示す。実際の年齢がどうであるかは敢えて触れないという訳だ。

「アキト君もついにパーティーを組むことにしたのね。初心者とは思えない実力があるのにパーティーを組んでいなかったから、ちょっと心配していたのよ」

実はパーティーを組もうとしたことはあった。リデルとは目的が違うから旅立つ時には一人になってしまう。だから、もし旅をしたいという仲間がいればと思って、何人か同じような初心者に声を掛けたことがある。結果、みんなに断られた。

そんな俺を見かねてサラサが理由を教えてくれた。原因は俺の髪が黒いかららしい。リゼットが迫害とも言える扱いを受けていたのは黒髪だからだ。

俺はこの世界に来てから生きるだけで一生懸命だったし、リデルや熊髭たちが普通に接してくれていたから、そんなことをすっかり忘れていた。でも、俺に絡んでこなかった人に自分から声を掛けてみると、随分とぞんざいに扱われた。それを気にすると流石に俺でも傷付くので気にしないようにしていたが。まぁ、気にする人もいれば気にしない人もいるって感じだな。

「おかげさまで無事にパーティーを組むことが出来そうです。サラサさんのおかげですね」

リデルは当然ながら、サラサにも随分と色々教わった。リゼットは博識で世界のこと、魔物のこと、魔法のことと色々と知っていたが、庶民の生活に必要なことは余り知らなかった。俺も元の世界にいた時は興味のあることばかり聞いていたので、知識が魔物や魔法のことに偏ってしまった。だから、ただ日常を過ごすのに必要な知識が乏しかった。

なにせこの世界には電気もガスも水道も無い。その代わりになる物が何か想像で補っていたが、失敗ばかりだった。水が飲みたくて井戸の水をそのまま飲んだらお腹を壊したし、美味しそうに見えたので大足兎の肉をレアで食べようとしたら怒られた。

そんな失敗や疑問をサラサは笑いながら聞いて、正しい方法を教えてくれた。リデルと同じようにサラサがいなかったボッチの俺は未だにお腹を壊していただろう。

「嬉しいことを言ってくれるわね。それじゃきちんと仕事をしましょうか。まずはこちらの申請書に、冒険者として登録をする人の名前と技能をお願いね。代筆が必要なら言ってね。パーティー名は三人分まとめてこちらで記入するから教えてくれれば良いわ」

ルイーゼは名前が書けるようだ、用紙に自分の名前を書き入れている。技能欄は俺と同じく未記入だ。

「そう言えば技能欄には何を書けば良いのかな？」

「技能欄には一言で言えばアピールポイントを書くのよ。自分が得意としていることを書くのが普通ね。ここに書かれた情報を元に、仕事を紹介することがあるし、逆に、特定の技能を持った人を紹介して欲しいって話もあるわ」

なるほど、個人情報保護法なんか存在しない世界な訳だ。もっとも、必要としなければ書かなければ良いのだから問題ないか。

「技能欄は書き直しが出来るけれど、人の記憶までは消せないから隠しておきたい技能は書かない方が良いわ」

それはそうか。技能欄から消したら人の記憶まで消えるとか恐ろしい。いくらアピールポイントとは言っても「ブラウニーと友達です」とかは書かない方が良いだろう。もちろんルイーゼの回復魔法についても秘匿事項だ。

「ルイーゼさんの登録はこれで大丈夫よ。パーティー名とリーダーはどうする？」

俺はこっそりとパーティー名を決めていた。

「パーティー名は『蒼き盾』、リーダーはリデル・ヴァルディス！」

「えっ!?」

リーダーは俺が勝手に決めた。リデルもこれには意表を突かれたようだ。いつも俺の行動を見越しているのでたまには良いだろう。リデルにはパーティーを率いて魔物と戦ったという実績も役に立つはずだ。

ちなみに蒼はリデルのパーソナルカラー、盾は俺がリデルに持っているイメージだ。流石にリデルも些か物申したいという感じだが、理由がリデルの為だと言うと、苦笑しながらも納得してくれた。

冒険者ギルドでルイーゼの冒険者登録を行った後、俺はルイーゼを連れてカシュオンの森に来ていた。リデルとは一度別かれているが、後で合流する予定だ。それまでに、まずはルイーゼの気持ちが実戦に立ち向かえるほど強固なものかどうか確認する必要がある。

ルイーゼには木の先を鉄で補強したメイスと木の盾を持たせる。防具の方は皮で補強したローブを用意した。まずは身を守ることから慣れてもらい、徐々に戦闘に参加してもらう予定だ。

いくら俺と一緒でも、ルイーゼの表情は心なしか緊張で青ざめている。狼の毛皮を剥ぐことが出来ると言っても、実際に生きている牙狼を相手にするのは初めてだろう。

ちょっと酷かと思ったが、手を貸してしまった以上は彼女が自立出来る方法を考える必要があった。はじめは町で小間使いとして働ければと思ったが、ルイーゼは俺と一緒に狩りに出ることを望んだ。自分で言うのもなんだけど、女の子にさせるようなことでもないと思う。が、この世界では結局のところ自分の身を守れる強さが必要だった。

「狙うのは魔物の牙狼だ。はじめは俺が相手をするから何もしなくて良い。出来るだけ俺が引きつけるけど、ルイーゼに向かっていく可能性もあるから、まずは自分の身を守ることに専念して欲しい」

ルイーゼは青い顔をしながらも頷く。

牙狼はそれほど知能が高くない。俺が相手をしていれば後ろに回りこんでルイーゼを直接攻撃するようなことはない。もちろん油断は出来ないけど、回り込もうとしても牽制出来るくらいは俺も強くなっている。

モモが遠くに牙狼を見付けたようだ。モモには近くにいる魔物を感知する能力がある。いつも俺より先に魔物を見付けていた。ただ、姿を隠していると魔物を感知出来ないとわかっていたので、今は隠れるのを止めてもらっていた。

姿を隠さないと言っても、もともと精霊であるモモを目視出来る人が珍しいので大丈夫だと思うが、俺は念の為フード付きのローブを用意しモモに着てもらった。チャームポイントである頭の葉っぱが、そのままデザインになって見えるように改良してあるやつだ。裁縫には自信が無かったけど、中学校の家庭科用に裁縫道具は買っていた。使い方は母親に習ったが、正直良く覚えていない。なぜならば母親も裁縫は苦手だったからだ。それでも、俺様苦心の改良型ローブは可愛らしい物となっていた。

「もしかしてモモは誰にでも見えるようになることも出来るのか？」

俺は逆の発想でモモに、誰にでも見えるように出来るか聞いてみたところ出来ることがわかった。

「それじゃ、そうしてもらえるか？」

モモは一度頷くと、魔力を欲しがる時と同じように甘えてきたので、いつもの様に頭を撫でて魔力を分け与える。人に見える様にする為には魔力が必要なのだろう。

これでモモが見える人がいる可能性について心配する必要が無くなった。なぜならいつでも見える為、精霊だと気が付かないからだ。変に隠れているから見付かった時の心配をする必要があったけど、初めから見えていればそもそも問題にならなかった。

モモも、俺があげた新しい服を堂々と着ていられるのでいつにもまして嬉しそうだ。


モモが先に見付けてくれたので牙狼はまだこちらには気付いていない。

俺は弓を構え、風を読んで矢を――放つ!!

……外れた。距離は五〇メートルくらいだ、もともと俺に当てられる距離じゃないがこれも練習の内だと思うことにする。

近くの地面に矢が刺さったことで、こちらに気付いた牙狼が駆け寄ってくる。それに合わせて後ろからルイーゼの緊張が伝わってくるが、剣に持ち替えた俺が牙狼の前に立ち塞がり、ルイーゼをカバーする。

「ルイーゼ、盾を前面に構えて見ているだけでいい!」

「は、はいっ!」

牙狼は構わず飛び掛ってくる。俺は横に躱すように回り込み、首めがけて剣を上段から振り下ろすと、地面に付く頃には胴体から頭が切り離されていた。

最近は牙狼くらいの首の太さなら、身体強化を使わなくても切り落とすことが出来る様になった。

日々の筋トレに蛋白質《たんぱくしつ》を取りまくった効果と、剣の刃を上手く立てられる様になったおかげだ。それに俺の買った鉄製の剣も仕立ての良い物だったらしく、使い込むほどに良く切れた。

「流れはこんな感じで行く、しばらく続けるぞ！」

「お願いします！」

同じように瞬殺で五匹ほど倒したところで、ルイーゼも大分緊張がとれてきたようだ。次の段階に移る頃合いだろう。

「俺が初撃で動きと止めるから、その後の止めはルイーゼに任せる！」

「え……は、はい！」

俺がルイーゼに、隙があれば攻撃するように言うと、再びルイーゼに緊張が走るが顔色は初めほど悪くなかった。

「!!」

俺を攻撃していた牙狼の横合いからルイーゼがメイスを叩き込む。鈍い肉を叩く音にルイーゼは顔を顰《しか》めるが俺は続けさせる。

「続けるんだ！」

「くっ！」

メイスによる四度目の攻撃を頭に受けた牙狼が逃げの体勢に入る。過去の経験では、死ぬまで攻撃を続けてきた牙狼だが、徐々にダメージを蓄積すると逃げるという判断もあるようだ。

「ルイーゼ、止めだ！」

ルイーゼはハッとした後、背中を見せた牙狼に再度メイスを振るうがそれは届かず、牙狼は逃げていった。

「も、申し訳ありません！」

ルイーゼはその場に跪いて許しを請う……って呆気に取られて見ている場合じゃなかった。

「ちょ、ちょっと待った。そんな謝ることじゃない」

俺はルイーゼの両肩を掴んで無理に立たせる。

「でも、獲物を逃がしてしまいました、ごめんなさい、なんてことを……」

きっと今までは何か失敗をすることでかなり酷い目にあったのだろう。だが、今は安心させるのが先だ。

初めて会った時のルイーゼは子供ながら何処か聡明な感じを受けた。今のルイーゼは全く違う、年相応の怯える子供のようだ。俺は色々と間違えたかもしれない。

「大丈夫だ。今日は練習に来ているんだから、逃げられたとしても問題ない。今日は止めを刺せるところまで頑張ってみよう」

「……はい」

まだ怯えていたが、こういう時は考える暇も無いくらい体を動かそう。そっちに必死になってもらった方が良い。

「牙狼は動きが単調だから、狙いは胴体よりも頭を。ルイーゼの力でも動きを止められるはずだ」

「はい」

俺は魔弾を撃って牙狼の足を止める。

ルイーゼはそれを見てメイスを牙狼の頭に振り下ろす。ゴツッと鈍い音を立てて血が飛び散り、ルイーゼが怯む。

「まだだ、止めを！」

地面でのたうち回る牙狼に止めを刺させる。もし、出来ないなら狩りには連れて行けない。高尚な理由なんかじゃ無い。単純に殺せなければお金にならない、それだけだ。

俺はルイーゼが魔物を殺すことが出来なくても良いと思っている。出来ないなら別の出来ることを探せば良い。何も危険な冒険者になる必要は無いのだから。

「っ!!」

そう考えていたが、ルイーゼはしっかりと牙狼に止めを刺した。だったら俺もルイーゼを冒険者として見なければ、ルイーゼの覚悟が無駄になる。

「良くやった、ルイーゼ」

「……はい」

魔物だろうがなんだろうが生きているのを殺せば嫌な気持ちになる。俺もなった。いずれ慣れるけど、殺すことに慣れるのが良いことなのかわからない。それでも必要なことだと割り切るしか無かった。

午後になってからリデルと合流する。少ないけどフルメンバーで初めての狩りだ。俺はリデルにモモが見える状態にあることを説明していなかったので、流石に子供を連れてくるのは良くないと叱られた。まぁ、当然だな。俺だってそう言う。

「実はこの子がブラウニーのモモなんだ」

「えっ⁉」

この子が植物系精霊のブラウニーだと説明した所で、本日二回目の驚きをリデルに与えることが出来た。どうも、リデルが聞いていたブラウニーとモモでは随分と容姿が違うらしい。一応幼女だと言うことは伝えていたが、それでも実際に目にした時のインパクトが大きかったのだろう。

「モモ、改めてよろしくね」

モモは自分の存在を認識されたことが嬉しいのか、両手広げて大喜びだ。

「話すことが出来ればもっと楽しいことも多いんだが、残念だ」

「精霊が話すというのは聞いたことが無いね。ただ、意思の疎通は出来るという話だから何かしら方法があるのかもしれない」

「それは良いことを聞いたな。とは言ってもその何かしらに全く当てが無いけれどな」

「なんでも長い間一緒に過ごすことが重要らしい」

「それじゃやモモ、これからも末永くよろしく頼むよ」

腰に飛びついてくるモモを受け止める。言葉が話せないぶん体をめいいっぱい使っての表現は、これはこれで良いものだと思える。

なにはともあれ俺たちはリデルも合流したことで、牙狼では少々物足りなくなっていた。ルイーゼにはそんなことも無いだろうけれど、今日は普段狩りの対象にしている魔物を一通り見てもらおうと、一角猪や凶牛も混ぜることにする。ルイーゼは俺とリデルの戦いを見てもらう為に少し離れて見学だ。

基本的にはリデルが魔物の注意を引き、俺が隙を見て攻撃する。俺の立ち位置は大体リデルの斜め後ろが多い。リデルが敵の突進を躱した時は俺も一緒に避けて、再びリデルの後ろに回る。魔物の足が止まった時や隙が出来た時を見定めては、魔物の横や後に回って攻撃をする。セコいがやることが明確に分かれている為に動きやすいから、自然とこういうポジションになっている。

今の俺なら牙狼と同じように一角猪からルイーゼを守って前衛も出来ると思う。けど、一人で戦うのと誰かを守って戦うのでは、同じ一人でも気の遣いどころが全く違った。それに元々俺は防御寄りの装備もしていなければ、練習も不足気味だ。ここはリデルに任せるのが正しい判断だろう。

ルイーゼにとっては牙狼だけでなく一角猪も凶牛も動きの特徴がわからないから、慣れるまでは全ての攻撃をリデルに受けてもらうことにした。

リデルも最初は凶牛の突進を躱していたが、最近は受け流すことが出来る様になっている。躱すのでは無く盾で受け流すことで、剣の間合いから離れること無くしっかりと反撃が出来た。

何匹か魔物を倒した所でルイーゼの感想を聞き、俺がどうしてこういう動きをしているのか説明をする。もちろん魔物毎に状況が変わることを伝えながら。

慣れて来た所でルイーゼに俺の代わりをやってもらう。

「今度はルイーゼが俺の代わりだ」

「は、はい！」

俺はルイーゼのさらに後ろでルイーゼをフォローする。リデルがいなした突進をルイーゼが躱せない可能性があるからだ。躱せないと判断したらルイーゼを引っ張って一緒に躱すか魔弾で気絶させるつもりだ。

一角猪や凶牛の後に回るのは正面に立つよりも危険だった。下手に後ろに回って一角猪などの後ろ蹴りを食らったら大変だ。突進と違ってルイーゼを庇う暇が無い為だ。かといって横に位置すると、リデルから気を逸らした一角猪が直接ルイーゼを攻撃する可能性もある。消去法で俺がいつもいるリデルの斜め後ろが一番無難だと判断した。

自分で言うのもなんだけど、スパルタ教育のような気がしてきた。ルイーゼが辛そうなら別の方法を考えようと思ったが、ルイーゼは魔物と真剣に対峙していた為、このまま続けることにした。

「ルイーゼ、上出来だよ」

「はぁ、はぁ、はぁ……あ、ありがとうございます」

結局ルイーゼは一度も泣き言を言わず、初日の狩りを終えた。今日の獲物を換金して銅貨一、二五〇枚。俺は当初の予定通り半分の銅貨六二五枚を受け取り、ここからルイーゼの支度金や生活に掛かるお金を支払う。

リデルはルイーゼに掛かる費用については均等でも構わないと言ってくれたが、これは俺が相談も無く抱えた問題だし、余裕が無い訳でもなかった。ならば俺が出すべきだろう。まぁ、路銀がまた予定を割ってしまったのだが、それは仕方が無い。

ルイーゼを含めて初日の狩りを終えた俺たち四人は、リッツガルドに隣接する——というか同じ建て屋にある——酒場で夕食を取っていた。普段のリデルはきちんと家で食事を取る為、一緒に食べることはめったに無かった。でも今日はルイーゼの初陣とパーティー結成のお祝いも兼ねて、みんなで食事をしようと声を掛けておいた。

ルイーゼは初め酒場に入ってこなかった。なんでも主人と一緒に食事をしてはいけないらしい。俺には全く理解の出来ない話だったが、この世界ではそれが常識なのだろう。本来なら俺もその常識に従うべきだと思うけど、今日は大切な話をするからと席に着かせた。

「ルイーゼ、初めての魔物狩りはどうだった。このまま続けられそうかい？」

リデルからルイーゼに声を掛けることは珍しい。巨大熊からルイーゼを助けた後、リデルがルイーゼと話したのは、今朝がた奴隷契約をリデルに変更した時の挨拶くらいだ。

「よろしければ、続けたいと思います」

もう既に答えは決めていたとばかりに即答だ。リデルはその一言が聞ければ十分だったらしい。優しい笑みを受けべてルイーゼを歓迎する。イケメン力で敵わない。

「それじゃルイーゼ、大切なことだから守って欲しいことがある。今後パーティーを組んでいる間の俺たちは、主従関係では無く一緒に戦う仲間だ。だから奴隷とかそういうことは忘れるように」

「それは……」

「もともとルイーゼは俺の恩人だし、今は友達だと思っている。そしてパーティー中は仲間だ。本当は奴隷である必要なんか無いんだけど、ルイーゼが自分で望む生き方が出来るようになるまでは俺たちの庇護下にいてもらう。やりたいことが決まったら言ってくれれば良い、ルイーゼはいつでも自由だ」

ルイーゼは目を閉じると静かに涙を流した。

「同じことを言うけれど、俺たちは仲間だ。もし困っていたらお互いが出来る範囲で協力する」

「はい……」

俺にはルイーゼが喜んでいるのか辛いのか、わからなかった。これが妹だったら宥《なだ》め賺《すか》して最後にはプリンを食べさせれば解決するんだが。

「ルイーゼ。僕は貴族だけど、アキトとはこんな感じで付き合っている。ルイーゼも同じで良い。パーティー中は仲間であれば十分だよ」

そう言えば、貴族のリデルに対して俺の態度や言葉遣いって失礼にも程があるんじゃないか。今更だけど、ちょっと気になるな。

「リデル、もしかして俺ってかなり失礼だったか？」

「大丈夫、不愉快とは思ってないよ。ただ僕以外の時は用心した方が良い。言葉一つで首が飛ぶ世界だからね」

否定はしないようだ。やっぱり他人からみたら十分に失礼だったのか。そして、そんな言葉遣い一つで首が飛ぶというのは想定していなかった。公の場ではリデルを立てるようにしないとお互いに立場が悪くなりそうだな。気を付けておこう。

「ありがとうございます。仲間としてよろしくお願いいたします」

敬語もいらないけど、リデルは貴族だしそこまで割り切るのも難しいか。これから上手く馴染んでくれれば良い。

よし、後はこれからの予定を話しておこう。

「パーティー結成早々だけど、俺は近々リザナン東部都市まで行かないといけない。そこで私用を済ませてから戻ってくるつもりだけど、往復の日程を含めて二、三ヶ月は留守にすることになる」

ルイーゼに困惑の表情が浮かぶ。

「だからその間のことについて相談したい」

本当は今行くべきじゃ無いのかもしれない。でも、リゼットのことを後回しにも出来ない。連絡がとれない状況でリゼットも不安を抱えているはずだ。もしかしたら俺が予定外の所に召喚されたのは、リゼットに何かトラブルが発生したのかもしれない。先だって手紙を送ったけど、リザナン東部都市は元々リゼットが住んでいた訳では無い。貴族名だけで手紙が届くとは聞いているが、確実なのかどうか心配だ。

「アキト、そのことなのだけれど。僕もリザナン東部都市に行こうかと考えている」

なんだって？

「リデルが来てくれるのは心強いし、ルイーゼのことも解決するし凄く助かるけど。俺に付き合って時間が無駄にならないか？」

さんざん狩りに付き合ってもらって酷い言い草だと思うけど、狩りはリデルにとっても十分にメリットがあった。でも今回の旅はどうだ。俺はリデルに何かしてあげられるか。

「この国に仕えようと考えている。この国のことを知っておいて無駄は何も無いよ。まぁ、それは建前なのだけれどね。本音は僕もこの国を見て回りたいから、丁度都合の良い理由が出来たという訳さ」

俺に都合を合わせてくれた訳だ。

「それに、アキトが助けたいという女性も気になるしね。僕も力になれることがあると思う」

イケメンのリデルがリゼット狙い⁉

という訳では無いな。リデルは俺の黒い髪に対して忌避感を持たないように、きっとリゼットの良い友達になってくれるだろう。モモも合わせればいきなり二人も友達が増えるぞ。

「そういうことなら、よろしく頼むよ。後はルイーゼだけど、もしルイーゼがこの町を離れたくな――」

「私もご一緒させてください」

即答だった。

「良いのか？」

「既に父も母も無く、帰る家もありません。私、何でもやります。お願いです、どうか一緒に連れて行ってください」

だから思春期の男を相手に何でもやりますとか言わないで欲しい。これでは安心して置いてはいけないじゃないか。

言った後、俯いて俺の返事を待つルイーゼは少しだけ震えていた。俺が震える肩に手を置くと、ルイーゼは顔を上げる。泣いてはいない。泣いてはいないけど心はどうか。

ルイーゼと別れた日、ずっと俺を見送っていた姿を思い出す。あの時ルイーゼはあの家で一人生きていくのだと思ったが、そんな必要は無いよな。この世界で初めて出会い、俺の命を救ってくれた女の子は、今俺の側にいることで生きようとしていた。

「ルイーゼ、一緒に行こう。いや、一緒に来て俺を助けてくれるか」

「はいっ！」

それはルイーゼと再会してから初めて見せてくれる微笑みだった。微笑むルイーゼはやはり天使だな。思わず俺の方がドギマギしてしまう。モモの元気な笑顔は向日葵《ひまわり》のようだが、どちらも守らなければなるまい。

まぁ、旅は魔物を狩るよりは危険も少ないだろう。俺も一人ルイーゼを置いていくよりは来てくれる方が助かった。面倒を見ると良いながら早速一人にさせるのは、流石に言っていることとやっていることに違いがありすぎた。

もちろん一緒に来てくれるというなら俺も寂しくない。みんなＷｉｎ-Ｗｉｎの関係じゃないか。悪くない。

「みんなならそう言ってくれると思っていた」

リデルは苦笑し、ルイーゼは困惑。モモはフルーツを頬張っていた。

通りの街灯に火が灯され、行き交う人の歩みが気持ち早くなる。周りの様子も食事処から飲み屋

という雰囲気に変わっていく。

通い慣れたこの店とももうじきお別れだ。確実に進む準備に俺は内心ホッとしていた。生きることさえままならなかった頃に比べれば大躍進だろう。

リゼット、必ず会いに行くからな！


俺たちパーティーはリザナン東部都市を目指すと決まった。とは言っても、直ぐには出発出来ない。ルイーゼの支度金に出費したのと、ルイーゼの旅費として銅貨三，〇〇〇枚ほど追加で稼ぐ必要があった。

今度は一人じゃ無い。いざとなれば高価な乗合馬車を使わないで、徒歩でリザナン東部都市まではいけるかもしれない。

前は生きていく為の知識も無く地理も不明だったから諦めたけど、それについてはリデルやルイーゼがいるから大丈夫だろう。

体力的な問題も、この世界に来てから毎日鍛錬に狩りにと体を動かしていたので、休憩を挟みながら一日歩くことは出来た。リデルも可能だろう。貴族様を歩かせるというのは置いておいて。ただ、ルイーゼにはまだ辛いと思う。ルイーゼ自身はそれを口にしないだろうけど、まだ無理だ。徒歩かどうかはともかく、しばらくは体を慣す必要がある。そう判断し、出発は二週間後とした。

予定が決まった所で俺はそれをリゼットに伝える為に手紙を送った。自分では書けないので今回も代筆だ。代筆だと、なんとなく格好を付けるのが恥ずかしいから業務連絡みたいな手紙になってしまうが、取り敢えず必要なことは伝えられる。

少しずつリゼットのことが過去になっていく。話した内容は覚えていても、どんな話し方だったかとか声の特徴とか、忘れたくないのに薄れていく記憶が堪らなく不安で、寝る前には必ず思い出すようにしていた。


旅に出る前に俺は以前から考えていたリデルへのプレゼントを実行することにした。自分で使っていて特に問題が無かったから良い頃合いだろう。将来的なことがわからない点については一応断りを入れておく。最終的な判断はリデルに任せよう。

俺たちパーティーは俺がいつも鍛錬に使っている草原に来ていた。ここは街道から外れ小高い丘に囲まれた場所で、何かをしていても目立たないし、遠目に見ても体を動かしているように見えるだけだ。鍛錬する姿を見られるのが恥ずかしいという理由だけで選んだ場所なので他意は無い。

「最近、アキトには驚かされてばかりだからね。何をプレゼントしてくれるのか楽しみだよ」

「もちろん今日も驚かせてあげよう」

俺は剣を抜き、軽く振って握りを確認する。以前のような無様な振り方では無く、リデルに習った基本の型だ。習ったのは本当に基本中の基本、その一つだけだがこれで俺は魔物を倒してきた。

俺は正面中段の構えから剣を真上に振り上げ、上半身の捻りとバネそして蹴り足で勢いを付けて振り下ろす。その一振りは空気を切る小さな音だけ残し、剣が地面に当たる手前で止まる。振った剣を地面に叩き付けないようになるまでが大変だった。

「見事だね。その型に関してはもう僕に注意すべき点が見付からないよ」

リデルのお墨付きを頂いた。だがこれは体慣らしの余興だ。

「本番はこれからだ」

俺は近くの枯れた立木に向かい、今度は右斜め上段に構える。そして一呼吸の後、全身の筋肉に魔力を流し込む。そこから爆発的な加速を持って剣を振り切ると、小さい炸裂音と共に枯れ木が支えを失い、そしてゆっくりと倒れて軽い地響き音を立てた。

身体強化《ストレングス・ボディ》を行った全力の一振り。この一撃なら巨大熊の腕を切断出来たと思うが、残念ながら戦闘中はここまで集中することが出来ない。

俺は成功した所で、改めて三人を見る。リデルは驚き、ルイーゼも驚き、モモは蝶々を追い掛け回していた。声も無いと言った感じなのは二人とも一緒だ。

「なかなかなものだろう？」

「……たった今目の前で起きたことなのに信じることが難しいよ。アキトの体格でここまでの威力が出せるとは考えられない。でもアキトはそれを実現した。僕は騎士としては小柄な方だ。それでも可能性を見せてくれたアキトに感謝する」

リデルを吃驚《びっくり》させよう作戦は今回も成功したようだ。それどころか、感謝までされた。ルイーゼに至っては驚きのあまり放心状態だ。

「リデルへのプレゼントはその秘密の魔法を教えることだ」

リデルには教わることばかりだった俺が、一つだけ逆に教えることが出来る。これはなんか凄く嬉しいことだった。ようやく対等になれたというか、追い付いたというかそんな感じだった。

「今のが魔法だったと言うのかい？　僕には剣で斬り付けたようにしか見えなかったけど」

実際に剣で斬り付けたので、それは合っている。

俺はリデルに身体強化魔法について概要を説明した。どうもこの世界では自分を強化する魔法というのがメジャーでは無いようだ。クロイドも一切使っていなかった。

回復魔法がレアで、強化系魔法もレア、防御系魔法はどうなのだろう。少なくてもクロイドは使っていなかった。それなのにリゼットが使う転移魔法のように高度な魔法も存在した。

この世界の魔法は歪《いびつ》な気がする。マンガやラノベのように怪我をしたら回復魔法で即回復、そして戦闘に戻ると言ったことも無理そうだ。作戦はいのちをだいじにで行こう。

「強化魔法はとても魔力制御が難しくて、戦闘中に使うことが出来ないと言われている。それだけの魔力制御が出来るのであれば、初めから攻撃魔法を使ってしまった方が良いからね」

強化魔法が難しいなら精霊魔法を覚えればもっと簡単に魔法が使えるのか。

「特に前衛は敵との近接戦闘がメインだから魔力制御している暇が無い。それこそ息をするように自然に使えないと実戦では使えないだろうね。これが強化魔法について僕の知っている知識だったけど。もしかして巨大熊の腕を切りつけた時に使っていた？」

リデルの前でたった一度だけ使った時のことを違和感だけで覚えていたのか。

「ご名答だ。リデルが言うように実戦では今みたいに全力で使うことは出来ないんだ。だから巨大熊を相手にした時は腕を切り落とすことが出来なかった。でもサポート的に使うのは可能だ」

「なるほど、それであの威力が生まれた訳なんだね。正直あの時はアキトの攻撃力に吃驚していたんだよ。巨大熊の腕は体毛と厚い皮膚、そして筋力で守られているからね。魔剣でも聖剣でも無い只の剣で、右腕が使えなくなるほど深手を負わせるのは難しいことだからね」

魔剣だけじゃ無くて、聖剣というのもあるのか。

「あの時はあの一瞬だけだったからな、巨大熊に隙が出来たのは。今しか無いと思って必死だったよ」

「その隙を見逃さなかったことも、しっかりとダメージを与えたことも素晴らしいよ」

そう、俺は褒めて伸びる性格だから、もっと褒めてくれて良い。

「僕は魔力制御が苦手だからね。自信は無いけれど、知識として知っておくだけでも役に立つから、ありがたく教えていただくよ」

「あの、もしよろしければ私も一緒に聞いていてもよろしいでしょうか」

ルイーゼは相変わらず堅いけど、教えるのはもちろんだ。むしろルイーゼの力を借りた方が教えやすかった。そもそも身体強化魔法を思い付いたのはルイーゼの回復魔法を受けたからだしな。

「もちろん、ルイーゼにも覚えて欲しい」

ルイーゼが使えるなら身を守る上で有効な手段になるだろう。

「これは俺の経験から教えることになるから一応注意して欲しい。もし異常が見られるようなら使うのは止めるように。俺自身は問題が無いけど、他の人も同じとは限らない」

「了解、無理はしないよ」

「はい」

とりあえず注意喚起だけはしておく。

「それじゃまずはリデルから始めるけど、その前に座ってリラックスした状態になって欲しい」

リデルは草原に座り込むと、片膝だけを立てて寛《くつろ》ぐ。俺はリデルの後ろに回ってその肩に両手を置く。

「まず身体強化は魔力を制御して自分の体を動かす訳だけが、人の体はそもそもどうして動いているのか。単純に言えば筋肉が動くからだけど、それじゃ筋肉は何故動くのか。筋肉も結局の所は力、つまり俺たちが食べた物の栄養を力として使って動いているんだ。その筋肉を動かす為に力だけで無く魔力を使うのがこの魔法の特徴だ」

二人が言葉だけでも理解出来ているか確認する。ここまでは大丈夫なようだ。医学的な知識は無くても、食べなければ体に力が入らないということは自然にわかるのだろう。

俺は以前リデルが魔法は苦手で練習中だと言っていたのを聞いて、ずっと疑問だった。魔法の無い世界から来た俺が限定的とは言え魔法が使えて、魔法の存在する世界で育ったリデルが苦手としている。その原因は何か。

元々魔法の無い世界から来た俺は召喚された時、自分の体に新たな力が宿るのをはっきりと感じた。その力が魔力であり、制御するのは慣れれば難しいことではなかった。

でもこの世界の人間は魔力を有効に使っていない気がする。自分なりに考えてわかったのは、生まれた時から魔力を持っているから、魔力を意識してコントロールすると言っても魔力その物を明確に感じられないのでは無いかと。リデルが苦手としているのも多分そういうことだと思う。だから――

「今は魔力その物がどんな力で、どうすれば魔力で筋肉を動かせるのかはわからないと思う」

俺が魔力を明確に認識出来たのはその特殊性からだ。この世界に住んでいる人間にとっては難しいことだろう。それは空気の中の酸素を認識するような物で、あることが当たり前なのだ。

「そこで俺が今からリデルに魔力を送り込む」

「え？」

流石にこれは理解出来なかったらしい。だが俺には出来るのだ。なぜならばモモに毎日魔力をあげているからな。出来る理由まではわからないが、やれば出来る。そう、俺はやれば出来る子なんだ。

要は魔力を意図的に出力するか否かで、魔弾を撃つのとそれほど変わらない。

説明するより体感した方が早いだろうと、俺はリデルに魔力を送り込む。実はどういう感覚なのか自分ではわからなかった。自分で自分に魔力を送り込むのは出来なかったから。でも、想像は付いた。

「これは……」

リデルの肩に置いた俺の手が淡く紅い光を放ち、次いでその光が吸い込まれるようにリデルの中へ消えていく。それを何度か繰り返し、リデルに魔力その物がどのようなものなのか認識させていく。

「肩から何かの力を感じるね……両腕にその力が行き渡るっているのがわかる」

「腕を動かして、力を込めたり抜いたり、その過程で今感じている魔力がどう変動するかを覚えて。覚えたら実際に今感じている魔力を常に意識するように練習あるのみだ。直ぐに魔力で体を動かすことは出来ないと思うけど、同じことをしばらく続けるから感じて覚えてくれ」

リデルが俺の言葉通り腕を動かし、力を入れたり抜いたりしている。リデルの魔力の変動が俺にも感じ取れた。魔法を練習しているだけあって、意外と習得は早いかもしれない。

「次はルイーゼの番だ」

「はい、お願いします」

俺はリデルと同じようにルイーゼの後ろに回りその肩に手を置く。リデルとは違って細く白い肩とうなじが目に入る。やっぱり女の子の体は細いな。意識したら心拍が上がってしまった。手を伝ってルイーゼに感づかれませんように。

「それじゃ始めるよ、魔力の流れに集中して」

「はい」

リデルに教えたことを繰り返す。ルイーゼは回復魔法が使えるのだから、もしかしたらリデルよりも習得が早い可能性がある。

「これを狩りに出る前に練習する。狩りの最中は忘れてもらっても構わない。直ぐに出来る訳じゃないから、狩りの最中は変に意識する方が危険だ。後は寝る前に布団でリラックスしながら、今の感じを思い出して試してみるくらいで丁度良いと思う」

「了解、やってみるよ」

「はい。私もやってみます」

横を見るとモモも同じように座っていたので、最後にモモにも魔力をお裾分けしてあげた。モモはいつも良い笑顔だ。

その後は路銀を稼ぐ為、いつものようにカシュオンの森に来ていた。最近はカシュオンの森の浅瀬で冒険者をよく見掛けるようになった。腕の良い冒険者は浅瀬にはいないので、今見掛ける冒険者は俺と同じくEランクとかFランク位の駆け出しなのだろう。

サラサに教わったマナーでは、狩りの最中は他の冒険者達と距離を取ると言うことだ。なんでも狩りの初心者を狙った盗賊もいるらしく、近付くといらぬ警戒心を与えることになるらしい。確かに俺も狩りで魔物に集中している時は、他のパーティーが近付いてくると自然と緊張した。

今見える冒険者は真新しい防具に身を包んだ男が四人に女が一人の五人組だ。女の冒険者がいるパーティーは俺たち以外に初めて見掛けた。歳は俺たちより少し上に見える。一番若い人で俺やリデルと同じくらいか、おそらく一五歳前後だろう。

「最近はアキトが活躍しているから、僕たちと同じような初心者がカシュオンの森で魔物狩りを始めたみたいだよ」

「えっ、俺が関係するのか？」

俺はいったい何をした。

「魔物狩りを始めた初心者でも月に銅貨三，〇〇〇枚は稼げるという噂が立っているからね。それを聞いてカシュオンの森は初心者向けで攻略しやすいと。そう思った人たちが集まってきているらしいよ」

「そういうことか……」

実際はもっと稼いでいるけど、噂に尾ビレが付いて大事になるよりは良いだろう。それに、多くはリデルとモモのおかげでもある。俺が鼻を高くしたところで折られるだけだ。

「実際カシュオンの森は魔物の配置が良いからね。贅沢しなければ浅瀬でも十分生きていくだけの稼ぎが出来るのは意外と珍しいんだ」

「その割には今まで余り人を見掛けなかったな」

「冒険者になろうとする人の多くは南西部にあるドライデンを目指すからね。ドライデンは始まりの都と呼ばれていて、セルリアーナ大陸で最も古い都市だと言われている。近くには魔巣に飲み込まれたルーフェン古代都市跡地があって、未だに古代都市の一部が発見され続け、そこから発掘される多くの魔法具や純度の高い魔石と言った財宝が、冒険者になろうとする人たちの憧れになっているんだ」

古代遺跡とか聞くと、一連のアドベンチャー映画を思い浮かべる。もちろん大好物だ。

「ただ、人が多いだけあって浅瀬は殆ど刈り尽くされていて、初心者が始めるには難しい狩り場になっているんだけれどね。それでも毎年のように現れる一攫千金《いっかくせんきん》の冒険者に続けとばかり、多くの冒険者が古代都市に入り、また多くの犠牲者も出している」

なるほど。同じ冒険者になるなら実際に稼いでいる人がいる所で始めるか。確かに俺も選択肢があったならそうしたかもな。

五人組の冒険者も牙狼三匹を相手に危なげなく戦っている。こちらから近付く理由も無い為、俺たちはいつもより少し西側で狩りを始めた。

当面、狩りの目的は路銀稼ぎが中心だ。昨日はルイーゼの覚悟を見る為に頑張ってもらったけれど、冒険者になる気持は変わらなかった。ならば、それが日常になることにも慣れてもらうしか無い。変に休んで戦いの勘が鈍るのも怖い。昨日と同じペースで狩りを進めよう。

魔物が牙狼と一角猪の時はルイーゼに前に出てもらう。この二匹が相手ならリデルはルイーゼを守りきれる。凶牛は突進と後ろ蹴り以外に頭を振るうことがあるので、ルイーゼには下がっていてもらう。

俺の方は牙狼と一角猪の時は練習もかねて弓を使う。五メートルの距離なら外さないし、乱戦になっても味方に当てることも無い。しかし、一〇メートル離れると牙狼には当てられない。的が小さすぎるし、動きが素早い。凶牛なら当てられるが動き回られると外すこともある。

魔弾があるのに弓を練習しているのは、魔力の節約もあるけど将来的な陣形を想定している。三人で前衛をすると視界が狭まり周りの警戒を怠る可能性がある。だから、俺が少し距離を取って戦いを俯瞰的に見る役割だ。

もしルイーゼに前衛がきつければ、弓を練習してもらって周りの警戒だけでも頼むのが良いだろう。いち早く他の魔物に気付くことは重要だ。

いずれにしても三人全員で前衛というのはちょっと問題があると考えた。もし、今後何かの切っ掛けでパーティーメンバーが増えた時、全体を見て戦況を把握するのがどんどん難しくなっていく。

それに、リデルが全体を把握するのは難しいと思う。魔物の注意を引きつけ、仲間をカバーし、時には複数を相手にする状況もあり得るからだ。弱い魔物なら俺が一匹を受け持つことも可能だけれど、あくまでも基本は全員で一匹を相手にすることを心掛けている。

……あれ、もしかして伏兵的な魔物がいたらこのままじゃまずい？

戦闘中に突然魔物に出くわすパターンもきちんと考えておかないと、パニックになってやばいかもしれないな。気を付けていても魔物に見付かれば、そのまま戦闘状態に入るのは巨大熊の時と同じだろう。

熊髭たちと行った討伐依頼では、想定外の遭遇戦になった。あの時は予備の戦力だった俺とリデルがいた。予定外の強敵と接戦を繰り広げていた熊髭たちが無事だったのも、俺たちがもう一匹の魔物を相手にしていたことが大きな要因だと思うのは自惚れじゃ無い。

そう考えると、戦闘には殆ど加わらないで優先的に状況を監視している俺の立ち位置は、意外と悪くないのか。

しかし、今のところルイーゼに攻撃面でのサポートを期待するのは難しい。俺が攻撃に全力で加われないとなると、魔物を倒すのはリデルだけになってしまう。結果的に戦闘時間が長引き、それだけリスクも高まる。

うーん、わからなくなってきた。まぁ、これは相談だな。

銅貨八七五枚。今日の狩りの成果だ。路銀は今のところ銅貨三，五〇〇枚弱。あと銅貨一，五〇〇枚くらいあれば最低限は貯まる。その他に、身の回りの品で旅に必要な物を買い集めて、装備も見直しをする。それでも二週間は待たずに準備が整いそうだな。

リデルと別れた後、俺とルイーゼそれにモモの三人は夕方の街へ買い物に出ていた。少し日常品を買い足す必要があったからだ。

「ルイーゼ、必要な物があったら遠慮無く言ってくれ。一緒に稼いだお金だからルイーゼが使うことになんの遠慮もいらない」

それでもルイーゼは遠慮しそうなので、ルイーゼの視線を追って、必要そうな物は俺が買ってしまうことにした。勢いでポイポイ買っていたら掴んだ服が下着だった時の気まずさは、ルイーゼに裸を見られた時以上だ。

俺は気まずさを押し殺してモモの分もお願いする。子供過ぎて余り気にしていなかったが、モモは下着を着ていないからだ。

値段もわからないので適当に銅貨二〇〇枚ほどをルイーゼに渡して、俺は服屋の外で待つことにした。

ここは中央通りで、時間は夕方。一日で一番活気に溢れる時間帯だ。道ばたには露店が並び、主に串に刺した肉を売っている。朝は燻製や携帯食などを売っていたお店だが、時間帯で売る物が変わるのだろう。

今日とれた野菜を売る人、川魚を売る人、そしてそれらを焼いて売る人など、様々な店が並んでいる。主に食べ物ばかりだが、酒場から溢れて路地に椅子とテーブルを持ち出して早くも酔っ払っている人もいた。

店が多いせいかこの辺にも肉の焼けた良い臭いが漂ってくる。ケバブみたいな店が目に付いたので、俺は二人分を購入した。モモはあまり肉を食べないので、野菜とフルーツを買っておく。

この世界の味付けは殆ど塩と野菜中心の香辛料で、正直すぐに飽きた。それでも初めて食べた味付けのない大足兎の肉に比べれば、料理されているだけでもマシだ。それに食べる物にすら事欠いていた頃に比べれば贅沢とも言えることだった。

俺は今日食事が出来ることを、実在するらしいこの世界の神様に感謝する。今度、両親にもありがとうと伝えないとな……。


ルイーゼが冒険者になって一週間が過ぎていた。

俺はルイーゼと一緒に基礎体力強化メニューを毎日欠かさず行っている。その後はリデルが合流し、俺が先生役で身体強化魔法の練習だ。

リデルはこの一週間で身体強化魔法が使えると言うことは無かったが、魔力制御の鍛錬を続けたことが良かったのか、初めて魔法が使えるようになっていた。

使えるようになった魔法は、精霊魔法の聖属性にあたる敵愾心《てきがいしん》を向上させるものだ。初めて聞いた時、敵愾心を向上させてどうすると思ったが、どうやら便利な使い道があるらしい。

本来は人をリラックスさせる魔法らしいが、これを魔物に使うとリラックスどころか敵愾心を煽ることになるようだ。魔物を落ち着かせようとしてこの魔法を魔物に使った所、意図に反して魔物が暴れ出したことがこの魔法に別の使い道を与えた。

つまり、盾役であるリデルがこの魔法を使えると言うことは、それだけ敵の注意がリデルに向き、他の人が自由に動けるようになると言うことだ。

ルイーゼが前衛に出ていても、今までより安心かもしれない。そうするとルイーゼをカバーする必要が減る分リデルの負担も減る。そして敵がリデルに首ったけになる分、俺も弓で狙いやすくなる。良いこと尽くめかと思ったが、この魔法を使った魔物はまれに憤怒《ふんど》の状態となり凶暴さを増すようだ。

あれ……強敵に使いたいんだけど、むしろ強敵には使えないんじゃ。

「身体能力まで上がる訳では無いから、それほど恐れる必要はないね。使うタイミングは選ぶけれど、どうしても魔物の気をこちらに引きつけないといけない時や、一気に仕留めたい時なんかに使えるかな。後はルイーゼの練習とかにも良いね。弱めの敵を引きつけておいて戦い慣れしてもらうとかね」

「そういう使い方もあるか」

「僕はまだ戦闘中に魔法が使えるほど集中出来ないから、初めの一手にしか使えないけれどね。それでも僕はアキトに感謝しているよ。残念ながら強化魔法はまだ使えないけれど、魔力制御の鍛錬を始めてから、明らかに魔法制御の練度が上がったと感じている。魔力その物も以前より認識出来るようになった。その結果として魔法が使えるようになったしね」

「俺もリデルに教えられることがあって良かったよ」

リデルは順調なようだ。

「私はまだ何も……」

ルイーゼはまだ変化を感じられないようだ。リデルには魔法を練習してきた経験がある。ルイーゼには無いのだからこれは当然のことだと思う。

「ルイーゼは全くの初心者だからな。俺は二、三ヶ月くらいの時間を掛けて覚えてもらうつもりだよ。むしろ今使えるようになっていたら俺やリデルの立場が無いくらいだ」

それを聞いて安心したのか、ルイーゼはホッとした顔を見せる。どうも俺は、いつもルイーゼに緊張状態を強いている気がする。なんだろう、何処か他人行儀なところが抜けきらない。奴隷紋とかの影響があるのだろうか。

今日の狩りはリデルの魔法を試すことにした。空いている狩り場を見付けて牙狼の姿を確認する。近くには昨日見掛けた五人組が狩りをしていたが、邪魔になるような距離では無いので良いだろう。

「それじゃリデル、魔法を」

「わかった」

リデルが呪文を唱える。魔声門による魔法の具現化だ。リデルの覚えた魔法は、本来、精霊魔法系聖属性に分類される魔法で魔法名は心身沈静《リラクセイション》。

でもこれを魔物に使う時は同じ魔法でも敵愾向上《アナマーサティ・アップ》に変わる。人に使うと無害でも魔物に使うと害のある魔法はこのように別名で区別されるらしい。

この魔法は範囲効果があるらしく、発動者を中心に広がる。リデルの今の魔法制御だと半径五メートルと言った所だ。範囲効果があると言うことはきちんと距離を考えないとリデルに魔物が集中してしまうな。

この辺の魔物ならリデルが後れを取ることは無いけど、戦況を優位に進める為に俺も使えるようになっておきたいところだ。後でリデルに教えてもらうことにする。

「ルイーゼ！」

「はいっ！」

ルイーゼはリデルが押さえた牙狼の横に回り、その頭を目掛けてメイスを振るう。

牙狼は小回りがきくけど、攻撃手段は噛み付くだけだ。牙狼の頭を押さえるように盾をかざしていれば比較的安全な魔物と言える。牙狼の脅威は群れで現れることがあるだけで、単体であればルイーゼでも直ぐに倒せるだろう。

敵愾向上魔法もきちんと効果を発揮しているようだ。ルイーゼがいくら攻撃を加えても牙狼はかたくなにリデルへの攻撃を止めない。ダメージが蓄積しても逃げようともしないようだ。ルイーゼはきちんと牙狼に止めを刺す。

「ルイーゼ、どうだ？」

「はい、やれます」

「僕が思ったよりも効果が出ていると思う」

「それじゃもう少し続けてよう」

流石に一戦だけじゃ何が発生するかわからない。

「わかった」

「はい」

ルイーゼの表情に、少しだけ余裕が出て来たのを感じる。

俺はモモが見付けてくれた牙狼に弓を構え、矢を——放つ！

距離は七五メートルくらいだ。俺の弓が届くギリギリ。もちろん当たることを期待した訳じゃ無い、牙狼をこちらに気付かせる為に撃った。

「驚いたね。僕は最近アキトがただ者じゃ無いと思うようになっているよ」

「素晴らしい腕だと思います」

俺が当てるつもりすらなく放った矢は、風に煽られながら軌道を修正して牙狼に命中していた。

牙狼はそのまま倒れ、動く気配が無い。

「まぁ、そういうことで」

俺は次の獲物をモモに見付けてもらって、同じく矢を放つ。今度はさっきよりも近いのに外れた。

二人の表情は敢えて見ない。

リデルが魔法を使いルイーゼが倒す。これを五回繰り返した所で、今度はルイーゼ一人で戦ってもらうことにした。もちろんリデルの魔法と俺の弓で万全のサポート体制を取る。

ルイーゼも盾を持っているので、教えた通りに牙狼の頭を押さえつけるように盾を操れば怪我をすることは無いだろう。

「ルイーゼ、攻撃はしなくていいから、教えたように盾で自分の身を守るんだ」

慣れない内から攻撃をしようとして防御に隙が出来るのはよろしくない。まずは確実に守れるようになってからで十分だ。攻撃するのは俺やリデルがいる。

牙狼を抑えきれなかったルイーゼが、何度か圧力に負けて押し倒されることもあったが、きちんと盾で体を守っていたので噛み付かれることは無かった。

疲れの限界も見えてきた所で俺は牙狼に止めを刺す。一〇分近く防戦をしていたのでこれ以上はミスも出る可能性があった。

端から見れば男が二人で女の子に魔物を嗾《けしか》けていたようにも見えたかもしれない。だから、こういうことも想定する必要があったのに、考えが及ばなかった。

「お前達！　いくら何でもこれは看過出来ない。それ以上続けるなら俺たちが許さない」

あの五人組の冒険者だった。誰もが怒りの様子を見せている。特に一人だけいる女の冒険者……なのか、金髪碧眼ドリル髪をしたお伽噺《とぎばなし》のお嬢様。そのお嬢様が怒りで般若《はんにゃ》のようになっていた。

リーダーらしき男が俺に向かって出てくる。俺より拳一つ分大きく一七五センチ近い。雰囲気は一八歳くらいに見えるけどもう少し下だろうか。銀の長髪で少し吊り目気味のキザっぽい男だった。装飾まで付いた銀色の剣に、革をベースに所々を鉄で補強した防具。俺の装備の数倍はお金が掛かっていそうだが、惜しむらくは体に馴染んでないことだ。

俺も彼らを見掛けるようになったのは最近の話なので、リデルの言う初心者でも狩りやすい狩り場で魔物狩りを始めた冒険者だと思う。剣に装飾として施されている特殊魔晶石の色は少しだけ白く濁った透明をしていた。冒険者ランクで言うとF。この間までの俺と同じだな。

ちなみに俺とリデルは巨大熊を倒したことで冒険者Eランクに、それからも狩りを続け、今は白かった特殊魔石も少し青み掛かっている。

「女の子に魔物を押しつけ、剰《あまつさ》え弓で脅すとはどういうことだ。答えによっては容赦しない、決闘だ！」

リーダーの言うことは誤解があるものの、状況だけ見れば理解の出来る言葉だ。まぁ、決闘はどうかと思うが。

「えっと、誤解させたのは悪かったけど」

「言い訳をするつもりか！」

あれ、答えによってはと言って無かったか。答えを聞くつもりも無いのか。リデルは俺がどう対処するのかを観察するように見ていた。ルイーゼはどうしたものかとオロオロしている。モモは……いつもと変わらない。

取り敢えず言い訳はさせて貰えないらしいので黙っていた。

「なぜなにも言わない！」

「!?」

いけない、あまりのことに思考が停止していた。

俺はこの世界にまだ馴染んでいないから、出来るだけ人との争いは避けたい。それに俺は出る杭は打たれるという言葉を知っている。褒められたり尊敬されたりというのは好きだが、目立ちたい訳では無いので出来るだけ穏便に済ませたい。

相手の男も言っていることはちぐはぐだが、その原因となったのは俺たちの行動だから、俺も怒るほどのことは無い。ルイーゼを虐待していた訳ではないと伝わればいいだけなんだが。

「私が狩りの練習をしていただけです。お二人は私が危険になった時、助けてくれる為に側で守っていてくれました。誤解を与えたことについては申し訳ありません」

さてどうしたものかと思っていた所でルイーゼに助けられた。俺、ちょっと情けなくないか。

「それは本当ですか？」

リーダーがルイーゼに確認を取る。何故俺じゃ無い？

すると五人組パーティーの一人がリーダーに耳打ちをし、それを聞いてリーダーの顔が怒りに歪《ゆが》む。

「自分と同じような歳の女の子を奴隷にして、剰え魔物狩りを強要するなど許しがたいことだ」

強要はしてないし、それに奴隷だって訳ありだ。

「決闘を受けてもらう！」

「俺の話は聞いてもらえないのか？」

「お前の話を聞く価値は無い」

駄目だ……なんか、駄目な気がする。決闘をしないといけないのか。どんなルールだ、まさか怪我とか死ぬとかそこまでするのか。

「冒険者同士の決闘ルールは気を失うか降参するまでで、相手に回復の見込めない怪我を負わせたり死なせてはいけない」

リデルが教えてくれる。いや、教える前に止めてくれ。だけど、リデルは初めから変わらず興味深そうにこちらを見ていた。開始早々、降参すれば良いのか。

「彼は勝負にルイーゼの使役権を要求するだろうね」

俺の考えを先回りしてリデルが言う。

「何とか回避出来ないの」

「もちろん、決闘は必ずしも受ける必要は無いよ。それで諦めてくれれば良いけれどね」

あのリーダーはなんか諦めそうに無いなぁ。でも、俺が勝てるという保証も無いんだよな。受けて負ける方がデメリット多すぎる。そもそも勝ってもメリットが無い。

仮に勝ってこの場を凌いだ所で、あのリーダーに絡む気があるならまた揉めることになる。幸いにして来週にはこの町を離れるのだから、受けないことのデメリットにもならないだろ。

「わかった、この決闘、俺は受けない！」

俺は言い切った。メリットが無くデメリットだけの戦いをする理由が無い。リデルは笑い、ルイーゼはポカンと、モモは何故か喜んでいた。もちろんあのリーダーは顔が真っ赤になっていたが。決闘の強要は出来ないのだから良いだろう。

まだ狩りに使える時間はあったが、場所を変えるのも時間の無駄なので早く上がって体を休めることにする。今日はルイーゼも無理をしたから、返って良かったと思おう。俺はどうも自分のペースで物事を進めてしまうようだ。それだけルイーゼへの負担が大きくなっているかもしれない。

町に戻る途中で、俺とリデルはリザナン東部都市行きの予定を確認した。路銀も順調に貯まった。

俺とルイーゼの乗合馬車代に、道中の宿代。多少余裕を見ても十分と言えよう。

リデルは装備が体に合わなくなってきたので新調するそうだ。その為にグリモアでは無く馬車で三日進んだトリテアの町へ行くことを考えていた。装備屋や鍛冶屋が多く、質の良い物が出回っているらしい。どうせなら俺も見ておいても良いかもしれない。

トリテアの町はグリモアの町から南東に位置する。リザナン東部都市へ行くには少しだけ寄り道だ。リデルはその先にある商業都市カナンで合流を考えていたようだが、ここでの準備も整ったし数日早く出れば全く問題い。

トリテアの町もカシュオンの森近くにあるので、リデルの装備が出来るまでの間も狩りに出てもいい。または、ゆっくり旅を楽しんでも良いかもしれない。

「それじゃ、明後日の馬車でトリテアに向かおう」

「それじゃ僕は旅の支度と連絡に、家に戻るよ」

「明日は狩りに出ないで体を休めようと思う」

「それが良いね。ルイーゼもゆっくりしてね」

「はい、ありがとうございます」

町に戻ると同時にリデルとは別れる。いつもより早めに戻ってきたので夕食まで時間が空いてしまった。特にすることも無かったので、前から考えていたことを実行に移す。

俺とルイーゼそれにモモは、再び町外れの草原に来ていた。目的はルイーゼから回復魔法を学ぶ為だ。

「ルイーゼ先生。今日は俺に回復魔法を教えて欲しいんだ」

先生と呼ばれたルイーゼが首を傾げる。首を傾げる理由がわからず俺も首を傾げる。モモも首を傾げる。

「私の回復魔法は神聖魔法ですから、お教えすることは出来ないと思います」

なんだと⁉　神聖魔法ってなんだっけ？

あれか……確か生まれ持っての素質で使える魔法。魔封印の呪いすら関係が無い、神に授かりし力。天性のもので教えたからと言って使えるものじゃない。故に天恵と呼ばれる奇跡の魔法。

「それじゃ、俺には使えないのか……」

覚えられれば仲間が怪我をした時に便利かと思ったが。

「アキト様にも天恵がある可能性もありますので、使えないとは限りませんが」

きっと使えないだろうな。なにせ俺が住んでいた世界はこの世界ほど、現実的に神様がいる世界じゃ無いからな。この世界に来た時、魔力を感じたように神力の様なものは感じなかった。

あれ、待てよ……なんか忘れているな。

「物は試しに回復魔法を掛けてもらって良いかな」

「はい」

ルイーゼは返事をすると、呪文を唱え始めた。

「水は生命の源、魔力は力の源、肉体は二つの源を宿す……」

初めてルイーゼの回復魔法を受けた時、これが呪文だと思っていたけど違ったのか。ルイーゼの回復魔法は神聖魔法なので呪文では無く祈りだ。ルイーゼ自体は魔法が使えず、ただ神に祈ることで奇跡を起こす。

あれ……と言うことはルイーゼには身体強化も使えないんじゃないか。さっき違和感があったのはこれか。

確かリゼットが、この世界に生まれた人間は全員が魔封印の呪いを受けていて、それを解呪するまで魔法が使えないと言っていた。魔封印の解呪には特殊な魔法具が必要で、それは高価な物の為、平民がおいそれと買えるような物じゃ無いという話だった。リデルが平民なのに珍しいと言っていたじゃないか。何故あの時に疑問に思わなかった。

俺は魔封印の呪いが及ばない異世界の人間だからともかく、ルイーゼが解呪しているとは思えないな。リデルは前に魔法を練習していると言っていたし、貴族だから解呪も出来たのだろう。

「……彼の者に再生の喜びを」

ルイーゼの祈りが終わると俺の体がほんのりと光を放つように見えた。前は気が付かなかったけど、少し青みのある光は神々しい輝きにも見える。

効果は直ぐに現れた。体の細胞が活性化してかすり傷だけでは無く、肉体的な疲れも癒やされていく。これはなんだろう。神様が俺の魔力を間接的に制御して自己治癒能力を向上させているのか。

俺の意図に関係なく魔力が細胞に染み渡り、その活動を促進しているのがわかる。

あ、神聖魔法系回復魔法はここまでが奇跡で、実際に体を癒やすのは自分の魔力と自己治癒能力なのか。これなら、奇跡の部分を俺が実行することで回復魔法も使えそうな気がしてきた。流石に他人の怪我までは治せそうに無いが、上手く出来たらこれもリデルにも教えられるな。

「ルイーゼありがとう、色々とわかったよ」

「色々ですか」

ルイーゼがコクッと首を傾げる。

「あぁ色々とな。ただ、まだ仮定の段階だから実証が出来たら教えるよ」

「はい」

ルイーゼは全く疑うと言うことを知らない無垢《むく》さで優しく微笑む。

これは駄目だ。ルイーゼをこのままにしてはいけないと俺の良心が叫んでいる。もっと他人を疑うくらいじゃ無いと、あっという間に世間の毒にやられてしまう。でもルイーゼにはこのままスレないで真っ直ぐに育って欲しいとも思う。

まるで親が子を思う気持ちのようだな……今度戻ったら両親とゆっくり話そう。

「ルイーゼに確認なんだが、俺はルイーゼが回復魔法を使う時は精霊魔法系聖属性の魔法か水属性の魔法を使っていると思っていた。だから確認しなかったけど、ルイーゼは魔封印という言葉を知っているか？」

「はい、わたしは魔法が使えないと思います」

知っているし使えないと言うことは、ルイーゼはまだ解呪していないと言うことだ。ルイーゼの生い立ちを考えれば解呪の為の魔法具を買うのも難しいことだろう。

「あれ、知っていて身体強化を教わろうと思ったのは何で？」

「解呪しなくても使える魔法かと」

解呪しなくても使える魔法だと!?

えっと、なんだっけ。リゼットは解呪しないと魔法が使えない……違うな、解呪しないと魔法を事象として具現化が出来ないと言っていたんだ。具現化と言うのは魔力を力ある形に、即ち六大精霊にちなんだ光・闇・火・水・風・土属性あるいは、古代魔法のように直接事象に変換することだ。つまり、具現化しない魔法なら使えると言うことか。

俺は自分で魔法だと思って魔弾を使っていたが、そもそも元の世界でもメジャーな魔法である、ファイアーボールやウィンドカッターと言った魔法を使おうとしていた訳で、結果的に上手く具現化が出来なかった。

クロイドは言っていた。魔法は失敗しても魔力を失うと。失った魔力がどうなるかというと霧散する。その霧散する力を集めたのが俺の魔弾……か。

普通は魔力を制御して力を放出する位なら、精霊魔法の具現化をした方が簡単だとも言っていた。でも、俺はそれが出来なくて魔弾という形になっている。

魔法については俺が独自でやっているので、いつかきちんと習うことが出来ればファイアーボールだって使えるだろうと、漠然と思っていたが……あれ、もしかして俺も魔封印の呪いを受けているんじゃないのか？　そしてルイーゼは初めからそう思っていて、解呪しなくても使える魔法だと思っていたと。

「アキト様？」

「あ、ごめん、驚きのあまり自分の知識を整理していた」

「アキト様は解呪されていましたか？」

「……した覚えは無い」

元の世界にまで効果が及ぶとかどんだけ強力な呪いなんだよ！

いや待て、俺。そんな強力な呪いがある訳無いだろ、多分。元の世界にまで届くような、強力な呪いの可能性は低いと考えた方が良い。

そもそも呪いを掛けたのは誰で、何の目的があったんだ……呪いなんだから呪いたかったのか？それも人類全体を？

まぁ、それは今考えても答えが出るもんじゃ無いな。それに答えが出たところで呪いが解けるわけでも無い。

「ルイーゼは解呪しないで使える魔法って他に知っているか？」

「噂ですが、解呪して無く奇跡でも無いのに怪我の治りが異様に早いとか、目や耳と言った感覚が非常に優れている人。他にも生まれた時からの記憶がある人とか食欲が尽きない人とか。普通とは違った能力を持つ人は魔法の影響だと言われています」

一部只の病気が混ざっている気もするけど、怪我の治りが早いとかはさっき俺が自分で自己治癒能力を向上させればと考えていたことと一致する。つまり俺が解呪していないから魔力の具現化が出来ないと決まった訳じゃ無い。たまたま解呪しなくても使える魔法だったという可能性が残っている。

身体強化は自分の内面に働き掛ける魔法だから、解呪しない状態で使えても不思議は無い。なぜなら魔力を具現化している訳では無いから。そう仮定すると、回復魔法も使えないことはないかもしれない。

この辺の考えがあっているのか答え合わせをしたいが、誰に聞けば良いのか。取り敢えず今すぐにわからないことは放置しかない。

「あの、アキト様。お時間がありましたら鍛錬をお願いしたいのですが……」

「もちろん、構わないさ」

その後は身体強化の鍛錬をしたいというので手伝うことにする。ルイーゼは自分が足手纏いになっていると感じているようで、かと言って俺の手を煩わせるのも申し訳ないと遠慮がちだ。そんなルイーゼがわざわざ言ってくるのだから、その願いを叶えない理由は何も無い。

俺はルイーゼと向き合って座るとその両手を取る。前は肩に手を当てていたけど、どうも体の末端から魔力を流し込んだ方がわかりやすいみたいだ。

鍛錬自体は簡単だ。俺が握ったルイーゼの両手に魔力を流しては止める。その変化をルイーゼが感じ取り、自分で同じように魔力を制御するだけだ。

魔力を流す、そして止める。

「魔力の流れが止まったのはわかる?」

「はい、わかります」

もう一度ルイーゼの両手を取って魔力を流す。

「魔力が流れ出したと思う。この魔力の流れを覚えて、自分で魔力が同じ様に制御するんだ」

毎回同じことを言っているが、美少女と向き合いつつ無言でいるのも耐えがたいので繰り返す。別のことに気を使っていないと、あまりにも真摯《しんし》な目で見つめられて心拍が上がってしまう。

俺はゆっくりと魔力の出力を絞っていく。なんとなく今までは唐突に魔力を止めていたけど、少しずつ絞っていくようにした方が良いのかもしれない。俺が魔力を少し絞ると、それを補うようにルイーゼが魔力を制御する。今のところ順調な上だ。

上手くいった所でまた絞る。さっきより難しいのか、抜けた分の魔力を補うのにしばらく時間が掛かった。多分、感覚的にいつもの半分くらい魔力を絞っている。そこからさらに魔力を絞る。これで四分の一位になった。この辺になってくると俺も微妙な制御に気を使うようになり、自分の鍛錬にもなった。

魔力制御に四苦八苦するように、目を瞑ったルイーゼが顔を顰《しか》める。可愛い顔が台無しだ……いえ、悪くないです。そんな顔も可愛いのは何故だ。

三分ほどが過ぎた所でルイーゼは魔力の制御を失い、魔力が霧散した。

「今のは結構良い線だったと思うな」

「……はい。自分でも少しは感じ取れるようになってきたと思います。よろしければもう一度お願いします」

「焦らなくても大丈夫、まだリデルも上手く出来ないから。直ぐにルイーゼが出来るようになったらリデルが焦るよ」

リデルもまだ身体強化が使えるようになっていない。リデルはこの一週間で感覚的なことは掴めてきたようだけど、実戦の中で使うのはまだ練習中だ。魔法に慣れていないルイーゼはもう少し掛かるだろう。

俺は再びルイーゼの手を取り、魔力を流す。

「魔力の流れを感じながら指を動かす。指を動かすことで魔力の流れに変化が現れる。それが感じ取れたら今度は自分で魔力を制御して同じような流れを作るんだ」

ルイーゼが指をピクピク動かしては難しい表情をしている。

「あっ……」

ルイーゼの艶っぽい声が漏れる。向かい合い手を取り合っている状態でそんな声を聞かされたらドキドキしてしまう。なぜならば健全男子だから。

「……動いた……と思います」

「続けて」

感覚を掴むのが早くないか。いや実はルイーゼが天才という可能性もある。何せ天恵を授かるくらいだ。あれ……神聖魔法を使えると言うことは、ルイーゼは聖女なのか？　何か他に条件があったような気もするが、自分に関係の無いことはちょっと記憶が曖昧だ。

「なんとなく、感じだけは掴めたと思います」

「そしたら道中の暇な時に練習してみると良い。その内、全身を制御出来るようになるから。ただし、やり過ぎると酷い筋肉痛になるので気を付けるように！」

「はい」

ルイーゼはにっこり笑ってコクッと頷く。いちいち行動が可愛すぎる。

そう言えば、俺の体は皮下脂肪で目立たない程度だけれどヤセマッチョに近い体型になってきた気がする。身体強化で高負荷筋トレーニングを行っているようなものだから当然なのかもしれない。引き締まったウエストに駄肉の無い体は元の世界でもいい感じだと思う。

ただ、この世界にはマッチョが多いんだ。それも吃驚するほどに……。文明の利器に頼らないだけ体を使うのだろう。食事も肉が中心だしな。

「そうだ、今思ったんだけれど、神聖魔法が使えるルイーゼは聖女になるのか？」

「私は教会には入っていませんので聖女の資格は持っておりません。母には、自由に生きたいのであればこの力を使うなと言われていました。私が神聖魔法を使えることを知っているのは、今ではアキト様とリデル様のお二人だけです」

教会に入るのが条件だったか。そんなこともリゼットに言われていた気がするな。どうも元の世界の感覚からすると教会と言っても関わることが無かったからなぁ。

日も暮れてきたので今日の鍛錬は引き上げ、活気の出始めた街へ帰ることにした。

■アルテアの奇跡

翌日。トリテアへの出発を明日に控え、リデルは準備の為に今日の狩りには参加していない。

俺とルイーゼはたいした荷物が無い上に、ほとんどをモモに預けている為、いつでも出発が出来る。だから、朝の鍛錬の後はいつものように狩りに出た。

狩りと言っても今日は魔物を狩る訳じゃない、普通の動物を狩る予定だ。トリテアの町だけでなくリザナン東部都市までの道中で食べる食料の確保と、弓の練習も兼ねている。

魔物だと好戦的でなかなか練習と言う訳にはいかない。だから普通の動物が良い。普通の動物は魔物に比べて臆病な為、攻撃を受けると逃げることが多い。中には狼のように、こちらを狩りに来る動物もいるが、今ならば狼に遅れをとることは無いだろう——無いはずだった。

「と言うか、なんか俺はいつもこのパターンじゃないか⁉」

「アキト様っ！」

ルイーゼが怯える。俺も焦ってはいるが、怯えるルイーゼの存在が俺の勇気を奮い起こした。

「簡単には逃がしてくれないだろうな」

最近順調だったから慢心していたのかもしれない。いや、慢心とも言えないか。町の近くでこれだけ多くの狼に遭遇すると考える方が難しい。

いままでもカシュオンの森に通っている道中で狼を見掛けたことはあった。それでも、せいぜい二、三匹だ。それも遠めに様子を窺うだけで、襲ってくることは無かった。ましてや一〇匹を超えるような事態は想定していない。

そして、いつもは様子を見るだけの狼も、今回はこちらに駆け寄ってくる。明らかに狙われている状態だ。牙狼じゃないだけマシか。

「ルイーゼ、狼が俺たちを囲いだしたら背中を合せて背後を防御してくれ。無理に攻撃しなくて良い。モモは俺とルイーゼの間にいるんだ！」

「わかりました！」

なんかモモもやる気に満ちた顔で、何処で拾ってきたのか小枝を構えているが、ここはやる気を出さないで欲しいところだ。

前もそうだったが、この狼は連携する。先頭が攻撃範囲に入っても単独では動かず、仲間が到着してから同時攻撃を仕掛けてくる。

だから俺から先制の攻撃を行う。弓では連射に問題があったので剣に持ち替え、先頭の狼に魔弾《マジック・ブリット》を撃つ。

「次っ！」

魔弾を食らった狼は走ってきた勢いのまま転がってくるがそれには構わず、続けて二匹目、三匹目と同様に魔弾で打ち倒す。

四匹目は間に合わないので、走り寄って来た所に剣を一閃。口から下を失った狼が激痛の為に地面をのたうち回る。

「アキト様！」

「わかってる！　背後は任せたぞ！」

「は、はい！」

四匹目を倒した時点で残りの六匹による俺たちの包囲が完成していた。

この世界に来た直後の俺は三匹の狼に襲われ、何とか撃退したものの自分自身も深手を負っていた。その時のことが脳裏をよぎり気持ちが恐怖に乱れる。俺は恐怖を魔力制御で押さえ込む。理由はわからないが、魔力が乱れると精神が不安定になる。それを逆手に取り、魔力の乱れを押さえることで精神の乱れも収まった。

「大丈夫だ！」

ルイーゼだけでは無く、自分にも言い聞かせる。

反撃を受けたことで、狼はすぐに襲ってこなかったが時間の問題だろう。幸いにして牙狼を相手にした訓練を行っていたので、狼の一、二匹ならルイーゼでも背後を取られなければ大丈夫だ。その背後は俺が守れば良い。それなら俺の背後も安心だ。ならば俺の相手は目の前の二匹に左右の二匹、合わせて四匹だ。

俺は狼が同時に襲い掛かってくることを想定して、先に身体強化を発動する。先に使えばそれだけ魔力を余計に消費するが、四匹の攻撃を躱しながらでは使っている余裕が無いと判断した。場合によってはこちらから仕掛けてもいい。

「⁉」

先に動いたのは狼だった。やはり上下の同時攻撃、幸いにして四匹が俺の方に来てくれた。最初に俺の脅威を示したおかげか……そこまでの知恵は回らないか。

俺は足元の一匹に魔弾を当て、空中の二匹に角度を合せた剣で一閃する。身体強化を使わなければ一匹目で刃が逸れて二匹目には当たらなかっただろう。

残るは足元に来た二匹目。魔弾を撃つ暇は無い。剣は振り切った勢いで戻しきれない、打つ手は一つ。

歯を食いしばって激痛に備えた直後、俺の右足に想像以上の激痛が走った。丁度太ももに噛み付いた狼は勢いそのままに肉を食いちぎろうと暴れだす。

「ぐっ‼」

「アキト様⁉」

「戦いに集中しろ！」

覚悟していたより痛烈な痛みだったが、転移する時ほどの痛みじゃない。前にも思ったがあの時の痛み以上の激痛を感じることは無いんじゃないか。あれ以上は気を失うかショックで死ぬだろ。

モモが俺の右足に噛み付いた狼を木の枝で打ち付けるが、さすがにそれでどうにかなる訳でもなかった。

俺は最短距離で攻撃すべく剣の柄を狼の頭に叩きつける。鈍い骨の砕ける音と更なる激痛に足の力が抜けるが、まだ戦闘中だ。何とか踏ん張り、ルイーゼの様子を窺う。

ルイーゼはきちんと守りに専念し、二匹の攻撃を凌いでいた。そこに俺が加わり、余裕が出来たところでルイーゼがメイスを振るう。何度かの攻防でルイーゼのメイスが狼の頭を砕き、残り一匹を俺が魔弾で仕留める。

もう一度回りを見渡し、他に襲ってくる狼などがいないことを確認したところで地面にへたり込んだ。さすがに立っているのは辛かった。

「なかなか格好良くは立ち回れないな」

思わず口にしてしまった。俺はいつも狩りをする時に安全マージンを取りすぎるのか、突発的な事象に弱い気がする。防御も基本はリデル頼り、もしくは躱すことがメインなので、今みたいに躱せない状況が発生すると直ぐに状況が悪くなる。

元の世界に戻れるとも限らない以上は、もう少しリスクを背負う覚悟も必要かもしれない。

ルイーゼが座り込んだ俺に駆け寄り、祈りを唱える。その隣でモモが心配そうに顔を覗き込んでくる。

「そんなことはありません！」

ルイーゼにもモモにも怪我が無くて良かった」

「ルイーゼにもモモにも怪我が無くて良かった」

一瞬、祈りの言葉に乱れを感じたけど、すぐに流暢《りゅうちょう》に祈りの言葉が流れ始める。言葉というより、詩だな。

女神アルテアに俺も感謝しよう。俺の傷は放って置いても治るけど、わざわざ祈りに応えて治してくれるのだから。

俺はルイーゼの祈りに応えて奇跡が起こるのを感じていた。主に右足を中心に、意図しないにもかかわらず魔力が流れを生み出し、細胞が活性化されていく。その魔力の流れを受け入れ、同時に加速するように魔力を制御する。神聖魔法《アルテアの奇跡》を参考に、自己治癒《セルフ・キュア》を覚える為の鍛錬だ。俺は転んでもただでは起きない。この感覚を覚えて、まずは自己治癒が使えるようになろう。

青く淡い光が右足を中心に溢れ出す。

「……」

ルイーゼが何かに気を取られたようだが、再び祈りに集中したようだ。

激痛で焼けるような激しい痛みを生じていた右足から徐々に痛みが引いていく。

そう言えば祈りの場合は、魔法と違って完全に唱えが終わらなくても効果があるんだな。精霊魔法も無詠唱があるのだから、実は祈りの前半だけで効果があるのかもしれない。後半は本当に気持ちを表す祈りの言葉なのだろう。

女神アルテア、ありがとう。信仰心なんか無かった俺だが、今はひいて行く痛みに心の底から感謝した。

数分で右足の痛みが消える。違和感も特に無かった。魔力が結構減った気がするくらいだ。奇跡は受け手の魔力が減るんだな。

ん？　ということは、魔力が少ない人には奇跡が起こらないのか。奇跡は必ずしも起きるとは限らないというのは、その辺が関係していたりしないのだろうか。

いやいや、今は自分で自己治癒を練習していたじゃないか。それで減った可能性もあるな。結論はまだ早い。

「さすが女神アルテア様の奇跡、凄い効果だな」

「えっ」

「えっ？」

ルイーゼの反応に俺も変な反応を返す。何か違うのだろうか。

ルイーゼは回復魔法が想像以上の効果を発揮したことに驚いていた。そして俺も驚いた。右足を確認したら既に傷跡は塞がっていた、というか血で汚れているだけで、そこに酷い傷があったことさえ見間違えだったかのように綺麗な肌が見えていた。

自己治癒能力だけじゃ傷跡が消えるようなことは無いはずだ。つまりそれ以外の能力もあるということか……。

「回復の魔法はそれほど効果が高いものではなく、じっくりと時間を掛けて行うものなのですが。先程もアキト様の体が発光していたように見えました。この間は気のせいかと思いましたが、そうでも無いようです。何が起きたのでしょう？」

もちろん俺にもわからない。祈りの途中でルイーゼが気を取られたのは、傷の辺りが淡い光で包まれたからか。

ルイーゼの話では、普通なら数回分の効果が一度で表れているらしい。五日くらい掛けてじっくりと治すつもりだったのに、俺の傷は一回目の魔法でほぼ完治していたのだ。失った血まで回復した感じがする。ますます自己治癒能力だけじゃ無いな。

良く考えたら回復魔法の特性上、魔力制御能力の高い人は普通の人よりその恩恵を受けやすいんじゃないだろうか。

前に回復魔法を受けた時も、昨日の夕方に回復魔法を受けた時も、回復する力そのものは自然治癒能力だと感じている。俺は回復魔法を受け入れて魔力をより効率よく働くように自分でサポートをした結果、回復速度が異常に上がったと感じていた。

そうであれば、回復魔法は受け手の能力で効果に歴然した差が発生しても不思議は無い。受け手に魔力を効率よく制御する力があれば、それだけ魔法の効果が高まり治癒効果の差として表れてくるだろう。

逆に言うと魔法の素人に回復魔法を掛けても効果が低いということになる。何回にも分けて治療するのはその為じゃないだろうか。

そして、回復魔法は受け手の魔力を制御するともいえる。さまざまな魔法の中で回復魔法が最上位に位置する難易度とされているのはこれが理由じゃないか。自分の魔力を制御しつつ他人の魔力も制御するのだ、どれだけの鍛錬を積めば可能なのか。多くの人は自分の魔力の制御すらままならないうちに一生を終えると聞く。

ただ、神聖魔法系治癒属性回復魔法は神の奇跡である為、使い手の魔力制御能力は関係が無いのだろう。さすが天恵とされるだけある。

それでも、使い手の能力が全く関係ないとも言い切れない。ここ最近はルイーゼも魔力制御の鍛錬を続けている。その効果が出ているから回復能力が上がったのかもしれない。この辺は詳しい人に訊くしか無い。

いずれにせよ、回復能力が上がったのは喜ばしいことだ。

「何はともあれルイーゼの回復魔法のおかげで完全に治ったよ、ありがとう」

「いいえ、私が自分の身を守ることさえ出来れば、本来アキト様が怪我をされるようなことにはならなかったと思います」

「そうでも無いさ。ルイーゼのおかげで俺は背後とモモの心配なく戦えたんだ。怪我をしたのは結局の所、俺の実力も狼を四匹相手には勝てない位だってことさ」

確かに背後に守るべき相手がいなければ狼の攻撃を躱すことも出来たと思う。でも、それはモモやルイーゼがいなかったらの話だ。モモがいることで俺は狩りで荷物の心配なく戦え、その結果多くを稼ぐことが出来た。ルイーゼには命も救われている。本人は自覚していないかもしれないが、教わることも多い。

何より俺にはモモとルイーゼがいる。もちろんリデルもだ。一人では出来なくても、仲間がいることで無理だったことも解決出来るだろう。だから、いなければなんてことは初めから考える必要が無い。

「モモやルイーゼを守って戦うことは足手纏いなんかじゃ無い。でも、こうして役割を変えてみると、ずっと俺たちを守りながら戦ってくれているリデルに凄く甘えていたとも思うな」

リデルは常に俺やルイーゼを守って戦っている。敵の攻撃を受けつつ背後に魔物が逸れないように気を配り、隙を見ては攻撃をする。なんか超人の気がしてきたな。

そう言えばリデルが怪我をしている所を見たことが無い……完璧人間め。

俺といえば狼にはやられっぱなしだった。魔物はリデルが受け持ってくれるから殆ど躱す必要が無いし、一人で練習をしていた頃は何も考えずに躱していた。

リデルに甘え過ぎず、守りながら戦うことも覚えていった方が良いか。なんか最近急に出来ないことが増えてきたな。課題ばかりで自分でも忘れそうだ。

一つ、必要以上に安全マージンを取り過ぎるな。勘が鈍るし、余裕の無い敵に襲撃された時に対処が出来なくなる。逃げることも含めて突発的な出来事にも対処出来るようにしよう。

二つ、今の仲間で有効な戦い方を見極める。魔物を倒すだけじゃ無く突然の襲撃を警戒し、戦況をみて状況判断していくことにパーティーとして慣れる必要がある。

三つ、攻撃だけじゃ無く守りの面でも的確に動けるように普段から練習する。あと何かもう一手、技が欲しい所だ。

それと、俺が攻撃面に特化している分、リデルが攻撃面で経験が不足しているかもしれない。仲間の能力も逐次《ちくじ》確認し、苦手面を克服していこう。

取り敢えず、忘れないように一日一度は思い出すように鍛錬の中に組み込むか。

「今日は予定を変更して、狩りに出るのは止めておこう。なんとなくだけど、良くない感じがするんだ」

只の勘だが、なんかこの世界に来てから勘という物が大切な気がしてきた。

今日やろうとしていたことは、この勘を無視して進めるほどのことでも無い。弓の練習だけなら町の側でも出来るのだから。

「私もそれでよろしいと思います」

「それじゃ、町に戻ったら冒険者ギルドによって、狼の襲撃の件を伝えておこう。他の冒険者が襲われないとも限らないから」

「はい」

俺は立ち上がると軽く跳ねて、足の調子を見る。全く問題が無かった。ちょっとクラッときたのは出血したのと座っていたせいだろう。


町に戻った俺たちは冒険者ギルドでサラサと会っていた。

「こんにちは、サラサさん」

「あら、こんにちはアキト君。今日の狩りはお休み？」

「実は狩りに出ていたんだけど、道中で狼の群れに襲われたんだ」

「えっ、アキト君達も？」

ん、達も？

「実は他にも狼の群れに襲われて大怪我をしたパーティーがいるのよ。狼の群れが街道の方に移動してきているみたいだから、討伐依頼が出る所よ」

「一〇匹くらいの群れだったら、さっき討伐してきた所だけど」

「えっ！　怪我はしなかった？　一〇匹って言ったら腕が良い冒険者でも数に押されて苦戦するの

よ」

「なんとかなりました」

怪我はしたけど、回復魔法で直したとも言えないので嘯《うそぶ》く。

「そう、良かったわ。只ごめんなさい、まだ討伐依頼は出ていないから報酬を出すことが出来ないの」

まぁ、そのつもりで戦った訳でも無いのでそれは構わない、ただ……。

「俺たちが倒したのが、他のパーティーを襲った狼とも限らないので、依頼はそのまま出した方が良いかもしれませんね」

「そんなに出てくる訳でも無いから他にいるもと思えないけれど、アキト君の言うことも確かよね。そうね、そうしておくわ。ありがとう、アキト君。少なくとも街道の脅威が減ったことは確かよ。お礼に何か私に出来ることがあったら言ってね。出来る範囲で努力するわ」

それじゃその大きな胸で抱きしめてください。

「それは駄目ね」

「あれ、俺声に出ました？」

「顔に出たわ」

「顔ですか。嘘がつけないと困りますね」

「そうね、ポーカーフェイスも練習しないと駄目ね」

やることリストに追加だな。

「あ、そうだ。サラサさん。俺たちは明日から旅に出ることになります。戻るとしても大分先になるかと思うので、今日はお別れの挨拶に来ました」

「えっ、そうなの。なんかお姉さん凄く残念だわ……。可愛い弟が出来たと思っていたのに」

「ありがとうございます。これ、今までお世話になったお礼です」

俺は昨日買っておいた髪留めを手渡す。銀をベースにラピス・ラズリの青い色合いが、サラサのライトブラウンの髪によく似合っていると思った。派手さは無く、普段から使える物を選んでいる。

サラサはしばらく髪留めを眺めた後、付けていた髪留めを外し、俺がプレゼントした髪留めを付ける。

「どう、似合っているかしら」

「とてもお似合いです」

サラサは喜んでくれていたけど、少し寂しそうだった。

俺は後ろ髪を引かれつつも、冒険者ギルドを後にする。いつ元の世界に戻れるかわからないのだから、またこの町に来ることもあるだろう。その時は必ず会いに来よう。

この世界に来て今の仲間を除けば、サラサと宿の女将さんだけが俺の知り合いと言えた。だからリデルとルイーゼ、それにモモが一緒に旅に出てくれて良かった。一人でリザナン東部都市に向かっていたらホームシックどころではなかっただろう。

気になるのは冒険者ギルドを出てからルイーゼの様子が少しおかしいことだ。ルイーゼにもプレゼントをした方がいいか？　お別れでも無いから送る理由が……いや、理由なんか適当に作れば良いのか。何か考えておこう。

■新たな旅立ち

翌日。俺たち四人は予定通りグリモアの町を離れ、トリテアの町に向かっていた。

グリモアの町からは定期的に馬車が出ていて、トリテアの町までは二日半の距離になる。この世界に来て初めての馬車の旅は天気にも恵まれ、なかなかの快適さだ。

グリモアの町とトリテアの町を結ぶこの街道は主要道路でもあり、整備された道は馬車の揺れも少なかった。

「ルイーゼ、平気か？」

「はい、アキト様」

自然な笑顔で無理をしている感じは無い。比較的乗り物酔いをしやすいと言っていたけど大丈夫そうだ。

「トリテアはどんな町なんだ？」

「結構変わった町だよ。初めて行く人はまずその環境に驚くね」

リデルによると、向かっているトリテアの町は元々村だったが、カシュオンの森の魔物を狩る冒険者が集まり、いつしか発展して町になったらしい。

三方を魔巣の影響が強い森に囲まれるトリテアの町は、エルドリア王国で最大の素材供給量を誇り、雑多ながらも活気に溢れた町として知られているようだ。

「そんな場所に人が住めるのか？」

「近くに魔巣を中心として広がるカシュオンの森があるとはいえ、町や街道沿いまで魔物が来ることは殆ど無いからね」

魔物は魔力が好きで、基本的に魔巣から離れることは無いと聞いているが、そうは言っても周りを森に囲まれているようでは、魔物に囲まれていると言っても良いだろう。そんなところに町があると言われても、いまいちピンとこなかった。

「ただ、森で襲われた冒険者が逃げてくることで、町の近くや街道でも魔物に出会うことがあるから、油断は出来ないけれどね。その為に町の出入り口は一つしか無く、そこには守衛が常に控えている」

魔物を町や街道に引き連れて逃げるのは冒険者ギルドのルールで禁止されている行為だが、死と罰則ではどちらが良いかという判断の中、死を選ぶ者が少ない為に形骸化したルールだとか。確かに死んだら罰則とか言っていられないな。

「だから偶にこういうこともあるらしい」

リデルが前方を指さし、俺はその指が示す先を追う。

前方の緩やかな丘、その街道沿いで馬車が七匹の小さな魔物に囲まれていた。三台編成のうち先頭の馬車が襲われているようだ。

盗賊のいないこの辺では護衛を連れて移動することが無く、全員総出で事態に当たっているようだが、武器らしい武器を持っているのは数人に見える。

「アキト、それほど強敵じゃ無い。助けに入るよ！」

「わかった！」

「はい、リデル様！」

基本的に俺たちパーティーは戦うか引くかの判断をリデルに任せていた。リデルがリーダーということもあるが、単純に魔物の強さが俺には判別出来ないという理由が大きい。

「アキト、あれが魔人族だ！」

魔物じゃ無く、魔人。魔物に比べて知能が高く、全てでは無いが総じて嗜虐《しぎゃく》性が高い。魔物の様に食べる為だけでは無く、他の生物を殺すこと自体を楽しむ傾向が強く、征服欲もあり傲慢《ごうまん》。同じサイズの人と比べると強靭《きょうじん》な肉体を持ち魔法耐性も高いと、油断ならない相手だと聞いている。

「大丈夫か⁉」

「あれは、コボルト族だ。武器を持っているが牙狼より動きも遅く、特に変わった特性は無い」

リデルがコボルトと呼んだ魔人族は、身長が一メートルほどで緑がかった肌をしていた。驚くことに武器を持ち、布を服のように纏っている。明らかに魔物とは違う特徴だった。

コボルトは体躯《たいく》に対して大きめの頭と目が不気味に光り、異常に発達した犬歯が凶悪さを表していた。総じて犬のような印象を受けるが、二足歩行するそれは明らかに犬とは違う。

見た目は異様だがリデルは牙狼より弱いと言った。牙狼程度なら七匹でも問題ない。数の脅威は油断出来ないがリデルを含めた三人でなら七匹でも大丈夫だろう。

「ルイーゼ、リデルから離れるな！」

「は、はい」

念の為ルイーゼにはリデルの側から離れないように言っておく。応えるルイーゼは明らかに怯えの混じった声色だ。俺だってリデルがいなければ立ち向かうのに躊躇《ちゅうちょ》していただろう。

それでもルイーゼはきちんとリデルの後に付く。頭の良い子だ。与えられた役割をきちんと果たすことが一番安全だと理解していた。

リデルとルイーゼが背中を守り合い、俺が攻撃に専念する。ここまでの道中で相談し、決めた陣形だ。リデルが突進を受けきれないような魔物じゃ無ければこの陣形が一番戦いやすいと考えた。

俺たちの後ろの馬車も異常に気付き、そこから何人かの男が武器を手に降りていた。後ろの馬車には冒険者が何人か乗っていたが、彼らはこちらには来ないようだ。東の森から新手のコボルトが一〇匹ほど彼らの方に向かっている。後ろは任せるしかない。

「リデル、新手の可能性がある！」

「わかった！」

俺は駆け寄る勢いのまま魔弾《マジック・ブリット》を放ち手近なコボルトの一匹をはじき飛ばす。殺すほどのダメージは与えられなかったが、気にせず二匹目のコボルトに斬り付けた。身体強化《ストレングス・ボディ》をしていないが感覚的には凶牛より柔らかい手応えで、剣は肩から心臓辺りまで通っていた。もちろんコボルトはそのまま倒れて動かなくなる。

「!?」

魔物と大差が無いのに、殺したことに嫌なものを感じた。なまじ人間と同じように頭と四肢があるので斬り付けるのに抵抗がある。それでも死の恐怖を思い出し、抵抗をねじ伏せた。

「アキト、平気か⁉」

「あ、あぁ、問題ない！」

リデルに応え、剣をしっかりと握り直す。

「すまない、助かる！」

前の馬車には護衛が一人いたようだ。その一人が俺たちに気付き一安心する。

「他の方を守っていてください、俺たちが出ます！」

リデルはそう言い残すと、残った五匹に向かって行く。

「ルイーゼ、リデルの後ろに回り込むコボルトを牽制してくれ！　無理に倒さなくても良い、守るだけで十分だ！」

「はいっ！」

戦闘中の判断は俺がすることになっていた。リデルが前衛で敵の攻撃を受けている為、遊撃的な俺が全体の状況を見て判断する方が良いという考えだ。

俺はルイーゼに指示を出し、自分はルイーゼを守るように立ち位置を変える。

最初に吹っ飛ばしたコボルトがルイーゼに向かうが、ルイーゼはきちんと盾を構え、メイスを振って上手く牽制していた。

俺はその様子を確認した後、リデルから漏れてきたコボルトの一匹を相手する。もう一匹が護衛の方に行ったが、一匹なら問題ないだろう。リデルも一匹仕留めて、残りの二匹を相手している所だ。

「グギャ！」

魔物に比べ知性は高そうだが、言葉は通じるのだろうか。

試している場合でも無いので、残りのコボルトを仕留めに掛かる。動きが遅いと言うより、なんの捻りも無い攻撃を躱す。擦れ違った所で振り返り、背中から心臓を狙い剣を突き立てる。苦しむように藻掻《もが》き、そのまま動かなくなることを脇目で確認する。

ほどなくしてリデルが二匹、続いて護衛が二匹、ルイーゼも一匹を仕留めコボルトを全部片付けることが出来た。始まってしまえば三分と掛かっていないが、護衛だけで人を守りながらでは大変だったろう。

「ふぅ、なんとか終わったか」

「あぁ、ほんと助かったよ。礼を言う」

護衛の男はそういうと剣を納めた。続いて荷馬車に乗っていた商人らしい男が二人、馬車を降りて礼を述べてきた。

「無事で良かった。礼には及びません、これはこれで稼ぎになりますから。ただ、魔人族が街道まで出てくるのは珍しいですね」

リデルが対応し、ルイーゼが仕留めたコボルトから魔魂《まこん》を回収する。魔人族から取れるのは魔石では無く魔魂と呼ばれていた。魔石と違い緑色に淡く発光する石で、魔力密度が高いらしい。その分高く売買されている。

「それは此奴のせいだ」

護衛が荷馬車の側で蹲る冒険者とおぼしき男を引きずり出してきた。

「此奴がコボルトを引き連れてわざわざこっちに逃げてきたんだ」

「す、すまない、でも仕方なかったんだ一人じゃ死んじまう」

「いくら何でも大げさだろ。コボルトの七匹くらいなら初心者じゃあるまいしどうにでもなるだろ」

文句を言う護衛も呆れている感じだ。

見た感じ、怯える冒険者は俺やリデルより随分と装備が良い。剣に付いている特殊魔晶石が青色、つまりDランクを示している。護衛の言う通り、コボルトの七匹に後れを取るとは思えなかった。

「仮にも魔物を狩ることを専門としているお前が、七匹のコボルトくらいで俺たちを危険に巻き込んだんだ。罰則は受けてもらうぞ」

護衛の言う罰則とはギルドルールを犯したことに対する罰則だろう。確か、罰金が金貨一枚——俺の一年分くらいの稼ぎだな。または一般奴隷で奉仕労働が一年だったか。ここに被害が出ていればそれだけ上乗せされるし、悪質と思われれば犯罪奴隷になる。

「いや、コボルトは逃げてくる時に絡まれただけなんだ、コボルトじゃ無く——あれはやべぇ、早く逃げ……逃げ、ろ。早く逃げろ!!」

男が一方を指して怯えて後ずさりそのまま走り出す。

「お、おい巫山戯《ふざけ》るな、逃げるんじゃねぇ!」

護衛の男が声を上げるが俺も逃げるか迷った。男が指した方を確認した時、コボルトとは比べものにならない程の体躯を持ち、しっかりと武装した魔人族が迫っていた。

「あれはホブゴブリンとゴブリンか⁉」

リデルがホブゴブリンと呼んだのが中央にいる一際大きい魔人族だろう。両手剣を片手に持ち、鉄製の鎧を身に纏っていた。盾は装備していない。身長は二メートル弱で、胴回りは軽く二メートル近い。だらしなく太った体だが、それだけ重さの乗った攻撃は強烈そうだ。

そして両脇を固めるのがゴブリンか。二匹いて片手剣を持ち革製の鎧を着ている。同じく盾は装備していない。ホブゴブリンほど大きくは無いがそれでもルイーゼほどの背丈だ。

どちらも豚を思わせる容姿に薄汚れた褐色の肌をしていた。見た目の特徴は俺の知るゴブリンと大差ない。なら性癖も同じ可能性がある。最悪でもルイーゼだけは逃がす！

「本命はこっちかよ！　おい、逃げるぞ！」

護衛が声を上げた。しかし、馬が怯えて言うことを聞かない。何とか宥めようとしているが間に合わないだろう。

俺たちは全力で走れば逃げられると思うが、とても丸く肥えた商人達が逃げられるとは思えなかった。

「リデル、どうする⁉」

俺はリデルの判断を仰ぐ。ここで逃げるということは、商人達を囮にするようなものだ。自分で決めたくないことをリデルに問い掛けたと気付いたのは言葉が口を離れてからだった。自分の卑怯さに呆れと怒りが湧き上がる。

「リデル――」

「アキト、ルイーゼと一緒にゴブリンを一匹頼む。無理はしないで守るだけで良い。危なくなったら逃げるんだ」

「わ、わかった！」

リデルがやるというなら、勝機はあるのだろう。謝るのは後でも言い、今はきっちりと仕事を熟せ。後悔しているなら行動しろ！

「僕がホブゴブリンを押さえます！　残りのゴブリンは仲間とそちらの護衛の方に頼みます！」

「やる気かよ⁉」

護衛は迷っていたが、結局商人達が逃げ切れないと判断したのか覚悟を決めたようだ。

「大丈夫か？　元々あんたらは関係ないんだ、逃げても誰も文句は言わないぞ」

「そうかもしれませんが、見捨ててもおけません」

「……すまんな」

「死ぬ気はありません。それなりに勝機があってのことです」

リデルが言うように巨大熊に比べると、それほど強敵とも思えなかった。あの圧倒的パワーと質量の攻撃は受けることさえ不可能と思えたし、巨体のくせにスプリンターのような素早さで動きで、全身の筋肉が鎧のような防御力だった。あの時に比べれば十分に勝機がある。過去の経験が勇気を与えてくれ――

「俺かよっ！」

戦況は思ったように進まない！

ホブゴブリンを迎え撃つ体勢だったリデルだが、そこにゴブリンが二匹立ち塞がった。ホブゴブリンは組みやすいと思ったのか俺に向かって来る。

「ルイーゼ、リデルの援護を！」

「アキト、無理はするな！　上手くタイミングを見て入れ替わる！」

「俺も死にたくはないさ！」

まずは飛び道具で気勢を削ぐ！

活性化した魔力が左腕を中心に集まり、振り抜いた腕から力となって放たれる。眼前に迫ったホブゴブリンに先制の魔弾だ。球速で言えば一五〇キロ位はあるから、発動すればそう簡単に躱せる物じゃ無い。そもそも無色透明だ。初見で躱すのはまず無理だろう。

「ゴガッ！」

案の定、交わす様子も見せず心臓に魔弾の直撃を受けたホブゴブリンは蹈鞴《たたら》を踏んで立ち止まる。

まずは狙い通り勢いを殺せたことで十分だ。

「大丈夫だ、いける！」

俺は手応えに自信を持つ。

横を見ればリデルがきっちりと二匹のゴブリンを抑え、ルイーゼが控えて、護衛の男が横合いから一匹に槍で攻撃を仕掛けていた。リデルの惚れ惚れするような安定性に、守られて恋する女の子の気持ちがちょっとわかった。俺も負けてはいられない！

直《じき》にリデルはゴブリンを倒すだろう。俺はそれまでホブゴブリンの気をこちらに引きつけておけば良い。

ホブゴブリンは右手に剣を持ち、左手には何も持っていない。俺は先制の勢いを持って武器の無い右側に回り込み、足に斬り付ける。手に鈍く重い抵抗が伝わり、無防備だった足が裂けて赤黒い血が流れ出した。しかし傷は浅い。皮膚が硬く刃が通らない。

「硬っ⁉」

しかし吃驚している暇は無かった。直ぐに大振りで迫る両手剣を屈んで躱し、再び右側に回り込んで同じ場所を斬り付ける——が、驚くことにホブゴブリンは俺の剣を素手で掴み取り、そのまま俺を引き寄せた。

「うぉっ！」

同じ場所にダメージを与え、足下から崩そうとしたが読まれたのか⁉

俺は剣を奪われまいと抵抗したが、その力強い引き込みに体勢を崩す。そこに、ボブゴブリンの剣が上段から振り下ろされ——

「やばっ‼」

俺は身体強化を発動し掴まれた剣を強引に引き抜くと、上段からの攻撃を剣で受け止める。激しい衝撃が体を襲い、受けた剣が深く押し込まれた。ちょうど身体強化を使っていなかったら、そのまま力負けして今頃は頭が割れていた。冷や汗が流れ、鳥肌が立つ。

「アキト！」

「アキト様！」

二人の声が聞こえたが、応える余裕は無かった。

全身に渡る身体強化は魔力の消耗が激しい。息継ぎをするように間を置かないとすぐに魔力が枯渇してしまう。必要な時に必要な時間だけ使う、そういう魔法だ。

力での押し合いは分が悪い！

「せいっ！」

俺はホブゴブリンの剣を逸らし、いったん間合いを取る。ホブゴブリンは自分の剣が俺に受け止められたことが心外だったらしく、幸いにして追撃は無かった。

同じ攻撃が通用しないならばフェイントで真偽を織り交ぜるか？

向こうはただ殴り付けるだけの攻撃でも、こちらは当たれば致命傷だ。時間を掛ければどんどん学習されていく気がする。

長期戦はまずいな……。

巨大熊ほどの脅威は感じないと思ったが、知能が高いというのはこういうことか。実戦経験が不足している俺では長引くほど不利だ。

「⁉」

考えている間に、今度は先手を取られた。ホブゴブリンの両手剣が左斜め上から迫ってくる。巨大な剣は間合いが広く、後ろには躱せない。俺は左前方、ホブゴブリンの右足元めがけて転がり込む。直後、俺がいた所に両手剣が打ち付けられ、その剣先が三〇センチほど地面を抉っていた。

強烈な一撃だった。絶対に当たる訳にはいかない！

俺は転がり込んだ勢いでそのまま立ち上がり、背中を見せるホブゴブリンに斬り付ける。

「ぐっ⁉」

鉄を打つ甲高い音が響き、手に衝撃が伝わる。俺の攻撃は鎧に弾かれ、手がしびれるだけだった。

駄目だ、硬すぎる！　鎧の受けからじゃダメージを与えられない！

剣が無理なら魔弾で仕留めるか？

「うぉっ！」

ホブゴブリンは防御を鎧に任せ、守る素振りもせずに振り返る勢いで剣を横に払ってくる。とっさにホブゴブリンの腹を蹴りその勢いで後ろに飛ぶが、両手剣の間合いが広く躱しきれない‼

俺は空中にいながら、殆ど反射的に片手剣を体の間に割り込ませて攻撃を受け止めた。直後、回避の為に真後ろへ飛んでいた体が、強烈な衝撃と共に今度は横に吹っ飛ぶ。そして視界が暗転し、天地もわからないままま地面に体を打ち付けて転がった。

「はっ……ごほっ、ごほっ……」

強い痛みに体が硬直し、呼吸が止まる。光の戻ってきた視界が今度は涙で滲んでいた。ボケる視界の中で巨大な何かが同じく巨大な何かを振り上げ、それがなんだか想像が付くのに体が思うように動かない。

「アキト様⁉」

「く！　くる……な!!」

小さな影が大きな影に体当たりをし、振り下ろされたそれは体の直ぐ横の地面を打ち付ける。飛び散る土と小石が頬を打ち、だんだんと感覚の戻ってきた体を起こす。

視界をルイーゼが通り過ぎていく。ホブゴブリンの振るった腕がルイーゼを易々と弾き飛ばし、さっきの俺と同じように地面を転がっていた。

「ルイーゼ!!」

意識が覚醒し、事態を急速に把握する。

ホブゴブリンは俺とルイーゼに視線を送り、まるでどちらを先にいたぶるか思案する様子を見せていた。

「お前の相手は俺だ!!」

今すぐにでもルイーゼに駆け寄りたい気持ちをぶつけるように言い放つ。言葉が通じるとは思わなかったが、構わない。これは俺が俺に言った言葉だ。

油断すると力の抜けそうな足を手で支え、剣を構える。あの衝撃の中で剣を放さなかった自分に驚きつつも、視線はホブゴブリンから放さない。

挑発が功を奏したのか単に先に邪魔者を始末しようと考えたのか、ホブゴブリンは俺の方を向き――いや、俺のさらに後方を見て、醜悪な顔を歪める。それは笑っているようでもあった。

嫌な予感がした。俺はホブゴブリンに最大限の注意を払いつつも背後を見る。

「何だよそれは!?」

まずいことに、追加で三匹のゴブリンが迫っていた。

「リデル！　東に新手だ！」

やばい！　どうする!?　ホブゴブリンは倒せない！

ルイーゼは痛々しい様子だが、身を起こす素振りを見せている。そこへ相手をしていたゴブリンを倒し、リデルが駆け寄っていく。

「ガガギ、ゴ！　グル、ギーガ！」

ホブゴブリンが吼《ほ》え、それに答えるように新手のゴブリンも吼える。そしてゴブリンは俺を素通りしてリデルに向かっていく。

「リデル！」

「わかっている、ルイーゼは心配ない！」

リデルの言葉で少しだけ気が楽になった。ルイーゼも体を起こし、周りを見渡す。状況を確認するくらいには意識もしっかりしているようだ。

護衛の男もリデルと共にゴブリンの前に立ち、二人でルイーゼを守る形になる。最初と同じ状況だ。なら、ここで俺が再びミスをすれば……。

俺は一度深く深呼吸し、抵抗すら楽しそうに余裕を見せるホブゴブリンを睨み付ける。

反省は後でいい、今は乗り切ることだけを考えろ！

俺の助けに来るはずだったリデルに新手の相手は任せる。無理に入れ替わろうとして背後に回られるよりはマシだろう。それにリデルは既に戦闘状態に入っていた。

俺には無理だがリデルなら三匹でも何とかしてくれる気がする。とは言っても、守るだけでいっぱいのはずだ。ホブゴブリンは俺の方でなんとかするしか無い。

逆に考えればホブゴブリンが俺に執着してくれるのは都合が良い。ここでリデルの方に向かわれたら、流石に手に余るだろう。

大丈夫だ、体の感覚は戻った。あの剣の間合いにだけは気を付けろ。それほど早い攻撃じゃ無い。前に出るように躱していけばその長さが逆に邪魔となる。

「なめてくれたことに感謝して、お礼をしないとな！」

俺はホブゴブリンの右に回り込み、足を狙って剣を水平に振る。三度目も同じ動きだ。ホブゴブリンも同じように剣を掴みに来るが、掴まる寸前で身体強化を発動し剣先を一気に加速させる。そして、その手を躱し勢いを乗せて斬り付けた。

「まだだ!!」

剣先はそのまま左足の筋肉を切断し、骨に届く手応えを感じて止まる。初めての有効打だ。このまま鎧の無い下半身を中心に狙い、足を止めるのがいいだろう。

「ガアアアアッ！」

ホブゴブリンは体勢を維持出来ず崩れ落ち、激痛に雄叫びを上げた。

俺はその隙を逃さず心の臓に剣を突き立てたが、身体強化を使ってさえ鎧に弾かれる。

「防具が邪魔だっ!!」

さっき下半身を狙うと決めたばかりなのに、反射的に弱点だろう心臓を狙ってしまった。仕留めるなら間違ってはいないのかもしれないが、それは攻撃が有効だったらの話だ。

「なら、これはどうだ！」

近距離から心臓めがけて魔弾を撃ち込む。防具の上からでも衝撃は伝わるだろう。

ホブゴブリンは胸を押さえ苦痛に顔を歪めながら、足掻《あが》きとばかりに右手の両手剣を振り俺の胴をなぎ払いに来る。

想像以上の胆力だ。油断したつもりは無かったが、全力の魔弾を放った為に隙が出来た。この一撃を躱せる間合いじゃ無い!?

「当たれ!!」

とっさの判断で左アッパーを放ち、迫り来る剣の腹を下から魔弾で打ち上げる。剣は俺の頭上を抜け、切られた髪が舞い落ちる。躱せなかったらそのまま首と胴体がお別れをしていただろう。

ゾッとする気持ちを抑え、追撃に備える。

だが無理な体勢から剣を振るったホブゴブリンは、その勢いで倒れ込む。瞬間、ホブゴブリンの首が見えた。俺はそこに半ば反射的に剣を突き立てていた。硬く重い抵抗を身体強化で無理矢理押し込むと、剣先が逆側に突き抜ける。

ホブゴブリンは声にならない声を上げ、俺は身体強化の影響か魔力不足で気が遠くなる。お互いに止めの刺せない状況だ。

「なんで死なない！」

ここで気を失うのは死ぬことと一緒だった。

ホブゴブリンはしばらく首に刺さった剣を抜こうと藻掻き、俺はその剣を抜かれまいと殴られながらも押さえ込むのを止めない。

痛みすら鈍く感じるようになってきた頃、ホブゴブリンはついに動く様子を見せなくなった。だが、俺はただ怖くて死が確実になるまで動けなかった。

「アキト、もう十分だ。終わったんだ」

リデルの声が耳に届く。顔を上げると、少し怒った表情を見せるリデルがいた。その後には今にも泣き出しそうなルイーゼがいる。二人は既に戦闘状態を解除していた。

俺はそれを見て、力が抜けるようにその場にへたり込む。

「みんなが無事なのを確認したら、気が抜けた……」

「アキトにそう言われるのは少し不本意だけどね」

「はぁはぁ……やばかった……」

いつの間にか高揚していた気持ちが落ち着いてくる。誰にともなく生き残れたことに感謝した。

巨大熊ほどの力も、スピードも無かった。それでも攻撃が単調では無く防具を纏うことで防御力を上げていた。巨大熊にも劣らない強さだった。

「無茶しないでく、ださ、い……」

ルイーゼが座り込み両手で俺の服の裾を握りしめる。俯いて表情は読み取れなかったけど、こぼれる涙を見て掛ける言葉が思い浮かばない。頬が腫れているのはホブゴブリンに殴られた時のものだろう。痛々しい様子を見せるルイーゼの頬に手を添える。ルイーゼは俺の存在を感じるように首を傾げた。

「アキトがルイーゼを泣かせたね」

珍しく意地の悪い言葉はリデルも怒っているのだろう。

「すまない。魔物とは色々違うな……」

後ろの馬車の方を見ると、そちらもホブゴブリンを倒していた。一人倒れている人影が見えるが大丈夫だろうか。

ともかく疲れた、休みたい。俺はルイーゼに寄り添うようにして魔力不足から意識を失った。

■交差する世界

「アキト……私の声は聞こえますか、怪我はしていませんか」

私はアキトに届くことを祈り、念波転送石に意思を伝え続けます。

「応えてくださいアキト。元気だと声を聞かせてください……」

あの日、アキトに縋り異世界転移魔法を唱えてから一月半が経ちました。様々なことを想定し何度もの実験を経て立てた仮説は、たった一つの見落としにより思いもよらない結果を導き出しました。

その結果、一人で世界線を越えたアキトは今も慣れない世界を彷徨っているに違いありません。

「私のせいです……ごめんなさい、アキト……」

世界線を超えて意思を繋ぐ魔石は少しずつその色を落とし、残された魔力が僅かであることを示します。もし全ての魔力が失われれば、唯一残されたアキトとの繋がりも閉ざされるでしょう。

私にはなんとしてでも、アキトを元の世界に帰す責任があります。その為にしなければならないことは、限られた時間の中で失った魔力を取り戻すことです。

文字を覚え、様々な文献に目を通し、多くの言葉を耳にし、模索を続けることが今の私がやるべきことでした。けれど、日に日に積み上げられていく幾冊もの文献のどれを取っても、失われた魔力を取り戻す方法は見付かりません。

「このままじゃ、間に合わない……」

何度目かのノック音が私を呼ぶものだと気付いたのは、扉が開けられてからでした。

「リゼット、また倒れているのかと思ったよ」

「すいません、気が付かなくて」

「寝ていないようだね。それに食事も」

歳に似合わぬ落ち着いた雰囲気をもつ彼は、安心した様子を見せてから窘《たしな》めるようにして言葉を口にしました。自分ではそれほど時間が経っていたとは思わなかったのですが、カーテンの隙間から零れてくる日の光を見れば、既に日も高くなりつつあることがわかりました。

「時間が無いのです……」

「二人の進む道が分かれるだけで、進み続けていればいつかまた交わるよ」

それは冷たい言葉に聞こえますが、そう言うことでたとえ魔石の魔力が失われて希望が閉ざされたとしても、可能性は続くと言われた気がしました。

私は一度だけ頷き、道は続くと教えてくれた彼に微笑むことで大丈夫ですと伝えます。

必ずアキトの元に辿り着く道を見付け出します。それが私に与えられた生きる理由なのですから。

■エピローグ

目を開けると空が見えた。夕日を受けてオレンジ色の雲がゆっくりと流れ、少し涼しくなってきた風が頬を掠める。

背中に伝わる揺れと視点の感じから、荷馬車に乗せられているとわかった。顔を傾けると、荷馬車の横を歩くリデルとルイーゼの姿があった。

「いつっ！」

大きな外傷は無いが、気付かないうちに体のあちこちを打ち付けていたらしく、打撲の痛みが体を襲う。それでも魔力が回復した為、問題なく起き上がれた。

「アキト様!?」

「気分はどうだい？」

「痛みはあるけど動けないほどじゃない」

周りを見渡せばトリテアの町が見えるところまで来ていた。聞いていた通り森に囲まれたその町は、自然と調和した色合いの美しい町だった。中に入れば結構雑然としているらしいが、大樹を中心として作られた町はなかなかファンタジーで興味を誘う。

「気が付かれましたか?」

御者台に座っていた商人の一人が俺に気付き、声を掛けてくる。二人の商人も無事だったようだ。

俺は荷馬車に乗せてくれた商人にお礼を言う。俺たちの乗っていた馬車では横になるほどの空きがなかったので、気を利かせてくれたのだろう。

「命の恩人ですから、これくらいはさせてください」

「お陰様で、十分休めました」

改めてお礼を言い、町に近付いて少し速度を落とした荷馬車を降りる。問題なく動く俺を見て、ルイーゼも少し安心した表情を見せた。

「もう大丈夫だ」

ルイーゼに改めて声を掛けると、弱々しく微笑みを返してくれる。心配ばかり掛けているな。

今日の戦いでは三人の怪我人に、一人の死者が出ていた。恐らく倒れて起きなかったあの冒険者だろう。自分もそこに数えられてもおかしくないくらいギリギリの戦いだった。

亡くなった冒険者とは面識が無い。それでもショックだった。この世界に着いた時にも死体としては見ていたが、直ぐ側で人が死んだとなれば話は別だ。

「アキト、僕は軽率だったかも知れない」

「それを言うなら俺もだ」

初めての敵を相手にして勝手にその力量を測り、そして見誤る。結果的に俺たちは生き残れたが、それはホブゴブリンのほんの気まぐれに助けられたにすぎない。もし弱い者をいたぶることなく全力で来られたら、躱せない攻撃は幾つもあった。

弱い自分が怖くて戦い、戦うから死ぬ。目的と手段の境が曖昧になっていく。

「それでも……弱い自分が怖くて堪らないんだ」

「強くなろう。僕たちは強くならなければいけない。僕は自分の夢の為に、アキトは自分に打ち勝つ為に」

「私もお二人について行けるように頑張ります」

夕日がルイーゼを照らし、それでも少し赤みの残る頬は俺を助けた時に受けた怪我だ。自分の為に怪我をさせたことが堪らず、ルイーゼの頬に手を当てる。悔しさと惨めさに、なんと声を掛けたら良いかわからない。

「平気です」

ルイーゼは小さく、でもしっかりと答える。連れてきたのは間違いだったかも知れない、そう思ったが直ぐに訂正する。ルイーゼには命を助けられた。それも一度じゃない。俺の方がよっぽど危なっかしい。

「ルイーゼにはいつも救われている。ありがとう」

花咲くような笑顔を見せるルイーゼに心臓が高鳴る。綺麗で素直な子にこんな良い笑顔を見せられたら惚れてしまうな。

ルイーゼに負けじとモモが小枝を掲げる。俺はそんなモモに「もちろんモモにも感謝しているよ」と伝える。

モモは嬉しかったのか、それを伝える為にリデルとルイーゼの元に走っていく。モモを追うように視線を上げていくと、森に囲まれた街道の先にトリテアの町の門が見えてきた。

リデルがモモの左手を、ルイーゼがモモの右手を取り、三人が並ぶように目の前を進む。終始和やかなモモがいつもよりさらにご機嫌なのはここが森に囲まれているからだろう。

沈む夕日がトリテアの大樹を赤く染め、町が暗闇に包まれるに連れて次々と街灯が灯されていく。グリモアの静かな夜とは違い艶やかな町は、森の木々に囲まれた独自性と相まって随分と幻想的だった。

確実に進み出した実感を受け、俺はトリテアの向こうにリゼットを思う。もうすぐだリゼット。必ずみんなと会いに行くからな。

夜の闇に瞬く星空がよりいっそう輝きを増したころ、俺たちはトリテアの町に入った。

なんとか魔人族を撃退しトリテアの町に辿り着いた俺たちと商隊一行は、酒場で寛いでいた。

「町に帰れたことに、力を尽くしてくれた仲間に、乾杯!!」

「乾杯!!」

「乾杯!!」

護衛の男が代表して音頭を取る。生き残った誰もがここに集まっていた。

亡くなった冒険者と一緒のパーティーにとっては辛い出来事だろう。だからこそ逆に生き残ったことに感謝して楽しむのが供養になる。この世界ではそう言う生き方をしているのだ。ならば俺たちも楽しもう、それが餞《はなむけ》だというなら郷に入っては郷に従えだ。

今日は商人のご馳走で何を食べてもいいことになっている。それなりの活躍はしたと思うし、ここで遠慮することもない。

俺はモモを抱え上げてご馳走を食べて回る。大きい口いっぱいに頬張るモモは幸せそうだった。思わずモモのお腹が本当に膨れるまで食べさせてしまう。苦しそうにお腹をさすりながら俺に背を預けるモモが可愛い。

宴は俺対ホブゴブリンの話題で盛り上がり、それを聞きつけた周りの冒険者も集まって討伐自慢大会になり、それはそれで楽しく過ごせた。

「それじゃ機会があればまたな」

護衛の男は明日にはトリテアの町を出て行く商隊の護衛に付くそうだ。タフにも程がある。色々興味深い話は尽きなかったが、しばらくはこの町にいる予定だし、また会うこともあるだろう。

俺たちも酒場を離れ、宿に向かって夜の道を行く。モモはお腹がいっぱいになり、今は俺の腕で夢の中だった。

「なかなか良い部屋じゃないか」

「悪くないね」

貴族であるリデルには物足りないかも知れないが、グリモアの町で使っていた宿屋に比べれば遙かに上品だった。それは僅かな差だが、所々に意匠を懲らした様子の窺える家具と、それらに統一性のある所が全体的なイメージを押し上げている。

ルイーゼが慣れない様子で飲み物を用意してくれる。

「ありがとう、ルイーゼ」

微笑みで返すルイーゼに少し照れる。美人さんに対する耐性が弱いのは今に始まったことではないけど。

「それじゃ報酬を確認しておこう」

リデルもルイーゼも主張はしないが、それでも仲間だからこそこういうことはきちんとしておきたい。

ちなみに報酬の方は命を掛けただけの価値があるかというと微妙だ。それでもコボルト五匹とゴブリン三匹、それにホブゴブリン一匹の魔魂が魔物の物より大分高く売れた。それぞれ一個あたり銅貨二五〇枚、銅貨六〇〇枚、銅貨二，〇〇〇枚だ。魔人から取れる魔魂は魔物に比べて純度が高いらしく、同じ大きさの魔石と比べても数倍の魔力を蓄えているらしい。

その他、ホブゴブリンが使っていた両手剣と防具が合わせて銅貨一，一〇〇枚で売れた。殆どは両手剣の値段らしいが。全部で銅貨六，一五〇枚になる。大金には違いないけれど、命を掛けるほどの値段では無い。

今の路銀は銅貨換算で一三，八〇〇枚。これは結構な物量になる。この世界では各ギルドがお金を預かってくれた。銀行みたいな物かと思ったが、預かったお金で運用をしている訳では無いらしい。俺は冒険者ギルドに行くのが面倒なので、モモに預かってもらっているから荷物は嵩張らないが、紙幣が無いというのは結構不便だった。

「パーティー金庫？」

「そうだ」

俺は銀行で思い付いたパーティー金庫をリデルに提案する。パーティーの稼ぎを山分けするのはわかりやすいけど勝手が悪い。だから狩りで得たお金は基本的にパーティー金庫に入れ、装備品の改装、消耗品の購入、宿代などの必要経費はパーティー金庫から出す。個人には月銅貨二，〇〇〇枚を自由に使えるお金として管理し、パーティー解散時に精算だ。ルイーゼとモモに掛かる費用は必要経費に入れ、個人的な物は俺が支給する。

何故こんな提案をしたかというと、装備品を揃えるのにリデルやルイーゼが遠慮しがちだからだ。パーティー金庫から経費として出すには個人のお小遣いとは別だから遠慮がいらないのだ。

「わかった、試してみよう」

リデルはリデルで思う所があったのか、二つ返事で協力してくれた。お互い銅貨一〇，〇〇〇枚ずつパーティー金庫として預ける。ここは俺の思惑通りになったと言えた。明日にはリデルが呆気に取られるに違いない。

「よし、準備万端。明日から鍛え直しだ！」

「お手柔らかに」

少し肩を竦めるリデルとクスクスと笑うルイーゼ。旅の出だしからトラブルに見舞われたが、変わらない様子に安心した。

「それじゃリデル、いつものを頼む」

「わかった」

隣で寛ぐモモから黒い板と白墨を二人分受け取り、片方をルイーゼに手渡す。これから始めるのはリデル先生の国語教室だ。俺は読み書きが出来ず、ルイーゼは書く方となるとちょっと怪しい。文字が読めないのは色々と不利益を被るので、暇がある時はこうしてリデルに習っていた。

◇

リーゼロット・エルヴィス・フォン・ウェンハイム様へ。

この手紙は三通目になるけど、前の二通はきちんと届いただろうか。読みにくかったと思うが、この手紙は少しマシになっただろ。文字を教えてくれるリデルは苦笑するばかりだが、自分としては随分と良く書けてきたと思う。

グリモアの町を出た俺たちは、今トリテアの町に来ている。森の中に作られた変わった町で、まだ良く見て回っていないけど、森と同化したようなこの町は是非リゼットにも見て貰いたい。可能なら一緒に来よう。

準備万端で挑んだ旅だったが思いがけないハプニングもあり、リゼットが言っていた通り油断は死に繋がると思い知った。あ、俺は無事だから安心してくれ。更に万全を期す為にここで装備を調えるつもりだ。

今のところは予定通りなので一ヶ月後くらいにはそちらに着くと思う。しばらく退屈だと思うが、出掛けたいところでも思い浮かべて待っていてくれ。

リゼットが元気であって欲しいと願っている。本当は計画なんか投げ捨てて一日でも前に進みたい。でもそれが出来るほど俺は強くないし、余りにも無知だ。支えてくれる仲間がいて、支えたい仲間がいる。だから俺は前に進める。一人ではきっと挫けていただろう。だから無事そちらに辿り着く為に、この時間は必要なんだと考えるようにしている。

次の手紙は恐らく商業都市カナンから送ることになると思う。一〇日から一四日後くらいだと思うが、それまでお別れだ。

もしかしたら色々と責任を感じているかもしれないが、そんな心配は必要ない。逆に心配を掛けていると思うと、無理してでも急がないといけないと考えてしまう。だから俺は旅を楽しみながら行くから、呆れる程度で待っていてくれると嬉しい。

約束する。必ず行くから楽しみにしていてくれ。

◇

手紙を全て書き終えたのは夜も随分と深まってからだ。窓から外を眺めれば既に月は真上を通り過ぎていた。

リゼットもこの月の下にいる。お互いの距離は確実に縮まっている。予定外にも無様だった俺は、会った時にどんな顔をすれば良いのかちょっと複雑な気分だ。だから何食わぬ顔、それが良いだろう。リゼットも何食わぬ顔で「遅かったですね」と言ってくれるくらいが丁度良い。そしたら俺は「仲間との旅が楽しすぎた。リゼットも一緒にどうだ？」と返せる。

大丈夫、リゼットは無事だ。そもそも魔法を使えるリゼットは俺より強い可能性がある。転移魔法を使ってさっさと逃げている可能性もあるし、召喚魔法を使って敵をなぎ倒したかも知れない。あれ、なんか俺の方が危なくないか？

そう考えると安心も出来た。安心したところで肩の凝《こ》りに気付く。一文字ずつ集中して書いていた為だろう。手紙を折り封書に入れて、大きく伸びをする。

「アキト様、果実水です」

「ルイーゼ起きていたのか」

てっきり休んでいると思っていた。ルイーゼは木のカップを俺の前に置くと、そのまま向かいの席に座る。

何を言う訳でも無く、何を訊く訳でも無く、ただ座って衣装のほつれを直している。何故かそんな様子を見ているだけでも飽きなかった。

この世界に来る前の俺は満たされない渇望に苛立つ毎日だった。それが今の俺はどうだ、ただ過ぎていくこんな時間すら幸せと感じている。

あの時抱えていた焦りがなんだったのか、今となっては遠い記憶でどんなものだったかも思い出せない。無作為に過ぎていく日々から一転し、命の危険すらあったというのに、今の方が俺は充実

していた。

この世界で生きていることを自然に受け入れ、元の世界で生きていた時の方が違和感があるとか
……俺も難儀な性格をしていたんだな。

気が付くとルイーゼの手は止まり、頬を真っ赤に染めていた。偶に何かを言おうとして、口を噤《つぐ》む。そんな様子も可愛らしかったが、どうやら俺がずっと見つめていたのが原因らしい。早く解放しないと倒れてしまいそうだ。

「そろそろ寝るよ。ルイーゼもお休み」

「は、はい……」

消え入りそうな返事が心地良く、眠りに就くのも早かった。

モモからのプレゼント

グリモアの町を出て四時間。日も真上に達する頃、予定通りの旅程を熟した乗合馬車は休憩の為に水辺に寄っていた。

初めての馬車の旅は気分的には楽しかったが、体にはきつかった。特に振動の伝わる木の椅子に座り続けていいたので、お尻の辺りが痛む。こっそりと自己治癒《セルフ・キュア》の練習をして痛みを和らげながらの旅となった。

季節は早い春も終わりに近付き、かといって初夏というにはまだ早い頃。元の世界なら梅雨に入る手前といったところか。陽気が良く、草原に寝転がっては体のコリをほぐしていく。

走り寄ってきたモモが地面の凹凸《おうとつ》に躓き、頭から転がるようにして一回転。そのまま大の字になって俺のお腹の上に着地する。当の本人はそれが可笑しかったらしく、声は出ていないものの大笑いだ。

だが俺の方は、軽いとは言え勢いそのまま鳩尾《みぞおち》に突撃を喰らったので思わず咽せる。

その様子を見て笑いから一転、心配そうな顔を向けてくるモモに「大丈夫だ」と伝え、頭に付いた枯れ葉を払ってあげる。くすぐったそうな様子を見せた後、そのままお腹の上でお昼寝モードだ。俺も誘われるように居眠りをしてしまう。

心地良い風が頬を撫で、その感触に目を覚ましたのは一〇分ほど経ってからだろうか。気が付けばモモの姿が無かった。

周りを見渡してみると雑木林《ぞうきばやし》の辺りに桃色のワンピースを着たモモの姿が見える。一生懸命に手を動かし、何やら集めているようにも見えた。

この辺には魔物はいないかもしれないが、狼といった危険な動物のいる可能性はある。念の為俺はモモの元に向かう。とは言え、魔物や狼がモモの姿に気が付いた様子を見せたことは無いので、大丈夫なのかもしれないが。それでも念の為というのもある。

モモは俺の気配を感じたのか、背中を向けたまま振り向くと何やら驚いたような、それでいて慌てたような様子を見せる。それはまるでこの世の終わりに直面したような表情で、そそくさと集めた何かを抱え込んだまま雑木林に入って行ってしまった。

珍しいモモの様子を見て、少し悩む。隠したい何かがあるのなら追うのも悪い気がした。

雑木林の入り口で悩んでいると、木々の間からひょっこりとモモが姿を現す。先程まで抱え込んでいた物は既に無く手ぶらだった。

モモはそのまま近付いてくると、俺の手を取り、そのまま引いて雑木林を離れていく。しばらく歩いた所で、今度は俺に横になるように態度で示した。俺はモモが望むまま再び草原に横になる。きっと寝て待てということなのだろう。

俺が横たわると、それに満足したのかモモはにっこりと微笑んで再び雑木林に向かって行った。

それから五分ほどして戻ってきたモモが、俺の傍らに三枚の皿を置き、そこに何やら果物らしい食べ物を載せていく。その内の一つは先程抱え込んでいた物に見えた。

ゴルフボール大の葡萄《ぶどう》のような果物、野いちごみたいな果物、それと木の実だな。どうやら俺の為に集めてくれていたようだ。サプライズ企画がバレそうになって慌てていたのか。

モモがさぁどうぞとばかりにその内の一つ、葡萄の実を差し出してくる。

大きいだけでまんま葡萄だな。俺は礼を言って受け取り、皮を剥いて口に放り込む。

想像するのはみずみずしい甘さ——って、すっぱい！　なんだこれ、滅茶苦茶すっぱいぞ。レモン丸かじり所じゃない酸っぱさだ。思いっきり顰《しか》めっ面《つら》の上、涙目になっていると思うが、折角モモが用意してくれたのだから何とか飲み込んでやり過ごす。

そんな俺の様子を不思議そうな顔で見ていたモモが、自分でも一つを手に取り、頬張る。二度、三度咀嚼《そしゃく》して……物凄い勢いで口を押さえ、涙目になりながら水辺に駆け込んでいく。

しばらくして首を振りながら戻ってくるモモを慰めて「俺の為に探してくれたんだ。気持ちは嬉しい」と伝えた。

それでもしょげた様子のモモは木の実と野いちごを片付けていく。

俺は野いちごが仕舞われる前に一房を手に取り、そこから一粒を口に放り込む。モモが慌てたようにそれを止めようとしたが、既に野いちごは俺の口の中だ。

甘酸っぱい味を期待して野いちごを噛むと、思ったよりも強い抵抗を感じた後、口の中で弾けるようにして果糖の甘みが広がる。

「うぐっ!?」

続けざまに口の中で弾ける野いちごに、思わず吹き出しそうになるのを堪え、何とか収まるのを待つ。よもやこんなことに必死になるとは思わなかった。

モモはまるでやってしまった！　と言わんばかりに両の手を頬に当て、目と口を大きく開いていた。

七度ほど口の中で炸裂した野いちご擬《もど》きは中々美味しかった。ただ、その刺激的な食べ心地はもう一度食べたいとは思えない。これは恐らく自己防衛機能なのだろう。小鳥や小動物にその実を食べると酷い目に遭うということを知らせる為の。

モモの反応を見る限りこうなることはわかっていなかったみたいだが、最初の葡萄の実で失敗した為、もしやと思っていたようだ。

ということは、もう一つあった木の実も一癖ありそうだ。モモには悪いが片付けたまま忘れて貰おう。

それでもモモが俺の為に用意してくれたのだから、嬉しい気持ちに変わりは無い。

俺は少し落ち込んでいるモモを肩車して立ち上がる。モモはいつもと違った視線の高さに驚きと喜びを表す。

少し先には昼番のリデルとそれを手伝うルイーゼがいた。俺はそちらに向かって歩き始める。

俺たちに気付き軽く手を振るリデルと、それに答えるように小枝を振るモモ。その様子を見てルイーゼが微笑み、俺も気付けば同じ様な表情をしていた。

見上げれば高く突き抜ける青空にそびえ立つ白い雲。旅立ちには良い日だった。

あとがき

初めまして、大川雅臣と申します。

まず初めに、本書「異世界は思ったよりも俺に優しい?」第一巻を手にとって頂きありがとうございます。

本書は平成二七年の五月から「小説家になろう」様にて公開させて頂きまして、その年の夏に第一部を終了致しました作品となります。その際、多くの方の応援を受けて高いご評価を頂き、第二部も大詰めといった年の終わりに、株式会社TOブックス様より書籍化の打診を受け、こうして発売に至ります。

当初はこれほど長い作品になるとは思っていませんでしたが、キャラクターが独り立ちしてくると色々と冒険したくなり、異世界を駆け回る姿を追い掛ける形で執筆することに。気が付けば続編を合わせて一三〇万文字を越えていました。それもこれも感想やメッセージで応援くださる皆様のおかげです。読まれることのない作品であればここまで続くことはなかったと思います。

今回書籍化にあたり「小説家になろう」様で本作品を読まれた方でも楽しめるよう、編集の方々の助力を受けて加筆・修正を行っています。校正まで含めればほぼ全ての行に手が入ったと言っても過言はないでしょう。休日であっても快く対応してくださった担当のD.S様には感謝しきれません。実際に読み比べてくださった方はお気付きかと思いますが、各キャラクターの魅力が大分増していると思います。

そして魅力の上がったキャラクターに素敵なイラストを描いてくださったのがイラストレーターの景様になります。ご多忙な中で引き受けてくださった景様のキャラクターデザインを拝見させて頂いた時は、テンションが上がり続編の中のキャラクターにも影響が出ています。さらに口絵や表紙が出来上がってきた時には、こんなに素敵なイラストを頂いて良いのか恐れ多い気持ちになりました。それに色々と気を遣って頂いて、私が見逃しているような所まで確認して頂き、逆に助けられるということまで。

こうして多くの方に支えられ、そして応援されて世に発売されることとなった本書は、最後に読者の方々の力を得て開花すると思います。魅力的な作品が並ぶ中で本書を手にとって頂いたこと感謝に堪えません。本当にありがとうございます。今後ともご期待に添えるよう、頑張って執筆を続けていきます。次巻でもご挨拶出来ることを願いまして、締めの言葉とさせて頂きます。

平成二八年一二月　　大川雅臣

リゼットのもとへ向かうため、
リザナン東部都市を目指す俺たちは
トリテアの町を拠点に活動中だ。
装備を新調し、狩りに訓練、昇級試験と
一人前の冒険者を目指して奮闘中！
新しい仲間で奴隷少女のマリオンも加わり、
旅は順調かに思えた。
……だけど、冒険は素直にいかず、
苦労ばかり。
毒大蛇に牙大虎など
凶悪な魔物相手に
決死の戦いを強いられ、
さらに盗賊たちの襲撃に遭い、
仲間たちがピンチ！
俺は初めて人を殺す覚悟を
問われることになる。
でも、
無茶しちゃだめだよ
俺は幸せ者だ！！
わ、私も強くなりたい！
ほんのりサバイバル・ファンタジー第2弾！
異世界は思ったよりも俺に優しい？ 2
大川雅臣
イラスト●景

大切な人たちのため、
俺は戦い続ける！
モモも大活躍するよ！
（と言っているらしい）
2017年発売予定!!

数学の魔法で家族を守る――
……そんなの簡単だろ？
お姉ちゃんに
算数教えてっ？
著 扇屋悠
イラスト えいひ
2017年
2月10日発売!!

ダメじゃこいつ、
なんとか
せねば……（困惑）
あははっ、
僕が成り上がる確率、
100%
新シリーズ、
始動！
「小説家になろう」発、
完璧な計算が想いを繋ぐ
スイートホーム・ファンタジー！
算数で読み解く
異世界魔法

異世界は思ったよりも俺に優しい？

2017年2月1日　第1刷発行

著　者　大川雅臣

発行者　本田武市

発行所　TOブックス
〒150-0045
東京都渋谷区神泉町18-8　松濤ハイツ2F
TEL 03-6452-5678(編集)
　　0120-933-772(営業フリーダイヤル)
FAX 03-6452-5680
ホームページ　http://www.tobooks.jp
メール　info@tobooks.jp

印刷・製本　中央精版印刷株式会社

ISBN978-4-86472-549-1